악몽을 꾼 남자

악몽을 꾼 남자

2025년 10월 10일 1판 1쇄 인쇄 / 2025년 10월 20일 1판 1쇄 발행

지은이 김주현 / 펴낸이 임은주
펴낸곳 도서출판 청동거울 / 출판등록 1998년 5월 14일 제2023-000034호
주소 (12284) 경기도 남양주시 다산지금로 202(현대테라타워DIMC) B동 317호
전화 031) 560-9810 / 팩스 031) 560-9811
전자우편 treefrog2003@hanmail.net / 네이버블로그 청동거울출판사

일러스트 김현지 | 편집·북디자인 가끔
출력 우일프린테크 | 인쇄 하정문화사 | 제책 정성문화

책값은 뒤표지에 있습니다.
잘못 만들어진 책은 바꾸어 드립니다.
지은이와의 협의에 의해 인지를 붙이지 않습니다.
이 책의 내용을 재사용하려면 반드시 저작권자와 청동거울출판사의 허락을 받아야 합니다.
ⓒ 2025 김주현, 김현지

Nightmare
Written by Kim Juhyeon.
Illustrations by Kim Hyeonji
Text Copyright ⓒ 2025 Kim Juhyeon.
Illustrations Copyright ⓒ 2025 Kim Hyeonji
All rigshts reserved.
First published in Korea in 2025 by CheongDongKeoWool Publishing Co.
Printed in Korea.

ISBN 978-89-5749-242-0 (03810)

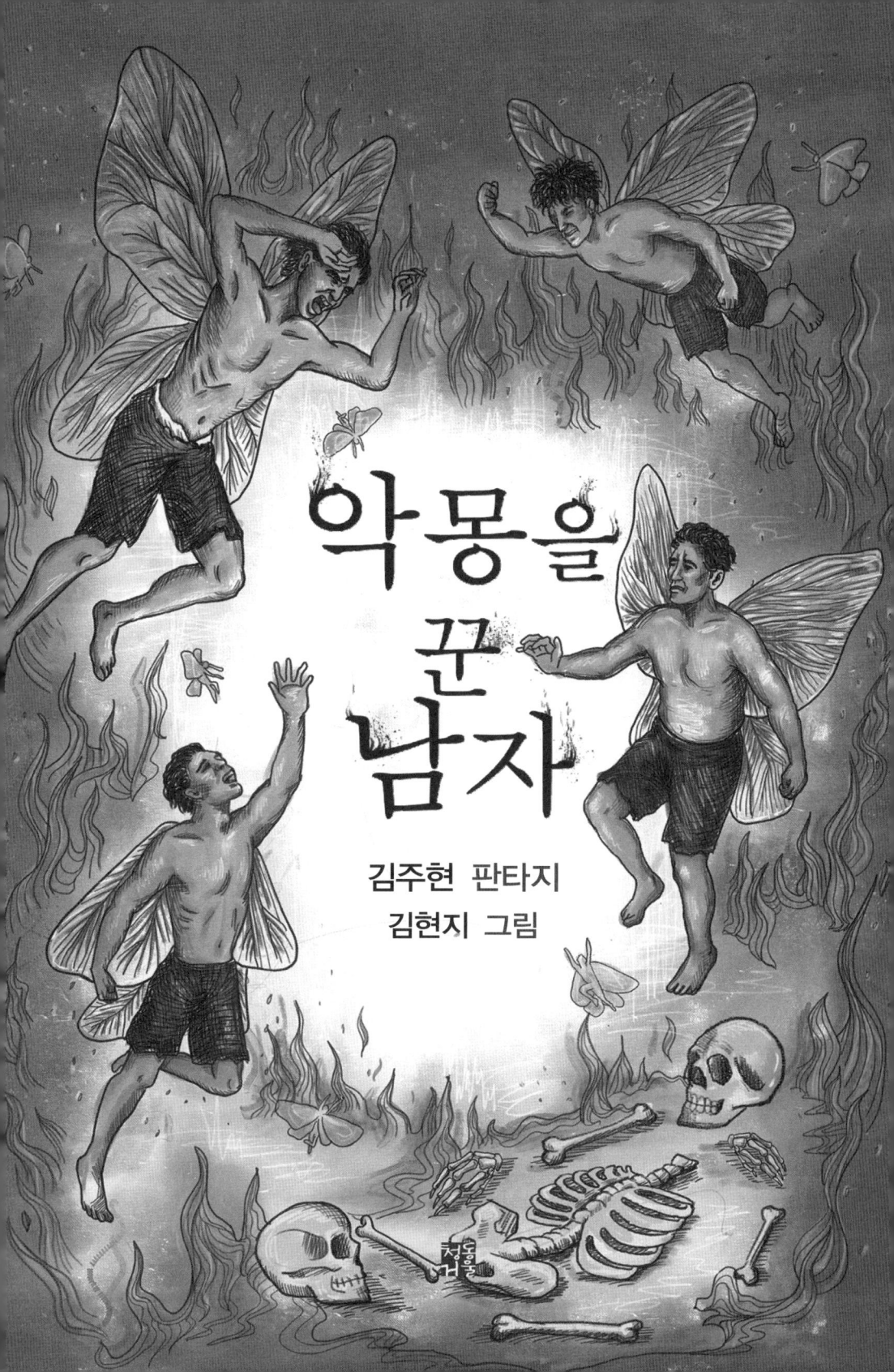

• 지은이의 말

날아다닌 꿈을 생각하며……

나는 날아다니는 꿈을 자주 꾼다.

산속을 혼자 걸어가는데, 갑자기 호랑이가 나타난다. 놀란 나는 "다리야, 살려 다오!" 하고 도망간다. 그러나 호랑이는 금방 쫓아와 입을 쩍 벌려 길고 날카로운 이빨을 보여 준다. 나는 다급해져 팔을 마구 휘두른다. 그러자 몸이 떠올랐다. 포효하는 호랑이를 내려다보며 하늘 높이…….

이런 식으로 꿈속에서, 불가항력적인 존재를 만나면 팔을 휘둘러 날아갔다. 그런 꿈들을 기억에 남을 정도로 자주 꾸다 보니, 현실에서도 해결하기 어려운 일을 맞닥뜨리면 '날아가고 싶다.'라는 생각을 할 때가 있다. 그런데 일흔 살의 나이까지 살아 보니 세상일이라는 게 전혀 보이지 않을 정도로 막막한 일이라도 막상 닥치고 보면 빠져나갈 구멍이 생겼다. 그러나 그 구멍으로는 지극히 낮은 자세를 가져야만 빠져나갈 수 있었다.

돌아보면 '그때는 어찌 그리 살았을까?' 하고, 겪었어도 엄두가 안 나는 일들이지만 그래도 그런 일들을 헤쳐 나왔기에 오늘 내가 숨을 쉬며 살아가고 있을 것이다.

이 책에는 그렇게 힘든 삶을 산 사람들의 이야기가 담겨 있다.

2025년 10월 지은이 김주렬

김주현 판타지 | 악몽을 꾼 남자 | 차례

지은이의 말 _ 날아다닌 꿈을 생각하며…… • 5

1 _ 꿈의 세상 • 10

2 _ 탈출자들 • 42

3 _ 벌거벗은 세 여자 • 96

4 _ 안내자의 아들 • 140

5 _ 슬픈 노인 얼음상 • 180

6 _ 설녀가 만든 함정 • 224

7 _ 연합 반격 • 261

8 _ 미운 정도 정 • 302

악몽을 꾼 남자

김주현 판타지

1_꿈의 세상

외투 주머니에 손을 넣은 그는 오늘 아침에도 플라타너스 나무 옆 정류장 푯말 앞에 서 있다. 회사로 가는 버스를 타기 위해서다. ○○은행 ○○동 지점 허무한 대리. 그의 직함이다.

대출 담당인 무한은 대출을 신청한 고객들이 제출한 증빙 서류를 꼼꼼하게 확인하고 그에 따른 문서를 작성한다. 그러고는 대출을 승인하고, 연체 고객에게 전화를 걸어 좋은 말로 상환을 재촉한다. 그렇게 직장에서의 일이 끝나면 그만의 공간인, 20평 남짓한 아파트로 돌아간다. 그곳에서 자신만의 시간을 보내다 잠자리에 들고, 자명종 소리에 따라 아침을 맞으면 다시 플라타너스 옆 정류장에 가서 버스를 기다린다.

그런 세월을 보내다 보니 어느새 마흔한 살이다. 친구들은 대부분 결혼해 서너 살쯤 되는 자식의 재롱을 보며 살지만, 그는 어쩌다가 혼기를 놓쳐 변함없는 삶을 무료하게 이어 가고 있었다.

그러나 40이 넘고 거기에 숫자 하나가 더해지자, 무언가가 그의 마음을 조여 오기 시작했다. 마치 군 복무 때 보았던 탱크가 그르렁거리며 자신에게 다가오는 듯한 기분이 들기 시작했다.

그 조급함을 달래려고 친구를 만나 푸념을 늘어놓으면 이런 소리를 듣는다.

"혼자 살아서 그래. 너도 이젠 그만 독신주의를 접고 여자를 만나 봐. 별 여자 없어. 엉켜서 살게 되면 정이 들고 의지가 되는 거야."

그래서 여자를 만나 보면, 여자의 계산기 두드리는 소리가 그의 예민한 마음에 상처를 내곤 했다.

어느 하루도 그렇게 반복되는 직장 일을 마치고 정류장으로 가서 집으로 가는 버스를 기다렸다.

그런데 이날은 다른 생각을 하는 바람에 늘 타고 다니던 100번이 아니라 그만 100-1번 버스를 타고 말았다. 당연히 무한이 탄 버스는 집과 다른 방향으로 가고 있었는데, 그걸 깨달았을 때는 40분이나 지난 후였다.

'여, 여긴 어디야?'

어둑한 동네에 내린 무한은 길 양쪽을 둘러보았다. 건널목은 없었으나 2차선밖에 안 되는 길이라 차가 오는 걸 보고는 재빨리 건넜다. 그러고는 정류장에서 잘못 타고 왔던 100-1번 버스를 기다리는데, 어찌 된 게 20분이 지나도록 오지를 않았다.

'이거 아주 변두리 동네인가 보네?'

외투에 손을 넣은 채 서성이다 고개를 돌렸다. '꿈의 세상'이라고 쓴 핑크색 불빛 글씨의 간판이 보였다. 카페였다.

'저기나 들어가 볼까?'

핸드폰을 꺼내 버튼을 눌렀다. 화면이 켜지며 8 : 55란 숫자가 나타났다.

'시간은 얼마 안 됐는데…….'

무한은 보통 11시쯤 잠자리에 든다. 그전에는 저녁을 차려 먹은 후, 책을 뒤적이거나 컴퓨터를 들여다보며 시간을 보낸다.

그러나 오늘은 업무가 늦어지는 바람에 회사에서 피자를 먹어 배가 고프지는 않았다. 더구나 내일은 토요일이라 집에 늦게 들어가더라도 문제 될 게 없었다.

무한은 자신도 모르게 카페의 문을 밀고 들어갔다. 다섯 평 남짓한 공간이었다. 불그스름한 빛으로 채워진 그 공간에는 4개의 테이블이 있었고 안쪽에 카운터가 있었다. 카운터에는 40대로 보이는 미모의 여자가 앉아 있었다. 이 카페의 마담 같았다.

"어서 오세요."

마담은 무한이 들어서자 나긋하고 허스키한 목소리로 맞았다.

무한은 둘러보다 문 쪽에 있는 테이블에 앉았다. 테이블 4개가 다 비어 있었으나, 그 테이블에만 재떨이가 놓여 있었기 때문이었다. 담배를 피우는 무한은 그곳에서만 흡연을 하라는가 보다 생각하고 그 테이블에 앉은 것이다. 그러고는 담배를 꺼내 불을 붙였다.

몇 모금 빨고 담뱃재를 털려고 재떨이를 다시 보니 모양이 특이했다. 우산을 뒤집어 놓은 것같이 가운데에 기둥이 솟았는데, 기둥 위에 메추리알만 한 돌이 얹혀 있었다. 파란색이었으나 가만히 보니 군데군데 흰색도 섞여 있었다. 마치 파란 하늘에 흰 구름이 끼어 있는 것 같았다. 그런데 이상하게도 볼수록 돌이 더 커져 보이는 것이었다. 나중에는 집채만 한 바위처럼 커져 보였다.

"돌이 예쁘지요?"

무한이 그렇게 돌에 정신을 빼앗기고 있자, 마담이 카운터에서 나와 늘씬한 몸매를 드러내며 다가와 말을 걸었다.

정신이 돌아온 무한은 눈을 깜박거리고는 마담을 보았다.

"희한한 돌이네요."

마담이 미소를 지었다. 볼우물이 생기는 마담의 미소는 마음을 확 끌어당기는 힘이 느껴졌다.

"무늬가 있어서요?"

"그것보다는 볼수록 커지는 것 같습니다."

"그렇게 보셨나요?"

미소를 짓던 마담의 표정이 어느새 진지해졌다.

"이제야 주인을 찾은 것 같군요."

"무슨 말씀이죠?"

"그 돌은 꿈을 꾸게 하는 능력이 있어요. 그러나 알아보는 사람만이 그 능력을 사용할 수 있지요."

무한은 멍해졌다가 활짝 웃었다.

"농담을 잘하시네요."

마담은 다시 고혹적인 미소를 보이면서 입을 열었다.

"믿어지지 않겠지만 사실이에요."

"예?"

"당장 오늘 밤에 사용해 보세요. 상상하지도 못할 신비한 세상을 만나게 될 거예요."

"이게요?"

무한은 손을 뻗어 돌을 집어 들었다.

"어떻게 사용하는데요?"

"잠자리에 들 때 손에 쥐고 있으세요."

"그래요?"

돌을 유심히 들여다보았다. 역시 커져 보이며 자신이 작아지는 느낌이 들었다.

"그럼, 이 돌을 가져가도 됩니까?"

마담은 빨려 들어갈 것 같은 눈빛으로 무한을 보며 가만히 고개를 끄덕였다.

"왜 주는 거죠?"

마담의 눈에 슬픈 감정이 드리워졌다.

"그럴 일이 있어요."

"예?"

무한은 더 묻고 싶었으나, 마담의 눈을 보니 말이 나오지 않았다. 설명할 수 없는 사연이 있으니, 제발 묻지 말아 달라고 애원하는 것 같아서였다.

"커피를……"

돌을 주머니에 넣고 주문했다.

"그냥 가세요."

그러나 마담은 이 말만 하고는 무한을 보고 선 채 움직이지 않았다. 엄숙해진 눈빛이 마치 어서 자기가 시킨 대로 하라고 명령하는 것 같았다.

"……"

무한은 머쓱해져서 마담 얼굴만 멀뚱히 보고 있었다.

잠시 그러고 있다 어쩔 수 없이 몸을 일으켰다.

"그럼, 이만……."
"……."
마담은 선 채, 카페를 나가는 무한을 바라보기만 할 뿐 조금도 움직이지 않았다.

풀만 끝없이 깔려 있는 들판이었다.
'내가 지금 어디로 가고 있지?'
무한은 목적지를 모르면서도 자꾸만 걷고 있었다.
오른손에 뭔가 쥐어져 있었다. 펴서 보니 파란색 돌이었다. 돌은 찰싹 붙은 듯, 손바닥을 뒤집어도 떨어지지 않았다.
'그렇다면 이 돌 때문에 꿈을 꾸고 있는 건가?'
무한은 버스를 잘못 타서 낯선 동네에 내렸고, 그 동네의 한 카페에 들어갔다가 미모의 마담을 만나 꿈을 꾸게 한다는 돌을 얻은 일이 생생하게 떠올랐다.
'신비한 세상을 만나게 된다더니, 들판만 끝없이 깔려 있잖아?'
그때였다.
마치 홀로그램처럼 공간에서 사람의 형체가 나타났다.
"당신은!"
카페 마담이었다. 마담은 눈이 부시게 흰 드레스를 입고 있었다.
"꿈의 세상에 온 걸 환영해요."
마담은 그 나긋하고 허스키한 목소리를 들려주며 미소 지었다.
"먼저 사과부터 해야겠네요. 미안해요. 실은 제 집안일 때문에 그대를 여기까지 오게 한 거예요."
"무슨……?"
어리둥절해하는 무한에게 들려주는 마담의 말은 이런 내용이었다.
마담에게는 '혜수몽'이라는 이름의 남편이 있는데, 이곳 꿈의 세상에서 안내를 하는 사람이란다. 즉 현실 세상 사람이 잠들어 이곳 꿈의 세상에 오면, 그 사람이 꿔야 할 꿈이 있는 곳으로 안내하는 일이 업이라고 한다.

그런데 두어 달 전에 나쁜 일로 꿈을 꾸는 사람들이 있는 악몽의 땅에 갔는데, 여태 오지 않는다는 것이었다.

"그럼, 댁의 남편을 찾기 위해 날 여기로 오게 했다는 말입니까?"

무한이 묻자, 마담은 슬픈 얼굴이 되어 고개를 끄덕였다.

"그렇다면 직접 가시지 왜 나를 택했지요?"

"그곳은 험한 곳이에요. 나 같은 여자가 갈 곳이 아니거든요."

"그래요……."

무한은 흥미가 끓어올랐다. 악몽의 땅이라, 어떤 곳인지는 모르나 매우 역동적인 삶이 기다릴 것 같은 예감이 들었다.

"좋아요, 한번 가 보지요."

해서 흔쾌히 대답하고는 마담의 얼굴을 보았다.

"고마워요."

마담의 모습이 흐려지고 있었다.

"저, 그런데……."

어떻게 가느냐고 물으려 했으나, 어느새 보이지 않았다.

"이거 참……."

멀뚱히 서 있다가 다시 걷기 시작했다.

얼마나 걸었을까? 지루했다. 아무리 걸어도 들판만 펼쳐져 있을 뿐이었다.

'도대체 얼마나 더 걸어야 다른 곳이 나오는 거야?'

무한은 터덜거리며 걷는 다리에 몸을 맡긴 채 상상을 했다.

'이 들판이 끝나는 곳에 무엇이 있을까? 어느 책에서 본 것처럼 용이 사는 마법의 성이 있을까? 그럼, 난 그 용과 싸워서 헤수몽이란 사람을 구해 내야 하나? 근데 왜 하필 남자야?'

피식, 웃음이 나왔다.

무한은 워낙 소심한 성격이라 여태까지 누구와 말다툼도 해 본 적이 없는 샌님이었다. 그런 자신이 용 같은 괴물을 맞아서 어떻게 싸운단 말인가. 더구나 아무 영양가 없는 남자를 위해서?

쓴웃음이 저절로 나왔다.

이런저런 생각을 하며 발이 내딛는 대로 마냥 가고 있을 때였다.
마치 풍선이 떨어지듯 사람이 공중에서 내려왔다. 헐렁한 잠방이 바지에 한복 저고리를 입은, 열다섯 살쯤 되어 보이는 소년이었다.
소년은 무한에게 다가오더니 인사말을 건넸다.
"안녕하세요."
무한은 걸음을 멈추고 소년을 바라보았다. 공중에서 사람이 내려오니 신기한 일이었으나, 앞서 나타난 마담을 본 뒤라서 그다지 놀랍지는 않았다.
"너는 누구냐?"
무한은 잠시 소년을 바라보다가 입을 열어 물었다.
"이 꿈의 세상 안내자예요."
소년은 해맑은 목소리로 대답했다.
"꿈의 세상?"
무한은 마담의 말이 떠올랐다.
'그렇지, 이곳은 꿈의 세상이라고 했지. 그럼, 이 아이가 그 악몽의 땅이라는 곳을 데려다 주는 건가?'
"여기 말고 다른 데가 있니?"
"따라오세요."
소년은 짧게 대답하고 팔을 아래위로 휘저었다. 그러자 소년의 몸이 천천히 떠올랐다.
무한이 그러는 모습을 바라보고만 있자, 소년이 다시 내려와 무한 앞에 섰다.
"혹시 어릴 때의 추억을 갖고 계신가요?"
무한은 소년을 멀뚱하게 보다가 물었다.
"그게 무슨 소리냐?"
"그렇다면 동심이 있을 거예요. 동심이 있다면 나처럼 날 수 있어요. 한번 해 보세요."
"어떻게 말이냐?"
"저와 같이 팔을 휘두르세요. 그럼, 떠올라요."

무한은 소년의 말에 따라 팔을 휘둘러 보았다. 그러나 몸은 여전히 땅에 있었다.

"마음으로 날 수 있다고 생각하세요. 그럼, 몸이 뜰 거예요."

무한은 소년이 시키는 대로 마음속으로 외쳤다.

'나는 난다. 난다. 날 수 있다!'

그랬더니 정말 몸이 서서히 떠올랐다.

'이런, 정말 내가 날잖아!'

무한은 몸이 떠오르긴 했으나 곧 다시 떨어질 것 같았다. 그래서 팔을 더 빨리 휘저었다. 그러자 무한의 몸은 빠르게 솟아올라, 먼저 가던 소년을 앞섰다.

소년은 그런 무한을 보고는 마음을 안다는 듯 미소 지었다.

소년이 오른쪽으로 방향을 틀었다. 무한도 따라가려 했으나 앞으로 나아가기만 했다.

소년이 외쳤다.

"가려고 하는 방향의 팔만 휘두르세요!"

무한은 왼팔을 멈추고 오른팔만 휘둘렀다. 그러자 몸이 오른쪽으로 선회했다. 그러나 계속 오른쪽 방향으로 돌기만 할 뿐이었다.

소년이 다시 외쳤다.

"방향을 틀었으면 다시 양팔을 저어야지요!"

무한은 제자리에서 세 바퀴나 돌고 나서야 소년이 가는 쪽으로 방향을 잡아 날았다.

앞쪽에 산 같은 구름이 가로막고 있었다. 계속 앞으로만 날아간 소년은 구름 속으로 들어갔다. 무한도 따라 들어갔다.

구름 속은 짙은 안개에 가려서인지 바로 눈앞조차도 보이지 않았다. 그렇게 얼마쯤 가자 조금씩 환해지더니 넓은 공간이 나타났다. 공간 아래에는 솜을 깔아 놓은 듯 흰 벌판이 펼쳐져 있었다. 그 흰 땅에는 수많은 사람들이 널려 있었다.

"저 사람들은 다 뭐냐?"

무한이 소년의 뒤를 따라 날며 물었다.

"아저씨처럼 꿈의 세상에 온 사람들이에요."

소년은 흰 땅에 내려섰다. 무한도 따라 내려섰다.

흰 땅의 사람들은 움직임이 없었다. 앉아 있거나 서 있는 그들은 하고 있는 자세 그대로 굳어 버린 듯이 보였다.

"근데 왜 움직이지 않지?"

"꿈을 꾸고 있기 때문이에요."

"꿈을 꾼다고?"

"그렇지요. 자기만의 꿈을 꾸고 있는 거예요."

무한은 사람들을 스쳐 가며 얼굴을 유심히 보았다. 웃는 표정이 있는가 하면 생각하는 표정 등 각양각색의 얼굴을 하고 있었다.

'자기만의 꿈이라고?'

무한도 오늘까지 살아오면서 수많은 밤을 보내고 허다한 꿈을 꾸었었다. 그 대부분의 꿈은 잠이 깨고 하루가 시작되면서 잊히지만, 어떤 꿈은 지금까지 내내 기억에 남아 있는 것도 있었다.

길을 가다 한 보따리나 되는 돈을 줍는다. 주운 돈을 들여다보며 즐거운 상상을 한다.

'이 돈으로 우선 고급 승용차를 뽑아야지. 그러고는 널찍한 집을 사서 이사 가는 거야. 여행도 떠나야지. 어디로 갈까? 동남아? 에이, 거긴 너무 후졌고 현대 문명의 발생지인 유럽으로 가는 거야.'

그런데 보고 있는 만 원짜리 돈의 그림이 이상하다.

'어, 이게 뭐야? 세종대왕이 아니잖아?'

자세히 보니 돈 속 그림은 옆집에 사는 동현이 아빠 얼굴이다.

'왜 동현이 아빠 얼굴이 돈에 그려졌지? 그럼, 이 돈은 가짠가?'

그러다 잠이 깬다. 무한은 이 꿈을 열댓 번도 더 꾸었었다. 그래서 기억에 남아 있는 것이다. 아마 무한이 늘 돈을 만지는 은행원이라 그런 꿈을 자주 꾸는 듯싶었다. 동현이 아빠도 무한과 나이가 비슷해서 술자리나 낚시 등으로 자주 어울리다 보니 꿈에 나타나는 것이리라. 꿈은 대부분 기억에서 생긴다고 하니까.

소년은 사람들 한가운데를 뚫고 곧장 걸어갔다. 그렇게 얼마쯤 가는 동안 사람들이 점점 뜸해지더니 이윽고는 아무도 없는 흰 벌판만 보였다. 벌판 한가운데에는 집 한 채가 덩그러니 놓여 있었다. 네 개의 나무 기둥에 초가집 지붕이 얹혀 있는 정자였다. 그 정자의 마루에는 한 사람이 앉아 있었다. 삼베옷 차림에 망건을 쓴 노인이었다.

"할아버지, 꿈꾸러 온 사람 데려왔어요!"

소년은 노인에게 가까이 가자, 강중거리며 뛰어갔다.

무한이 다가오자, 노인은 마루에서 내려왔다. 바싹 마르고 키가 큰 데다 꼿꼿한 자세여서 마치 대나무를 보는 듯했다.

"어서 오시오."

노인은 온화한 목소리로 말을 걸었다.

"꿈의 세상에 잘 오셨소이다."

노인은 무한에게 악수를 청하려는지, 오른손을 내밀었다.

무한도 오른손을 내밀자, 노인은 손을 보고 반가워했다.

"오, 당신은 며느리가 보낸 사람이구려!"

"예?"

"그 파란 돌 말이오. 우리 며느리가 준 것일 거요."

"아, 이거요."

무한은 손바닥을 펴고, 돌을 집기 위해 왼손을 가져갔다.

"어?"

그런데 잡히지를 않았다. 마치 손바닥에 그려 놓은 것처럼 돌이 만져지지 않았다.

"왜 이러지?"

무한이 의아해하자, 노인은 미소를 지으며 말했다.

"여긴 꿈의 세상이라 잡히지 않는 것이라오."

"아, 예……."

"실은 말이오."

노인은 옆에 선 소년의 머리를 쓰다듬고는 다음의 이야기를 들려주었다.

이 꿈의 세상은 노인이 아들 식구와 함께 관리하고 있단다. 사람들이 잠자리에 들어 꿈의 세상에 오면, 이곳 흰 땅으로 안내하여 꿈을 꾸게 하는 것이 주된 일이었다. 그러나 양심의 가책을 받는 일을 저지르거나 무서운 일을 당한 사람들은, 이곳에서 꿈을 꾸게 하지 않고 악몽의 땅으로 데려다준다고 했다. 그 일은 노인의 아들인 '헤수몽'이 했었다. 악몽의 땅은 험한 곳이라 젊은 아들이 맡아 한 것이었다.

그런데 두 달 전에 안내 일로 악몽의 땅에 가서는 여태 돌아오지 않는다는 것이었다. 헤수몽의 아내는 걱정으로 속이 타들어 갔지만 어찌할 방법이 없었다. 소식을 알리면 악몽의 땅에 가야 하는데, 여자의 몸으로는 위험했기 때문이었다. 그래 생각해 낸 방법이 현실 세계에 나가서, 악몽의 땅에 보내 소식을 알아 올 사람을 구하는 일이었다.

그렇게 해서 무한이 선택되어 꿈의 세상에 오게 된 것이었다.

"그랬었군요……."

노인의 이야기를 들은 무한은 천천히 고개를 끄덕였다. 마담에게 어느 정도 들은 내용이라 새삼스러울 건 없었다.

"근데 그곳은 어떻게 가야 됩니까?"

어쨌든 약속한 일이라 단도직입적으로 물었다.

"험한 곳인데 괜찮겠소?"

"부인과 약속했습니다. 지켜야죠."

"고맙소, 진정 고맙소."

노인은 무한의 손을 두 손으로 잡으며 허리를 굽혔다.

"큰 복을 받을 것이오."

노인은 다시 감사 인사를 하고는 악몽의 땅으로 가는 길을 설명했다. 악몽의 땅은 무한이 처음 발을 디뎠던 들판에서 북쪽으로 가면 나온다는 것이었다.

"그럼, 아드님 소식만 알아 오면 됩니까?"

노인은 얼굴에 미소를 드리운 채, 얼른 대답을 안 했다.

"설마 곤경에 처했는데도 그냥 오지는 않으시겠지요?"

얼마 후, 노인이 꺼낸 말에 무한은 옷자락을 잡힌 기분이 들었다.
"그거야 뭐……."
"복 받을 것이오."
노인은 합장을 하며 허리를 굽혔다.
무한이 아무 말도 못 하고 있자, 소년이 무한을 보며 팔을 흔들어 떠올랐다. 따라오라는 뜻인 것 같았다.
무한도 팔을 흔들어 떠오를 수밖에 없었다.

들판에 내려온 무한은 한쪽으로만 향해 걷고 있었다. 소년이 북쪽이라고 일러 준 방향이었다.
'얼마나 더 가야 나오는 거야?'
무한은 군대에서 받던 제식 훈련 때처럼 앞만 똑바로 보며 걸었다. 해가 떠 있지 않고 나무도 한 그루 없는 곳이라, 기준을 삼을 만한 대상이 없어 엉뚱한 방향으로 갈까 봐 그런 식으로 걷는 거였다.
그렇게 1시간쯤 걸은 듯한 느낌이 들었을 때였다. 불그스름한 기체가 연기처럼 흩날리며 시야를 흐리기 시작했다. 걸어갈수록 기체는 점점 더 짙어지더니, 이윽고는 온통 붉은 색만이 보였다.
'꼭 불 속에 들어온 것 같군.'
마음까지 붉게 물이 든 기분이었다.
그렇게 얼마 동안……, 붉은 기체가 엷어지기 시작했다. 기체는 가라앉고 있었다. 먼지가 쌓이듯 들판에 쌓여 갔다. 들판의 풀들이 붉게 물들여져 갔다.
'뭐지? 그럼, 붉은 기체가 먼진가?'
풀을 발로 차 보았다. 먼지가 일지는 않았다.
'도대체 뭐야?'
허리를 굽혀 풀을 한 줌 뜯어 들여다보았다. 풀은 속까지 붉은색이었다. 꺾어 누르니 붉은 액체가 배어 나와 손에 묻었다. 피 색깔과 흡사했으나 피같이 진득거리진 않았다.
무한은 손에 묻은 붉은 액체를 옷에 닦아 내고 주위를 둘러보았다.

붉은 기체가 거의 걷혀 꽤 멀리까지 보였다. 이곳도 들판만 보일 뿐이었다. 다른 것이라면 풀의 색이 붉은 것과 하늘의 색이 분홍빛인 것이었는데, 하늘의 색이 분홍빛인 것은 붉은 기체가 옅어져서 그리 보이는 것 같았다.

'저건 뭐지?'

들판을 살펴보다가 저만큼쯤 노란색 물체가 떨어져 있는 것을 발견했다. 엄지손톱만 한 그 물체는 하늘의 빛을 받아 반짝였다.

"이것은!"

무한은 그 물체를 주워 들여다보고는 눈이 휘둥그레졌다. 황금이었던 것이다.

"이게 웬 횡재야!"

무한은 자기가 지금 꿈을 꾸고 있다는 사실도 잊고 황금을 만지작거리며 벌어진 입을 다물지 못했다.

"저기도 있잖아!"

황금은 주운 것뿐만이 아니었다. 서너 발자국마다 계속 이어져 떨어져 있었다. 무한은 닭이 땅에 떨어진 모이를 좇아가듯이 땅에 떨어진 황금을 좇아가며 주웠다.

무한이 외투 양쪽 주머니가 가득 차도록 황금을 주웠을 때였다.

"저건 또 뭐야?"

황금으로 이루어진 사람 팔 모양의 조각이었다. 팔꿈치까지만 만들어진 그 조각의 손은 허공을 움켜잡을 듯한 모습을 하고 있었다. 땅에 세워져 있는 조각은 무한의 무릎보다 한 뼘 정도 높았으며 허벅지 정도의 굵기였다. 힘줄까지 세밀하게 새겨 놓은, 아주 사실적인 조각품이었다.

"히야, 이 정도면 꽤 되겠는데!"

무한은 조각을 들기 위해 손목 부분을 잡았다. 그리고는 당겼으나 꼼짝도 하지 않았다.

"묻혔나?"

무한은 밑부분을 살펴보고는 땅을 파헤쳤다. 흙을 파내자 예상대로

조각은 팔뚝 부분이 더 나왔다.

"어디까지 묻혀 있는 거야!"

무한은 점점 더 흥분이 되어 정신없이 흙을 파냈다. 붉은색의 흙은 마사토같이 부슬부슬해서 맨손으로도 잘 파졌다. 그렇게 얼마 동안 팠더니 어깨 부분까지 나왔는데, 그래도 조각은 더 이어져 있었다.

'이거 혹시 팔 조각이 아니라 몸 전체가 다 있는 동상 아냐?'

이런 생각이 든 무한은 조각의 손목을 잡고 힘껏 당겨 보았다. 역시 조금의 움직임도 없었다.

'그럼, 얼마만 한 거지?'

무한은 드러난 팔 부분에 미루어 몸 전체를 가늠해 보았다. 키가 170cm인 무한의 다리보다 팔이 더 기니까, 제대로 캐내면 2m도 넘을 것 같았다.

'그렇다면 이거……'

아무리 파기 수월한 흙이라도, 맨손으로 그 정도 깊이까지 파기는 힘들 것 같았다. 도구를 써서 넓게 파헤쳐야 될 일이었다. 그래서 어디 도구가 될 만한 것이 없나? 하고 주위를 둘러보았다.

그때였다. 조각 팔이 서서히 움직이며 구부리더니 땅을 짚었다. 그리고는 그 팔을 의지해 흙을 헤치며 몸이 솟아올랐다. 머리가 솟아오르고 우람한 상체가 솟아오르고 기둥 같은 다리가 솟아올랐다. 3m나 되는 황금 인간이었다.

황금 인간은 키만큼 높이 쳐든 사각 얼굴로 무한을 내려다보며 입을 열었다.

"네가 날 깨웠느냐?"

마치 쇠를 두드리는 듯한 목소리였다.

"황금 미끼를 따라왔느냐?"

"……"

무한은 입만 멍하니 벌린 채 황금 인간을 올려다볼 뿐이었다.

"너도 황금을 좋아하는 모양이구나. 그렇다면 원대로 해 주마."

황금 인간은 무한의 손목을 덥석 잡고는 끌었다.

놀란 무한이 다리를 뻗어 버렸으나, 황금 인간은 마치 장정이 어린아이를 끌듯이 아무렇지도 않게 무한을 끌고 갔다.

무한은 끌려가며, 언젠가 본 영화의 장면을 상상했다.

'이 괴물은 자기가 사는 음침한 성에 가는 거겠지. 그곳의 어두운 지하 감옥에 나를 가두고 굶어 죽지 않을 만큼의 조악한 음식을 줄 거야. 어쩌면 살갗이 벗겨지도록 매질을 할지도 몰라.'

그러나 무한의 상상과는 판이하게, 황금 인간이 데리고 간 곳은 화려한 도시였다. 곧게 뻗은 도로에 자동차가 끊임없이 달리고 있으며, 높다란 빌딩이 숲을 이룬 곳이었다. 황금 인간은 그중에서도 제일 웅장한 빌딩으로 무한을 데리고 들어갔다. 그 빌딩은 외벽이 황금 타일로 덮여 있었는데, 안에도 마찬가지로 온통 황금 장식으로 치장되어 있었다.

"여기는 재물의 상징인 황금 빌딩이다. 너는 황금을 쫓아 나를 깨웠으니 이곳에서 살아야 한다."

황금 인간은 이 말을 하고는 무한의 손목을 놓았다.

무한은 잡혔던 손목을 어루만지며 건물 안을 둘러보았다. 마치 공사를 끝내고도 입주를 안 한 건물처럼 아무도 보이지 않았다. 딱 한 사람, 중앙의 안내 카운터에 빨간 제복을 입은 여자가 앉아 있었다. 그런데 표정이 없고 움직임도 없어 마네킹을 앉혀 놓은 것처럼 보였다.

"저……."

무한은 그 여자를 잠시 바라보다 조심스럽게 입을 열었다.

"여기서 살라면 무얼 하며……?"

황금 인간의 번쩍거리는 눈빛을 마주 보기 두려워 그의 다리만 보며 물었다.

"저 직원에게 물어라."

황금 인간은 그 여자를 턱으로 가리키고는 카운터 옆에 있는 승강기로 걸어갔다. 승강기 문은 두 개였는데, 오른쪽에 있는 것은 문이 1m 정도 높았다. 황금 인간이 그 높은 엘리베이터 앞에 서서 버튼을

누르자 즉시 문이 열렸다.

무한은 황금 인간이 승강기 속으로 사라지는 것을 보고는 여자에게 다가갔다.

"신입 사원이지요?"

여자는 무한이 다가오자 먼저 말을 걸었다.

"신입 사원요?"

무한이 무슨 소리냐는 듯이 되묻자, 여자는 또랑또랑한 목소리로 설명했다.

"당신은 당신의 의지에 따라 이곳 황금 회사에 들어온 사원이에요. 때문에 지금부터 이곳에서 살아야 해요."

그러고는 몇 가지 주의 사항을 일러 주었다.

첫째는 높은 엘리베이터를 타지 않는다. (높은 엘리베이터는 황금 인간만 전용으로 탄다는 것이다. 여자는 황금 인간을 '재신'이라고 불렀는데, 재물을 관장하는 신이라는 뜻에서 그렇게 부른다고 한다.)

둘째는 절대로 건물 밖으로 나가지 않는다. (만약에 나가려고 출입문을 열면 즉시 경비원들이 달려와 지하 창고에 가두어진다고 한다.)

무한은 그 말을 듣고 현관문 위를 보니 CCTV 카메라 두 대가 눈을 부릅뜬 채 내려다보고 있었다.

셋째는 아침마다 맨 위층에 있는 재신의 방을 방문해 인사를 드린다.

"맨 위층이라면 몇 층입니까?"

그 말에 무한이 물었다.

"어제까지는 44층이지만 오늘은 45층이지요."

"예? 그게 무슨 말입니까?"

무한은 공사 중인 건물도 아닌데 하루 사이에 1층이 늘어났다는 여자의 말이 이해되지 않았다.

"그것은요."

여자의 대답은 재신이 사원을 한 사람 데려올 때마다 건물 층수가 1층 늘어난다는 것이었다. 그러니까 어제까지는 44명의 사원에 의해 건물이 44층이었지만, 오늘 무한이 사원으로 들어옴에 따라 건물이

1층 늘어났다는 말이었다.

"그래요……."

무한은 여자의 말을 들으며, 재신이라는 존재가 기업인 같다는 생각이 들었다. 어떤 기업인은 사람들의 노동력을 착취해 돈을 벌어서 높은 빌딩을 지으니까 말이다.

"따라오세요."

설명을 끝낸 여자는 카운터에서 나와 왼쪽 승강기의 버튼을 눌렀다. 얼마 후에 승강기 문이 열리자, 여자가 타고 무한도 따라 올랐다.

여자는 44층에 내리고는 무한에게 말했다.

"여기가 지금부터 당신이 지낼 집이에요."

무한은 그 층의 내부를 둘러보았다. 주택의 방 하나만 한, 좁은 공간이었다.

"이 층은 여기가 다입니까?"

한 층 면적의 20분의 1도 안 되어서 묻는 말이었다.

"지금은 그렇지요. 그러나 당신의 노력에 따라 더 넓어질 수 있어요."

"노력이라니요? 무얼 노력한단 말입니까?"

"그것은요."

여자는 지하에 내려가면 여러 종류의 오락장이 있다고 한다. 그곳에 가서 황금을 따다가 재신에게 바치면 집이 넓어진다는 것이었다.

"황금을 따라고요?"

여자의 말을 듣고 무한은 주머니에 손을 넣어 보았다. 거기에는 손톱만 한 황금이 가득 들어 있었다. 재신이 묻혀 있는 곳까지 안내를 해 준, 붉은 땅에서 주운 황금이었다.

"이거 말입니까?"

무한은 황금을 몇 개 꺼내 여자에게 보였다.

"맞아요, 당신은 그 황금 때문에 재신님에게 끌려왔겠죠?"

무한은 고개를 끄덕였다.

"그건 당신의 밑천이에요. 그걸로 더 많은 황금을 버세요. 다른 사원의 황금을 따세요."
 "다른 사원요? 그럼, 여기 산다는 사원들이 그곳에 온다는 말입니까?"
 여자는 처음으로 웃음을 보였다. 입꼬리만 살짝 올리는, 싸늘한 웃음이었다.
 "사원들이 거기 아니면 갈 데가 있나요? 잘 지내세요."
 여자는 이 말을 끝으로, 승강기로 들어갔다. 이어 문이 닫히며 여자의 모습을 삼켰다.
 '이게 뭐야? 답답하게.'
 무한은 마치 커다란 상자에 갇힌 느낌이 들었다. 창문도 없는 공간이었기 때문이었다.
 '이런 곳에서 어떻게 지내란 말이야?'
 무한은 서성이다 승강기 버튼을 눌렀다. 오락장이 있다는 지하로 내려가 볼 생각이었다.

 무한이 승강기에서 내려 지하를 둘러보니 1층보다 세 배는 넓은 듯했다. 그 넓은 공간의 천장에는 드문드문 달린 전등이 간신히 어둠을 밝히고 있어서 을씨년스러운 느낌이 들었다.
 공간 양쪽으로는 간판을 단 점포들이 늘어서 있고 사람들이 들락거리고 있었다.
 '저기를 가 볼까?'
 무한은 말이 달리는 그림이 그려진 간판의 점포를 향해 걸었다.
 문을 열고 들어가니 입구에 마권을 파는 여직원이 앉아 있고 전면에 대형 스크린이 펼쳐져 있다. 경기를 시작하지 않았는지 빈 경마장 화면만이 스크린에 펼쳐져 있었고, 대여섯 사람쯤이 의자 여기저기에 앉아 있었다.
 무한은 제일 뒤쪽에 앉아 있는 사람의 옆에 앉았다.
 그 사람은 고개를 슬그머니 돌려 무한을 보더니 의아한 표정이 되었다.

"처음 보는 얼굴인데……."

무한은 조심스럽게 말을 꺼내는 그 사람의 얼굴을 보았다. 50대 중반쯤 되어 보이는, 넓적한 그 사람의 얼굴에는 시름이 배어 있었다.

"새로 온 분이슈?"

"아, 예. 오늘 왔습니다."

"그렇다면 44층이겠구먼."

"맞습니다."

"그 누렁탱인 한 층 더 올라갔을 거구."

무한이 모르겠다는 표정을 짓자, 그 사람은 다시 말했다.

"재신인가 고무신인가 하는 황금 인간을 말하는 것이우."

"아……."

불만이 가득한 말투를 듣고서야 무한은 고개를 끄덕였다.

"내가 뭐에 씌웠지. 어쩌다가 그런 함정에 걸려 가지고……."

그 사람은 땅이 꺼져라 한숨을 쉬고는 물었다.

"댁도 붉은 땅에서 황금을 줍다가 끌려온 것이우?"

"그렇습니다만……."

"여기 있는 사람들 다 그렇게 끌려왔다우. 근데 댁은 무슨 일로 악몽을 꾸게 되었수?"

"무슨 말씀인지……?"

"온 지 얼마 안 돼서 어떤 상황인지 모르는가 보구먼."

그 사람은 비죽이 웃고는 설명했다.

"붉은 땅은 악몽의 땅이라우. 즉 댁이 악몽의 땅에 왔다는 것은 악몽을 꾸고 있다는 말이우. 대부분 현실 세상에서 무서운 일을 당했거나 큰 잘못을 저지른 기억으로 인하여 악몽을 꾸게 되는 것이우. 나도 이런 기억으로 악몽을 꾸게 된 것이라우."

그 사람은 넋두리를 하듯 악몽의 땅에 오게 된 사연을 늘어놨다.

'배 씨'라고 자기 성만 소개한 그 사람은 음식점을 경영했었다고 한다. 그리 큰 가게는 아니지만 사무실이 몰려 있는 곳이라 꽤 장사가 되어서 네 식구 살아가는 데는 지장이 없었다고 한다. 그러나 사무실 사람들은 토·일요일은 어김없이 쉬므로, 배 씨도 그날은 음식점 문을 닫아야 했다.

어느 토요일도 그럭저럭 오전을 보내고 오후에는 무얼 하며 보낼까? 궁리를 하고 있는데 이웃집 사람이 찾아왔다. 같이 경마장이나 놀러 가자는 것이었다. 때마침 어떻게 오후를 보내나? 고민하던 배 씨는 두말없이 따라갔다.

경마장에 간 배 씨가 마권에 우승 예상마를 골라 표시하는 것을 보고, 이웃집 사람이 이러는 거였다.

"예이, 그런 말들은 절대 못 들어와요. 그 7번 말은 한 번도 우승한 적이 없고 3번 말은 새로 온 말이라 전적이 없잖아요."

그러나 배 씨는 이웃집 사람의 조언을 무시하고 고집을 부렸다.

"어때, 겨우 만 원 걸 건데 잃어 봤자지 뭐."

그런데 배 씨가 고른 말들이 모두 1등과 2등으로 들어온 거였다. 우승 전적이 없는 말들이라 그런지 배당률이 엄청나게 높았다. 배 씨는 1만 원 건 마권으로 130만 원이나 되는 배당금을 받은 거였다.

"이야, 이거!"

배 씨는 금맥을 발견한 기분이었다. 당장 경마에 빠진 배 씨는 그날부터 토·일요일 날만 기다리는 낙으로 살게 되었다. 그러나 처음처럼 그렇게 큰 배당금을 받는 일은 두 번 다시 생기지 않았다. 경마에 대해 나름대로 열심히 공부하고 연구하였으나 잃는 날이 훨씬 많았으며, 따더라도 겨우 10~20여% 정도였다.

그렇게 되니 배 씨의 재산은 점점 줄어들었는데, 그 형편을 뻔히 알면서도 경마를 끊을 수가 없었다. 그러다 마침내는 가게마저 저당 잡혀 남의 손에 넘어가게 되었고, 아내가 음식점 종업원으로 다니면서 생계를 이어 가는 지경에 이르렀는데도 배 씨는 여전히 경마장을 들락거렸다.

그러던 어느 날이었다. 경마장에 갔으나 돈이 없어 배팅을 못 하고 구경만 하던 배 씨는, 그만 경마꾼들 상대로 돈을 빌려 주는 사채업자에게 손을 벌리는 일까지 저질렀다. 그 빌린 사채업자의 돈은 고스란히 마권 구입에 들어가 사라지고, 엄청난 이자와 함께 불어난 사채업자의 빚은 배 씨의 목을 조여 오기 시작했다. 가족이 사는 전셋집을 빼야 해결이 될 지경이었는데, 그 일만은 차마 아내에게 말할 수가 없었다.

'내가 뭐에 씌웠나 봐…….'

답답한 마음에 공원 벤치에 앉아 소주만 들이켜다가 잠이 들었는데, 꿈속에서 어떤 사람의 안내를 받아 붉은 땅으로 갔다고 했다. 배 씨가 붉은 땅에 가니 황금이 떨어져 있어, 그 황금을 줍다가 재신인 황금 인간에게 잡혀 왔다는 것이다.

"그래요? 그럼, 노형의 몸은 지금 공원에서 자고 있다는 말입니까?"

배 씨의 사연을 들은 무한은 눈이 둥그레져 물었다.

"그렇수."

"이곳에 잡혀 온 지 얼마나 되었는데요?"

"한 서너 달 되었수."

"예? 그럼, 노형의 몸은 굶어 죽었겠는데요?"

"그러진 않았을 것이우. 이곳에서 보내는 시간은 현실 세상의 시간과 상관없으니까."

"그게 무슨 말입니까?"

"현실에서 같은 시간이 이곳에서는 한 달이 될 수도 있고 1년이 될 수도 있다는 말이우."

"어떡해서 그런……?"

무한이 이해를 못 하자 배 씨는 꿈의 세상 시간에 대해 말했다.

시간이란 처해진 상황에 따라서 느껴지는 길이가 다르다. 예를 들어 재미있는 영화를 보거나 오락을 하는 등의 즐거운 일은 몇 시간일지라도 언제 지나간 줄 모를 만큼 빠르게 느껴지지만, 지고 있는 권투 선수처럼 맞는 고통을 당하노라면 몇 분 안 되는 짧은 순간이 몇 시간도 더 되게 길게 느껴진다. 그와 같이 이 꿈의 세상 시간도 느낌에 따라 다르다는 설명이었다.

"그래요?"

무한은 설명을 듣고 보니 그럴듯하다는 생각이 들었다. 사실 자신도 그런 경험을 수없이 반복하며 살아왔기 때문이었다. 집에서 쉴 때는 시간이 금방 지나가지만, 직장에서 답답한 고객을 만나 상대할 때면 무척 지루한 느낌에 사로잡히는 그런 경험 말이다.

"그렇지만 이곳에서 보내는 시간이 아주 길다면 현실 세상에서도 그리 짧지는 않을 것 아닙니까?"

"뭐, 그렇긴 하겠지우."

"만약에 이곳에서 영원히 빠져나가지 못하면 어떻게 됩니까?"

배 씨는 표정이 어두워지더니 고개를 떨어뜨리며 한숨을 뱉었다.

"그럼, 죽게 되겠지우."

"그래요? 그렇게 된 사람이 있습니까?"

무한도 표정이 서늘해지며 물었다.

"있을 것이우. 아마 10층까지는 그런 사람들일 것이우. 아주 오래된 사람들이니까."

"그러면……?"

"그 사람들은 사람이라고 할 수 없수. 현실 세상에 육신이 없으니까. 영혼들이지. 이 악몽의 세상을 떠도는 불쌍한 영혼들."

배 씨는 슬그머니 말을 놓았다.

무한도 알고 있었지만, 열 살이 넘게 연상인 사람이라 자연스럽게 받아들였다.

"그렇다면 이곳에서 제일 오래된 사람은 얼마나 있었습니까?"

"제일 오래된 사람? 그야 2층에 사는 장 선생인데……."

배 씨는 잠시 생각하고는 대답했다.

"한 3년쯤 됐다고 그러더구먼."

"3년이요? 그 정도면 현실 세상에서는 얼마쯤 됩니까?"

배 씨는 눈을 끔벅거리다가 대답했다.

"한 두어 달 되지 않을까?"

"예? 그럼, 몸은 굶어 죽었겠네요?"

"아니, 그 사람은 그렇게 되진 않았을 거야. 병원에서 링거를 맞고 있다니까."

"그래요? 어떡해서……?"

"그건…….."

배 씨가 이번에는 장 선생이라는 사람의 이야기를 시작했다.

장 선생은 초등학교 교장으로 있다가 정년퇴직한 사람이라고 한다. 그는 학교라는 울타리 안에서만 살아서 때 묻지 않은 사람이었다. 더구나 교직자의 최고 목표인 교장까지 지낸 사람이라 자긍심이 대단했다. 그야말로 성공한 인생을 산 표본이었던 것이다.

그런 장 선생이 퇴직을 몇 달 남기지 않은 어느 날이었다. 고향에서 함께 자란 친구가 찾아왔다. 용건은 사업을 함께하자는 거였다. 미국인 '찰스토마'라는 의학 박사가 아프리카 가나에서 자라는 '콰나부르'라는 식물과 어떤 물질을 합성하여 다이어트 음료를 발명했다고 한다.

이 음료는 효과가 뛰어나고 부작용이 없어서 미국은 물론 세계 여러 나라에서 불티나게 팔리고 있는데, 자기가 특허권자 찰스토마와 인맥이 있어서 국내 판매 허가를 받았다는 것이다. 그러나 친구는 자본이 모자라 사업 추진을 제대로 못 하고 고민하다가 퇴직을 앞둔 장 선생이 생각나 찾아왔다는 것이었다.

장 선생은 친구의 제안에 혹하고 마음이 쏠렸다. 그러잖아도 퇴직하면 무얼 하고 지내나 생각이 많았던 것이다. 요새는 의료 시설이 좋아서 웬만하면 80세 이상은 사는데, 62세로 일손을 놓으면 20년 동안이나 백수로 지내야 하기 때문이었다. 더구나 다이어트 음료 사업이라, 얼른 생각해도 기발한 아이템이었다. 요새 사람들은 운동 부족에 칼로리가 높은 음식을 먹기 때문에 과체중인 사람들이 많다. 그런데 그처럼 효과 좋은 음료를 들여온다면 엄청나게 판매될 것 같았다.

그래서 장 선생은 마음을 굳히고 부인에게 뜻을 밝혔다. 퇴직금을 연금으로 받지 않고 한꺼번에 받아서 사업을 시작하겠노라고. 그러자 부인은 말을 듣자마자 화들짝 놀라며 반대했다. 연금만으로 살아도 충분히 노후 보장이 되는데 무엇 하러 그런 모험을 하느냐고, 그러다 잘못되어 퇴직금은 물론 집까지 날리게 되면 어떡하느냐고. 하지만 이미 친구의 제안에 마음을 빼앗긴 장 선생은 부인의 말이 귀에 들어올 리 없었다.

몇 달 후, 퇴직금을 신청해 받은 장 선생은 기어코 친구와 사업을 시작하고야 말았다. 그때부터 장 선생은 피를 말리는 정신적 고통을 겪어야 했다. 사업을 시작하자마자 퇴직금으로 받은 돈이 야금야금 새어 나가더니, 5개월쯤 지났을 즈음에는 집을 저당 잡혀 융자금까지 쓰게 되었다.

그래도 장 선생은 곧 수입될 것이라는 친구의 말을 철석같이 믿고 있었는데, 융자금마저 떨어지자 친구가 사라져 버린 것이었다. 그제야 의심이 들어 조사를 해 보니 친구가 가져온 특허증 사본과 국내 독점 판매 허가 승인 계약서가 모두 위조된 가짜였다. 친구는 장 선생의 퇴직금을 노리고 계획적으로 접근한 것이었다.

'그래도 어릴 적부터 같이 자란 친구인데 이렇게 등을 치다니……'

장 선생은 분노가 머리끝까지 치밀어 올랐지만, 화를 내고 있을 처지도 못 되었다. 융자금을 못 갚아 집이 은행으로 넘어가 가족이 거리에 나앉게 된 것이다. 장 선생은 자신에게 처해진 상황이 제발 꿈이었으면 하고 간절히 바랐으나, 현실은 1분도 여유를 주지 않고 무자비하게 다가왔다.

그 현실이 너무 무서운 나머지, 장 선생은 몸에 지닌 증명서를 모두 버리고 손가락 지문까지 달군 철판에 데어 문드러지게 한 다음 달려오는 차에 뛰어들었다. 죽어서까지 가족에게 짐이 되지 않게 하기 위해서였다.

그러나 그는 죽지 않았고 의식만 잃은 채 어느 시립 병원에 행려병자로 입원하게 되었다. 그리고 그곳에서 끝없는 잠에 빠져들게 된 것이었다.

"그랬어요……."

장 선생이란 사람에 대한 이야기를 들은 무한은 마음이 무거웠다. 자기가 은행에서 하는 일이 바로 대출이기 때문이었다. 융자금을 못 갚는 고객의 처리는 지원 센터로 넘겨 그곳 직원들이 해결을 하는데, 그 과정에서 장 선생 같은 비극도 일어났을 것이리라.

"그 장 선생이라는 분과 친하신가 보죠? 사정을 자세히 아시는 걸 보니."

무한은 잠시 생각에 잠기다가 물었다.

"뭐 좀 자주 어울리는 편이지."

"그분도 여기 계신가요?"

무한은 앞쪽에 앉은 몇 사람을 둘러보았다.

"장 선생은 이곳 지하 오락장에 오지 않네. 그 사람은 황금에 관심 없거든."

"그럼……?"

"집에 있을 거네. 가부좌 틀고 앉아서 명상에 잠겨 있겠지."

"그래요?"

무한은 의아하게 생각됐다. 황금에 관심이 없다니, 그런 사람은 보지 못했기 때문이었다.

"그럼, 왜 이곳에 오게 된 거죠? 이곳에 왔다면 분명 땅에 떨어진 황금을 따라왔을 텐데?"

"그야 돈 때문에 악몽의 세상에 온 사람이니, 황금을 보고 지나칠 수는 없었겠지. 하지만 막상 이곳에 오고 보니 욕심이 안 생기는가 보더군. 그래서 아직까지도 한 칸짜리 집에 산다네."

"한 칸짜리 집이요?"

한 칸짜리 집이란, 무한에게 주어진 공간만 한 집을 말하는 것이다. 그러니까 장 선생은 3년 동안이나 있었으면서도 한 개의 황금도 벌어들이지 않아 집을 늘리지 않았다는 말이었다.

"선생님다운 사람이군요……."

무한은 학교에 다니며 만난 여러 선생님을 떠올려 보았다. 그중에 가장 기억이 또렷한 이들은 대학 때의 교수들이고, 고등학교·중학교·초등학교 선생님은 빛바랜 사진처럼 흐릿하다. 그만큼 먼 세월을 거슬러 올라간 때에 만났던 스승이기 때문이었다.

"참, 그리고 보니 이름도 못 물어봤네. 뭐라고 하는가?"

배 씨는 허공에 시선을 둔 무한을 물끄러미 보다가 불쑥 물었다.

"예? 아, 예. 무한이라고 합니다. 허무한이요."

무한은 얼른 시선을 내리고 대답했다.

"허무한?"

배 씨는 비시시 웃으며 말을 이었다.

"이름 때문에 놀림 좀 받았겠구먼."

"그랬지요. 할아버지가 무한대로 뻗어 나가라고 그렇게 지으셨다는데, 성이 허 씨라서……."

무한도 멋쩍은 웃음으로 얼버무렸다.

"저런, 뜻만 생각하셨구먼. 이름은 부를 때 별명거리가 되지 말아야 하는데."

"그러게 말입니다. 하지만 이름이 그래서 좋은 점도 있더군요. 우선 이름이 우스우니 상대방이 경계심을 안 갖더군요. 한 번 들으면 잊어먹지 않기도 하고요."

"음, 그래. 그렇겠구먼. 나도 자네 이름을 들으면서 웃음이 나왔으니까."

"그래요……."

무한은 더 편안한 웃음이 지어졌다. 이런저런 이야기를 나누다 보니 어느덧 배 씨가 이웃집 형님같이 느껴졌던 것이다.

"그건 그렇고. 자네 장 선생 집에 같이 안 가려나? 새로 왔으니 인사를 나눌 겸 말일세."

"뭐, 그러지요. 근데 경마는 안 하시고요?"

"오늘은 끝났어. 그래서 뭘로 나머지 시간을 보낼까 궁리 중이었네."

"아, 그렇군요. 어쩐지 사람이 별로……."

"그럼, 가 보세."

배 씨는 의자에서 일어나 입구 쪽으로 걸었다.

무한이 배 씨를 따라 승강기를 타고 2층에서 내려보니, 44층인 자기 집의 크기와 구조가 똑같았다. 그 한 칸짜리 방 한가운데에

60대 중반쯤 되어 보이는 사람이 책상다리를 하고 앉아 있었다. 둥그스름한 얼굴에 머리는 반쯤 벗겨졌고, 금테 안경을 쓰고 있는 그 사람은 근엄한 분위기를 풍겼다.

"어서 오시게."

그 사람은 배 씨가 승강기에서 내리자 일어서며, 얼굴 전체로 미소를 지었다.

"뭔 생각을 하고 있었수?"

"생각은 무슨, 머릿속을 지우고 있었다네."

"지워서 뭐 하려고 그러슈? 바보 되려구?"

배 씨는 자기 집같이 편안히 주저앉았다.

"머릿속을 지워야 새 생각을 쓸 수 있잖소."

그 사람, 장 선생은 몇 발자국 서성이다 배 씨를 마주 보고 앉았다. 그제서야 무한도 중간쯤에 앉았다.

"이 양반은 누군가?"

장 선생은 무한을 그윽한 눈길로 보며 물었다.

"이번에 새로 온 사람이라우."

배 씨는 무한을 보며 빙긋이 웃었다.

"그런가? 보아하니 한창때 같은데 무슨 고민이 있기에 악몽의 땅에 왔소?"

무한은 장 선생과 눈을 마주 보았다. 안경 너머에서 자신을 보는 장 선생의 눈은, 마치 썩어서 꺼멓게 마른 호둣속 같았다.

"참, 그러고 보니 자네가 이곳에 온 사연을 안 들어 봤구먼. 무한이 자넨 무슨 일로 악몽의 땅을 밟게 됐는가?"

무한은 배 씨에게 얼굴을 돌렸다.

"그게요……."

무한은 꿈의 세상에 오게 된 사연을 천천히 늘어놨다.

"그게 정말이오?"

"그런 일은 첨 들어 보는구먼!"

무한의 이야기를 들은 두 사람은 매우 놀라는 눈치였다.

"헤수몽이라면 나도 알지우."

"그야 이곳에 온 사람이라면 누구나 알지. 이 꿈의 세상 안내자를 모르는 사람이 있겠소?"

"하긴……, 근데 그 사람이 어째서 돌아가지 않았을까?"

"무슨 사정이 있으니 안 돌아갔겠지."

무한은 두 사람의 대화에 끼어들었다.

"두 분은 헤수몽이란 안내자의 행방을 모릅니까?"

"여기서만 지내는 우리가 어찌 알겠소?"

"그럼, 이 황금 빌딩에는 없다는 얘기네요?"

"그렇지, 여긴 나타나지 않았으니까."

두 사람의 대답을 들은 무한은 황금 빌딩을 나가야겠다고 생각했다. 이곳에는 없는 것으로 확인됐으니, 다른 곳을 찾아봐야 했던 것이다.

"그런데요, 1층 카운터에 있는 여자 말이 누구든 이곳에 오면 나가지 못한다고 하던데 그게 사실입니까?"

해서 이렇게 물었다.

"규정은 그렇지만 꼭 그렇지는 않다네. 전에 어떤 사람도 탈출한 적이 있거든. 그리고 이곳에 왔다고 무한정 있는 것은 아니네. 잠이 깰 때가 되어서 나가는 사람들도 있으니까."

"그래요? 그렇다면 교도소에 갇혀 있는 죄수들과 비슷하군요."

"그렇지, 꼭 맞는 비유구먼. 그러니까 나 같은 사람은 장기 복역수라고 보면 되겠네."

"탈출한 사람도 있었수?"

배 씨가 두 사람의 말을 듣고 있다, 고개를 들었다.

"그럼, 우리도 그거 해 보는 게 어떻수?"

"왜? 배 씨는 이곳이 싫소?"

"답답하잖수. 매일 하는 일이란 게 지하에 가서 황금 따는 일뿐인데, 그거 따 봐야 집 넓히는 데밖에 더 쓸 데 있수?"

"하긴 뭐……."

"그래요, 이왕에 꿈의 세상에 온 거 다른 곳도 가 보는 게 좋잖습니까?"
　무한도 거들자, 장 선생이 물었다.
　"여길 오자마자 가겠다는 것이오?"
　"전 그 헤수몽이란 안내자를 찾으러 이곳에 온 것이잖습니까. 근데 없으니 다른 데를 가 봐야죠."
　"어……."
　장 선생은 안경을 고쳐 쓰고는 말을 이었다.
　"정말 가긴 해야겠네."
　"그럼, 이번 기회에 우리도 여길 나가 보는 게 어떻겠수?"
　배 씨 말에 장 선생은 다시 안경을 만지고는 입을 열었다.
　"그러다 지독한 데에 가게 되면 어떡하구? 여긴 그래도 그렇게 고통스러운 덴 아니잖소?"
　배 씨는 장 선생의 말에 코끝을 긁다가 입을 열었다.
　"그거야 현실 세계에서도 마찬가지 아니우. 어떤 일이든 잘된다고 보장되진 않으니까."
　"그렇긴 한데……. 그래서 여길 꼭 나가고 싶소?"
　"제발 그랬으면 좋겠수. 이곳의 삶은 너무 무미건조해서 지겹수."
　장 선생은 잠시 배 씨를 바라보다 시선을 내렸다.
　"하기는 우리 같은 삶이 재미는 없지. 매일 똑같은 생활만 되풀이되니 지겹기는 할 거요."
　장 선생은 가만히 고개를 끄덕이고는 결연한 마음을 얼굴에 나타냈다.
　"좋소, 배 씨가 그러고 싶다면 나도 기꺼이 동참하지."

2_탈출자들

 1층 로비 카운터에 앉은 빨간 제복의 여자는 미동도 없이 앞에 놓인 모니터를 들여다보고 있었다.
 조금 후, 왼쪽 승강기 문이 열리며 세 사람이 내렸다. 장 선생과 배 씨와 무한이었다.
 여자는 세 사람이 다가오자, 모니터에서 눈을 떼고 물었다.
 "늘리실 건가요? 줄이실 건가요?"
 장 선생이 먼저 여자 앞에 다가섰다.
 "장기동 씨는 오랫동안 한 칸짜리 집이었는데 이제 늘릴 금이 생겼나요?"
 여자는 장 선생을 보자 희미한 미소를 입가로 흘렸다.
 "금보다 더 좋은 것이 생겼소."
 장 선생은 주머니에서 무엇을 꺼내 불쑥 내밀었다. 주먹 크기만 한 흰 상자였다.
 "이게 뭔데요?"
 "열어 보쇼. 그럼, 알 거 아뇨."
 "이걸 왜 나한테 주지요?"
 여자의 미소가 지워지며 눈꼬리가 올라갔다.
 "글쎄, 열어 보면 안다니까 그러쇼."
 여자는 장 선생을 응시하다 상자를 열기 시작했다. 그 안에는 상자가 또 들어 있었다. 꺼내 보니 처음 상자와 크기가 같았다. 여자의 눈동자가 가운데로 모아지며 양미간을 좁히더니 다시 상자를 열었다. 이번에도 같은 상자가 또 들어 있었다. 여자가 숨소리를 높이며 또다시 상자를 열었다. 역시 똑같은 상자가 들어 있었다.
"자, 이제 가세나."
장 선생은 차츰 더 조급하게 상자를 여는 여자를 묵묵히 지켜보다 돌아서서는 현관 쪽으로 천천히 걸었다.
"어떻게 된 것이우? 저 경리 직원이 왜 정신없이 상자만 여는 거유?"
배 씨가 따라가며 물었다. 무한도 잔뜩 궁금한 표정이 되어 따라갔다.
"저건 최면 상자라오. 열면 열수록 더욱 몰두하게 되지. 아마 한 시간 정도는 저 짓을 되풀이하다 지쳐서 잠들게 될 거요."
"뭐유? 아니 저건 어떻게 만든 것이우?"
"내 욕심을 모은 것이라오. 3년 동안이나 이곳에 있으면서 내 물욕을 모두 뽑아 만든 것이지. 그 때문에 저건 욕심이 많은 사람이 잘 걸려든다오. 여자들이 대체로 물욕이 많잖소. 그래서 경리 직원이 쉽게 걸려든 것이라오."
세 사람은 여유롭게 현관문을 열고 황금 빌딩을 나섰다.
여자는 앞에 놓인 모니터에 세 사람이 현관문을 나가는 모습이 비쳤지만, 경비원을 부르는 비상벨을 누르지 않았다. 상자만 끝없이 열고 있을 뿐이었다.

잎이 하나도 안 달려 앙상한 가지를 드러낸 나무들만이 무질서하게 서 있는 숲이었다. 나무들이 마치 그림자처럼 거무스름한 까닭에 우중충해 보였다.
"산불이 났었나 봅니다."
무한은 희뿌연 하늘을 움켜잡을 듯한 모양의 나무를 유심히 보며 장 선생과 배 씨를 따라갔다.
"아닐 것이오."
장 선생은 어둠에 반쯤 묻혀 음침하게 보이는 앞쪽 숲을 향해 조심스럽게 발걸음을 옮겼다.

"그럼, 왜 이렇게 된 것이우?"
배 씨는 눈동자를 굴리며 사방을 둘러보았다.
"아마 여기가 고통의 숲인가 보오."
"뭔 소리우?"
"전에 4층에 살았던 사람에게 들은 적이 있소."
"4층? 일주일 정도만 있다가 저승에 간 노인 말이우?"
"맞소, 그 노인이 고통의 숲에 있었다고 합디다."
"뭣이우? 어째서 그랬단 말이우?"
"그게 말이오."
장 선생은 4층에 살았던 노인에 대해 말했다.
노인은 현실 세상에서 폐암 환자로 극심한 고통에 시달렸다고 한다. 그래서 잠이 들어도 고통의 숲에 가서 고통을 느끼는 꿈을 꿔야 했단다. 자면서도 신음하는 노인을 지켜보던 가족은 고통이라도 덜하게 강한 진통제를 투여해 주기를 의사에게 요청했고, 덕분에 고통에서 벗어나 황금 빌딩에 오게 된 것이었다. 그리고 얼마 후 숨이 끊어지자, 저승으로 간 것이었다.
"그랬었수?"
배 씨는 자기 앞에 커다랗게 일어선 나무를 보고는 눈동자가 커졌다. 나무가 자신을 덮칠 것 같은 기분이 들어서였다.
"그럼, 우리도 여길 왔으니 고통을 느끼게 되는 것 아뉴?"
"그건 모르겠소. 어쨌든 어서 벗어납시다. 기분 좋은 곳은 아니니까."
장 선생은 걸음을 빨리했다.
두 사람도 따라서 걸음을 재촉했다.
"기괴한 곳이기는 하군요."
무한은 나무들을 보며 지나가다, 한 나무에 눈길이 갔다. 나뭇가지 두 가닥이 한쪽으로만 F자로 뻗어 있는 모양에서 무언가 끄는 듯한 느낌을 받아서였다. 그 나무를 바라보자, 한층 더 강하게 끌어당기는 기운이 들었다.

'이상하네? 저 나무가 나를 부르는 것 같잖아?'

무한은 기어코 발길을 돌려 그 나무를 향해 걸어갔다.

"이것 봐, 어딜 가나?"

배 씨가 보고 물었지만, 무한은 대답이 없었다.

"저 사람이……?"

장 선생도 의아한 표정으로, 나무를 향해 걸어가는 무한을 바라보았다.

무한은 나무에 다가가자, 손을 뻗었다. 종류를 알 수 없는 나무줄기에는 마치 뱀 같은 껍질이 덮여 있었다.

무한의 손이 그 나무의 줄기에 닿았을 때였다.

"깨워 주세요! 나를 깨워 주세요! 깨워 주세요! 깨워 주세요! 깨워 주세요……!"

갑자기 애절한 여자 목소리가 끝없이 귀를 때렸다.

"무슨 일 있어?"

무한이 화들짝 놀라며 나무에서 손을 떼자, 배 씨가 다가오며 물었다.

"나무를 만지니 비명이 들려요!"

"비명?"

배 씨는 공포에 덮여 있는 무한의 얼굴을 물끄러미 보더니, 나무를 만졌다. 반응이 없다.

"무슨 비명?"

배 씨가 아무렇지도 않다는 반응을 보이자, 무한의 눈이 휘둥그레졌다.

"아무 소리도 안 들려요?"

"들리긴 뭐가 들린다고 그래?"

"그래요?"

무한은 조심스럽게 손을 뻗어 나무에 손가락을 댔다. 표정에 변화가 없다. 이번에는 손바닥을 나무줄기에 밀착시켰다. 역시 변화가 없다.

"이상하네?"

무한은 손을 거둬들이며 고개를 갸웃했다.
"무엇 때문에 그러시오?"
장 선생도 다가와서는 물었다.
"이 나무가 저를 끌어당기는 느낌이 들었거든요. 그래서 와 만져 보니 깨워 달라는 비명이 들렸어요. 근데 지금은 아무 소리도 안 들리네요?"
"그랬소?"
장 선생은 나무를 유심히 살펴보았다. 그러면서 이리저리 만지기도 하였는데 별 반응이 없었다.
"나무껍질이 희한하게 생겼구먼. 마치 뱀 껍질 같소."
장 선생은 그 나무에서 눈을 떼고 옆쪽 나무를 보았다. 허리 굵기 정도의 옆 나무의 줄기는 거북이 등 같은 무늬의 껍질이 덮여 있었다. 그 나무뿐만 아니라 눈에 보이는 모든 나무들이 특이한 껍질을 갖고 있었다. 어떤 나무의 껍질은 물고기 비늘 같았고 어떤 나무의 껍질은 유리같이 매끄러웠으며 어떤 나무의 껍질은 자갈을 박아 놓은 것같이 울퉁불퉁했다.
"예사 나무들이 아닌 것 같소."
장 선생은 경계의 눈빛으로 나무들을 훑어보며 넓은 공간으로 물러섰다.
"나무에게 가까이 가지 마시오. 무슨 일을 당할지 모르니."
배 씨는 장 선생의 말에, 굳은 표정으로 고개를 끄덕이고는 장 선생 옆에 붙어 걸었다.
무한도 그들 뒤를 바짝 따랐는데, 대여섯 발자국을 걷자 또 한 나무에서 끄는 느낌이 들었다. 그러나 이번에는 작심을 하고 있었으므로 돌아보지도 않았다.
그렇게 세 사람이 완만한 경사의 숲을 얼마쯤 올라가니, 나무들 사이로 드문드문 그루터기가 보이기 시작했다. 그루터기는 매끄럽게 잘려 있었다. 마치 힘이 센 사람이 커다란 칼로 단번에 자른 것같이 보였다.

2_탈출자들 ● 47

"누가 이랬을까?"

배 씨는 그루터기 면을 만지며 중얼거렸다.

"지름 한 뼘이 넘는 나무를 이렇게 잘랐다면 보통 사람은 아닌 것 같네."

장 선생도 그루터기를 살펴보고는 고개를 들었다. 장 선생의 눈에 한 채의 집이 들어왔다. 100여m 앞쪽에 테니스장만 한 공터가 있었는데, 그 가운데에 통나무를 엮어서 만든 단층집이 덩그러니 놓여 있었다.

"저것이군. 저 집을 지으려고 나무를 자른 거야."

장 선생은 집 쪽으로 걸음을 옮겼다.

배 씨와 무한도 뒤를 따랐다. 그러나 집 앞에 이르러서는 누구도 문을 두드리지 않았다. 음침한 분위기가 집을 감싸고 있어 두려웠기 때문이었다.

서로 눈치를 보다 무한이 나서서 문을 두드렸다.

"계십니까?"

아무 소리도 들리지 않았다.

"누구 없습니까?"

더 세게 두드리며 목소리를 높였으나 마찬가지였다.

무한은 한 발자국 뒤에 서 있는 두 사람에게 고개를 돌렸다.

"열어 보시오."

장 선생이 눈짓을 했다.

무한은 가만히 문을 밀었다. 묵직한 느낌이 손에 전해지며 열렸다.

"이게 뭐야?"

집 안을 들여다본 무한의 눈이 뻐끔해졌다. 집 크기로 보아 서너 평 정도의 실내 공간이 있을 것이라는 추측과는 아주 다르게 끝도 보이지 않는 공간이 펼쳐져 있었다. 공간은 위와 아래에도 끝없이 트여 있었다. 마치 다른 세상이 들어 있는 것 같았다.

"어떡할까요?"

무한은 옆에서 함께 집 안을 들여다보는 장 선생에게 물었다.

"글쎄요……, 이거 뭐 끝이 보이지 않으니…….."
"우선 얼마나 깊은지 보자구."
배 씨는 팔뚝만 한 나뭇가지를 주워 와 집 안으로 던졌다. 던져진 나뭇가지는 10여m쯤 날아가다가 멈췄다. 밑으로 떨어지는 것이 아니라 공중에 멈춘 것이었다.
"가만, 이곳은 중력이 없는 것 같소."
이번에는 장 선생이 주먹만 한 돌을 주워 던졌다. 돌도 얼마큼 날아가다 공중에 멈췄다.
"맞아, 중력이 없는 곳이야."
장 선생은 한쪽 발을 집 안에 들여놨다.
"들어가실 겁니까?"
무한이 보고는 눈이 커졌다.
"위험한 느낌이 들지만 그렇다고 호기심을 버리기도 힘들잖소."
"내디딘 발의 느낌은 어떻수?"
배 씨가 물었다.
"몸의 중심을 옮기지 않아서 아직 모르겠소."
"들어가 보슈. 우리가 장 선생을 잡고 있을 테니까."
장 선생은 잠시 생각하더니 고개를 끄덕였다.
"좋소, 해 봅시다."
배 씨는 이내 장 선생의 손을 거머쥐어 잡았고, 무한은 배 씨의 손을 거머쥐어 잡았다.
그렇게 두 사람이 잡아 주자, 장 선생은 문밖에 있던 발도 집 안으로 들여놨다. 집 안에 들어간 장 선생은 공중에 떠 있었다.
"어떻수?"
"뭔가 딱딱한 걸 디딘 것 같은데……."
장 선생은 허리를 굽혀 발밑을 만졌다.
"이제 보니 바닥은 거울이구먼. 맞아, 그래서 바닥이 공간으로 보였던 것이오."
"그래요?"

무한은 배 씨의 손을 놓고 집 안으로 들어갔다. 역시 공중에 떠 있는 것처럼 보였다.

"그렇다면 나도."

배 씨도 따라 들어갔다.

세 사람이 집 안에 들어가자, 갑자기 들어온 문이 사라져 버렸다.

"문이 없어졌어요!"

"어떻게 된 거야?"

"역시 예사 집이 아니오!"

세 사람은 사방을 둘러보았다. 어디를 봐도 눈길 닿는 곳 없이 휜하게 트여 있었다.

"이제 어쩌지요?"

무한은 두려운 얼굴로 두 사람을 번갈아 보았다.

"우선 가는 데까지 가 봅시다."

장 선생은 말을 하자마자 성큼성큼 걸어갔다.

배 씨는 멀뚱히 보고 있다 따라 걸었다.

두 사람이 가니 무한도 따라갈 수밖에 없었다.

얼마쯤 걸었을까……. 무한은 앞에 가는 두 사람이 작아지는 것같이 보였다. 똑바로 바라보이던 앞사람의 뒤통수가 점점 내려가는 것 같았다. 그 이유는 곧 알 수 있었다. 무한이 내디딘 발이 푹 꺼지듯 한 뼘 정도 아래에 닿았기 때문이다. 계단인 것 같았다. 보이지 않는 계단이 앞쪽에 펼쳐져 있는 모양이었다.

그 투명한 계단을 발로 더듬으며 20칸쯤 내려가자, 계단 모양이 흐릿하게 보이기 시작했다. 뿐만 아니라 그때까지 아무것도 보이지 않던 사방 공간에 흐릿한 영상이 나타나기 시작했다. 먼지 같은 점이 모여 시작된 영상은 점점 짙어져서 뚜렷한 모습을 만들었다. 사람들이었다. 사람들이 흐느적거리며 공중에 떠다니고 있었다.

"악몽을 꾸는 사람들인가 보오."

장 선생이 가까이 떠 있는 사람을 유심히 보고는 중얼거렸다.

"그걸 어떻게 아슈?"

배 씨가 뒤에서 물었다.

"표정이 그렇지 않소."

배 씨는 그제서야 떠 있는 사람의 얼굴을 보았다. 그들은 하나같이 얼굴을 찡그리고 있었다. 어떤 사람은 두 손으로 자기 머리카락을 쥐어뜯으며 괴로워하고 있었다.

무한도 떠 있는 사람들을 구경하며 장 선생과 배 씨를 따라갔는데, 어느새 계단을 내려와 평지를 걷고 있었다. 마치 불에 탄 것처럼 거무스름한 땅 위에 검은 돌들이 여기저기 흩어져 있는 평지였다. 그곳에도 사람이 있었는데, 그들은 동상처럼 서 있는 모습 그대로 움직이지 않았다.

무한은 한 사람을 보고는 시선을 떼지 못했다. 무척 아름다운 여인이었기 때문이었다. 긴 머리에 파란 드레스를 입고 있는 그 여인은 들어 올린 두 팔로 허공을 붙잡고 있었다.

무한이 그 여인을 보며 옆으로 지나갈 때였다.

"깨워 주세요! 나를 깨워 주세요! 깨워 주세요!"

무한은 흠칫 놀라며 걸음을 멈췄다. 그 목소리는 분명히, 고통의 숲을 지나갈 때 한쪽으로 두 가닥의 가지가 달린 나무에서 들리던 목소리였다.

"깨워 주세요! 깨워 주세요! 제발 나를 깨워 주세요!"

무한은 앞에 가는 장 선생과 배 씨의 얼굴을 보았다. 아무 반응이 없는 것을 보니, 두 사람에겐 그 소리가 들리지 않는 것 같았다.

"거기서 뭐 하나?"

무한이 그 여인 앞에 서 있자, 배 씨가 돌아보며 물었다.

"저 사람, 여자가 예쁘니까 구경하고 있나 보오."

장 선생은 그 모습을 보고 빙긋이 웃었다.

"표정을 보니 그 여자도 악몽을 꾸고 있는 것 같소."

"이 여자가 자기를 깨워 달라는데요?"

무한은 그 여자의 목소리가 고통의 숲에서 본 나무에서 나는 목소리와 같다는 말을 했다.

"그랬소? 그렇다면 여기 있는 사람들이 고통의 숲에 있는 나무들이란 말인가?"

장 선생은 땅에 서 있거나 공중에 떠 있는 사람들을 다시 살펴보았다.

"오호, 그러니까 여기 있는 사람들이 숲의 나무들 뿌리인 셈이구먼."

배 씨도 사람들을 자세히 보고는 고개를 끄덕였다.

"그보다는 여기 있는 사람들이 고통의 숲에서 나무 모습으로 나타난 것 같습니다. 저 여자 목소리가 들렸던 나무도, 지금 저 여자의 몸짓 모양과 비슷하니까요."

무한의 말대로, 두 개의 가지가 한쪽으로 뻗은 그 나무의 모습이 여자가 허공을 향해 두 팔을 뻗은 모습과 비슷했다. 한 곳에는 두 사람이 붙어 서서 위를 향해 팔을 벌리고 있었는데, 가만히 보니 고통의 숲 입구에서 본, 하늘을 움켜잡을 듯한 모양의 나무 모습과 비슷했다.

"깨워 주세요! 깨워 주세요! 제발 나를 깨워 주세요!"

여자의 목소리가 또 무한의 귀에 들렸다.

무한은 작고 갸름한 얼굴에 붙어 있는 여자의 큰 눈과 오똑한 코, 도톰한 입술을 물끄러미 보고 있다가 물었다.

"지금 나한테 말하는 겁니까?"

"그래요, 무한 씨에게 말하는 거예요. 제발 날 깨워 주세요."

무한의 눈이 놀람으로 커졌다.

"나를 알아요?"

"그럼요, 무한 씨는 유일하게 잘못 없이 이곳에 온 사람이잖아요."

무한이 여자에게 말하는 것을 본 장 선생과 배 씨가 물었다.

"자네 지금 이 여자와 얘길 나누나?"

"여자가 뭐라고 하오?"

무한은 오른손을 살짝 들어 두 사람의 말을 막은 다음, 여자에게 물었다.

"그걸 어떻게 알았지요?"

"카페 마담이 그랬어요. 악몽의 땅에 잘못 없이 오는 사람이 있다고요. 그 사람이 날 악몽에서 깨워 줄 수 있다고 했어요. 무한 씨 당신이 말이에요."

"카페요? 혹시 꿈의 세상……?"

"맞아요, 서울 변두리에 있는 작은 카페요."

"거길 어떻게 알지요?"

"금요일 저녁이었어요."

여자는 명주실같이 가녀린 목소리로 이야기를 시작했다.

강묘희, 여자의 이름이었다. 묘희는 서른일곱 살이나 되었으나 결혼을 하지 않았다. 그녀가 결혼을 안 한 것은 남자가 없어서가 아니었다. 뛰어난 미모를 가진 덕에, 따르는 남자는 차고 넘치도록 많았다. 어떤 남자든 그녀를 한 번만 보면 관심을 보였으니까 말이다.

그러나 묘희는 어떤 남자에게도 마음을 주지 않았다. 이유는 모든 남자들을 다 비슷한 속물로 보기 때문이었는데, 그녀가 남자들을 그런 시각으로 보는 것은 부모 탓이었다. 묘희는 부모가 싸우는 모습만 보고 자랐다. 아버지가 못 말리는 바람둥이여서 어머니가 한시도 마음이 편할 날이 없었던 것이다. 그래서 어머니는 아버지에게 말 한마디도 좋게 건넨 적이 없었고, 그것은 곧 불씨가 되어 언쟁으로 이어졌으며 심해지면 두 사람 사이에 살림 도구가 날아다녔다. 그래도 아버지는 가정을 버리고 다른 여자와 살림을 차린 적은 없었다. 바람이 나서 며칠 정도 집에 안 들어온 적은 심심찮게 있었지만, 그 며칠이 지나면 어김없이 집에 들어왔던 것이다. 마치 지방 출장이라도 갔다 온 사람처럼 아무렇지도 않게 말이다.

그러면 어머니는 눈에 쌍심지를 켜고 온갖 험한 말들을 아버지에게 퍼부었고, 또 한바탕 싸움이 일어났다. 묘희는 그런 아버지가 벌레처럼 싫었으나, 아버지가 벌어 오는 돈으로 자라는 자식의 입장에서 내색을 할 수는 없었다. 그러다 고등학교 교복을 벗고 대학에 들어가자, 마음을 다져 먹고 아버지에게 따졌다. 아버지는 왜 그렇게 여자들을 탐하고 다녀서 엄마와 끊임없이 불화를 일으키냐고, 아버지는 인생의 목표가 여자와 즐기는 것뿐이냐고, 그러자 아버지가 말했다.

"이것아, 사람은 누구나 타고난 본성이 있는 거야. 그리고 그건 가지고 태어난 외모처럼 바꿀 수 없는 거야. 나라고 내가 사는 방식이 좋은지 아냐? 나는 카사노바처럼 바람기를 타고난 사람이야. 때문에 난 그렇게 살 수밖에 없어. 누가 뭐라고 비난해도 나는 내 삶의 방식을 바꿀 순 없단 말이다."

묘희는 아버지에게 더 따질 수가 없었다. 말을 듣고 보니, 아버지는 나름대로 최선을 다해 사는 사람이라고 여겨졌던 것이다.

그렇다면 문제는 어머니한테 있는 것 아닐까? 하는 생각이 들었다. 어머니가 그런 남자를 선택했으니까 말이다.

어머니는 미모의 소유자였다. 그러나 아버지는 더 빛나는 사람이었다. 아마 두 사람은 그런 서로의 외모에 끌려 결혼했으리라.

아버지는 찾아다니며 미용 재료를 공급하는 사업을 하였는데, 큰 수입은 없었지만 가족생활에 부족하지 않을 만큼의 돈은 벌어 왔다. 그러므로 굳이 직장을 다닐 필요가 없는 어머니라, 집에서 살림만 하며 지냈다.

그런데 결혼 후 5년쯤 지나 묘희가 어머니 몸에 들어설 때부터였다. 아버지가 이 핑계 저 핑계로 외박을 시작하더니, 나중에는 대놓고 집에 들어오지 않는 일이 잦아졌다. 그래도 묘희가 태어나자 예뻐는 하였으나, 시작된 외박 버릇은 끊지 않았다.

그러니 어머니는 남편과 정이 떨어질 대로 떨어져 말 한마디라도 곱게 건넬 수가 없었다. 꼭 할 말만을 사무적으로 하고 데면데면하게 대하며 하루하루를 살아갈 뿐이었다.

그런 삶을 사는 어머니를 성장할 때까지 보아 온 묘희는 생각했다.

'엄마는 그렇게 사는 것이 행복할까?'

그럴 리가 없다는 생각이 들었다. 어머니는 아버지를 대할 때 한 번이라도 웃음을 보인 적이 없기 때문이었다. 어머니가 웃는 것은 재미있는 텔레비전 프로를 보거나 묘희를 대할 때뿐이었다.

묘희를 대할 때의 웃음은 슬픔이나 외로움 같은, 쓴 커피에 설탕을

섞은 듯한 웃음이었다. 어머니는 그런 웃음을 지은 채 묘희를 들여다보다 꼭 안고는 하염없이 허공을 바라보곤 했다.

그래서 묘희는 어머니의 힘이 되겠다는 마음을 늘 갖고 있었고, 미웠으나 정작 성인이 되어 건넨 말을 듣고서는 아버지 탓만은 아니라고 여겨졌다.

그렇다면 문제는 어머니한테 있는 것 아닐까? 하는 생각이 들었다. 어머니가 그런 남자를 선택했으니까 말이다.

'나는 어떨까? 나는 아버지 같은 남자를 만나서 잘살 수 있을까?'

묘희는 자기가 어머니의 딸인 만큼 어머니와 별로 다르지 않을 것이라는 생각이 들었다.

'그래, 내가 어머니 같은 결혼 생활을 하지 않으려면 절대 아버지 같은 남자를 만나면 안 돼.'

이렇게 판단한 묘희는 그 후부터, 자기를 따르는 남자들을 세심하게 관찰하기 시작했다. 그러다가 조금이라도 마음에 들지 않는 구석이 있으면 매몰차게 걷어찼다.

그러다 보니 어떤 남자한테도 정이 가지 않았고 나이만 먹어 갔다. 반짝거리던 외모가 시나브로 색이 바래기 시작했고 따르는 남자들도 뜸해졌다. 그래서 묘희는 전엔 거들떠도 보지 않던 맞선이나 소개팅에 적극적으로 나가고 결혼 정보 회사에도 가입했으나, 여전히 마음에 차는 남자를 만날 수가 없었다.

그러던 어느 날 저녁이었다. 회사 일을 마친 묘희는 거리를 걷고 있었다. 평소에는 운전을 하고 있을 시간이었지만, 차가 고장 나서 정비소에 맡겼기 때문이었다. 변두리 동네인 ○○동에 사는 묘희는 어느 정도 걷다가 길가 버스 정류장에 섰다. 집으로 가는 버스 100-1번을 타기 위해서였다. 10년 만에 처음 타 보는 버스였다. 10년 전에 운전면허를 따고 차를 샀기 때문에, 그 후로는 버스를 탈 일이 없었던 것이다.

그러나 그날은 차가 탈이 나서 회사 근처 정비소에 맡기고 오랜만에 버스를 타기 위해 정류장에 선 것이었다. 얼마 후 도착한 버스에 올라타 밖을 내다보니, 새삼스럽게 10년 전 자신의 모습이 떠올랐다. 묘희의 인생에서 그 시절은 만개한 꽃과 같았었다. 때문에 어떤 남자든 마음만 먹으면 내 것으로 만들 수 있을 것같이 자신에 차 있던 때였다.

'그때가 엊그제 같은데 어느새 30대 후반이라니…….'

그러고 보니 친구들도 안 만난 지가 꽤 된 것 같았다. 다들 시집가서 학부형이 되어 있는 친구들을 보면, 자신의 처지가 너무 초라하게 느껴져 연락이 와도 피했던 것이었다. 버스가 40분쯤 달리자, 집이 있는 동네에 들어섰다.

'어디쯤에서 내려야 하지?'

묘희는 창밖을 내다보며 집으로 들어가는 길을 찾았으나, 벌써 지나치고 있었다. 할 수 없이 한 정거장을 더 가야 했다.

'여기 이런 곳이 있었나?'

버스에서 내린 묘희는 정거장 앞에 있는 카페에 눈길이 갔다.

'꿈의 세상'

카페에 걸린 간판 이름이었다. 집에 들어가 봐야 어머니와 퇴근 인사말만 몇 마디 나누고 나면 가라앉은 적막뿐이라는 걸 잘 아는 묘희는 자기도 모르게 카페 문을 열고 들어섰다.

카페 안에는 한 사람의 손님도 없었다. 40대쯤 되어 보이는 미모의 마담만이 카운터에 앉아 있었다.

"어서 오세요."

묘희가 들어서자 마담은 보조개가 생기는 미소를 지어 보이며 살짝 고개를 숙였다.

묘희는 카페 안을 둘러보고는 카운터에 가까운 테이블에 앉았다. 손님이 한 사람도 없으니, 마담과 대화나 해 보려는 의도에서였다.

"미인이시네요."

마담은 묘희의 의도를 단박에 눈치챈 듯, 주스 한 잔을 내오며 맞은편에 앉았다.

"저 아직 주문 안 했는데요?"

묘희는 시키지도 않은 주스를 내오고 손님 자리에 앉는 마담의 태도가 의아했다.

"서비스로 드리는 거예요."

"예? 왜요?"

"마지막 손님이거든요."

"제가요? 벌써 문 닫으시려고요?"

"내가 그만두려고요."

"그러세요?"

묘희는 마담을 다시 보았다. 자세히 보니 물장사하는 여자 같지 않게 기품이 있어 보였다.

"다른 일 하시려고요?"

"이제 내 세상으로 갈 때가 되었거든요."

"예? 무슨……?"

묘희는 뜻 모를 마담의 말에 눈이 동그래졌다.

마담은 그런 묘희의 눈을 들여다보다가 입을 열었다.

"당신은 타고난 미모로 많은 남자들 가슴에 상처를 냈군요."

"예?"

"그 때문에 오늘 밤에 무서운 꿈을 꾸게 될 거예요."

"그게 무슨 말이에요?"

묘희는 와락, 겁이 밀려왔다. 그러잖아도 신비한 느낌이 드는 마담이 그런 말을 하니 예사롭게 여겨지지 않았다.

"점을 볼 줄 아세요?"

"내가 그 세상 사람이니 잘 알지요."

"예? 무슨 세상요?"

묘희는 문득 카페에 들어올 때 본 간판이 떠올랐다.

"혹시 꿈의 세상이라는……."

마담은 미소를 지으며 대답했다.

"내가 사는 세상이지요."

알 수 없는 마담의 말에 묘희는 눈만 동그랗게 뜨고 있었다.

"당신이 오늘 밤 꿈에 가게 될 곳은 악몽의 땅이에요. 그곳은 상상도 못 할 만큼 무서운 곳이지요."

기분이 확 상한 묘희는, 그런 재수 없는 소리가 어디 있느냐고 따지고 싶었으나 그러지 못했다. 감히 범접할 수 없는 위엄이 마담에게서 느껴졌기 때문이었다. 어색하게 앉아 있다가 그냥 나오는 수밖에 없었다.

묘희는 집에 돌아와서도 마담의 말이 머리에서 떠나지 않았다.

'내가 남자들 마음에 상처를 내서 무서운 꿈을 꾸게 될 거라고?'

돌이켜 생각해 보니 자신이 남자들을 여럿 울렸다는 말은 맞는 것 같았다. 이런저런 이유로 퇴짜를 놓은 남자들이 한둘이 아니었으니까.

한 번은 남자 어머니가 직접 찾아와서는 색시 때문에 아들이 드러누워 식음을 전폐하고 있으니 와서 얼굴만이라도 보여 줄 수 없냐고 하소연한 적도 있었으나, 내가 왜 그런 일을 하느냐며 매몰차게 거절한 적도 있었다.

'꿈 한 번 꾸는 거에 내가 왜 이러지?'

묘희는 아무것도 아니라는 듯 떨쳐 버리려고 했으나, 마담의 말이 마음에 새겨진 듯 두려움이 없어지지 않았다. 마치 무서운 어떤 존재가 저편 어딘가에서 자기를 기다리는 것 같았다.

"까짓, 안 자면 되지 뭐."

해서 이렇게 작정하고 커피만 자꾸 마셔 댔다.

하지만 초저녁에 자는 버릇이 있던 그녀는 10시가 넘자 더 이상 견딜 수가 없었다. 자지 않으려고 소파에 앉아 텔레비전 시청에 집중했지만, 점점 무거워지는 눈꺼풀을 감당하지 못하고 그대로 쓰러져 잠이 들고 말았다.

묘희는 종아리에 닿을 정도의 풀들이 자라는 들판에 서 있었다. 어느 쪽을 봐도 끝이 보이지 않는 들판이었다.

'여기가 어디지?'

묘희는 소파에 앉아 텔레비전을 보던 기억이 떠올랐다.

'그럼, 내가 지금 꿈을 꾸고 있는 거야?'

불안했던 마음이 사라지는 기분이 들었다.
악몽의 세상은 상상도 못 할 만큼 무서운 곳이라더니, 그냥 들판이라 안심이 되었던 것이다.
'괜히 겁을 먹었잖아.'
산책을 하듯 몇 발자국 걸었을 때였다. 갑자기 앞에서 불투명한 물체가 나타나더니 사람의 형체로 변했다. 카페 '꿈의 세상' 마담이었다. 흰 드레스 차림의 마담은, 옛날 옷을 입은 열다섯 살 정도의 소년과 함께 서 있었다.
"당신은!"
놀라는 묘희에게 마담이 말을 걸어왔다.
"묘희 씨는 얘와 함께 악몽의 세상에 가게 될 거예요."
마담은 소년의 어깨에 손을 얹었다.
"예? 걔가 누군데요?"
"내 아들이에요. 이 꿈의 세상 안내를 맡고 있지요."
마담의 말에 소년이 슬며시 다가와 묘희의 손을 잡았다.
"절 따라오십시오."
묘희는 소년이 자기 손을 잡자, 정신이 몽롱해지며 의지가 몸과 멀어지는 느낌이 들었다.
"묘희 씨가 가는 곳은 고통의 숲이에요. 참기 힘든 고통이 괴롭히는 곳이지요. 하지만 내 카페의 마지막 손님이니까 깨어날 방법을 알려 줄게요. 당신이 그곳에 있을 때, 오른손이 파랗게 빛나는 허무한이란 남자가 지나갈 거예요. 그 남자에게 깨워 달라고 사정해 보세요. 그러고는 그 남자가 갖고 있는 파란 돌을 달라고 하세요. 그럼, 깨어날 수 있어요."
묘희는 마담의 허스키한 목소리를 등으로 들으며 자기도 모르게 소년을 따라 걸었다. 소년은 붉은 안개를 지나 붉은 땅까지 묘희를 안내하고는 돌아갔다.
'여기가 악몽의 땅이라고?'
묘희는 붉은 땅에 들어서자 으스스한 기분이 들기 시작했다. 군데군데 자라 있는 풀들도 피로 물든 것같이 붉은색이어서 건드리기가 두려웠다. 그래서 풀이 없는 맨땅으로만 걸었는데, 그렇게 얼마쯤 가다 보니 불에 탄 듯이 가지만 앙상한 검은 나무들이 모여 있는 숲이 나왔다. 숲에 어느 정도 들어서자, 통나무를 엮어 지은 단층집이 나타났다.

반가움에 얼른 다가가 문을 두드렸다.

"여보세요! 누구 없나요?"

반응이 없어 소리를 질렀으나 역시 조용했다.

'이상하네? 사람이 안 사는 집인가?'

묘희는 그 집의 문을 물끄러미 바라보다 손을 대고 힘을 주었다. 대문 크기만 한 데에다 통나무로 만들어진 투박한 문이라 어깨 힘까지 보태어 밀었다. 문은 예상과는 달리 쉽게 열렸다.

"어머……."

열린 문으로 집 안을 들여다본 묘희는 입이 벌어졌다. 집 크기로 보아 서너 평 정도의 방이 있을 것이라고 짐작했는데, 끝도 없는 공간이 펼쳐져 있는 것이었다. 위와 아래도 마찬가지였다.

'혹시 여기가…….'

묘희는 어쩌면 이곳이 진짜 무서운 곳일지도 모른다는 생각이 들었다. 때문에 더 두려웠지만, 함께 생긴 호기심을 떨쳐 버릴 수가 없었다. 해서 얼마 동안 망설이다가 집 안에 발을 들여놓고야 말았다.

다음 순간, 묘희는 어느 길을 걷고 있었다. 드문드문 서 있는 가로등이 자기 주위만 겨우 밝혀 주는 어두컴컴한 길을 혼자 걷고 있었다. 또각 또각 또각, 날카로운 하이힐 소리만 길 위에 뿌려지고 있었.

20m쯤 앞쪽에 전봇대가 보였다. 그 옆에 한 그림자가 붙어 있었다. 무슨 그림자인지는 모르나 왠지 섬뜩한 느낌이 들었다. 묘희는 우뚝 걸음을 멈추고 그림자를 주시하다가 갑자기 발길을 돌려 빠르게 걷기 시작했다. 딱딱딱딱딱! 짧게 끊어지는 하이힐 소리를 들으며 달리는데, 곧이어 무거운 발소리가 따라왔다. 뚜걱 뚜걱 뚜걱 뚜걱, 남자 발자국 소리였다.

등줄기로 차가운 소름이 올라오는 느낌이 든 묘희는 하이힐을 벗어 들고 뛰기 시작했다. 그래도 발자국 소리는 계속 따라왔다. 뚜걱 뚜걱 뚜걱 뚜걱, 마치 묘희 허리에 줄을 묶고서 움켜잡은 채 따라오는 듯했다. 있는 힘을 다해 뛰어도, 지쳐서 천천히 걸어도 똑같은 박자의 소리가 뒤따라왔다.

"누구세요!"

묘희는 더 이상 공포를 견딜 수 없어, 갑자기 돌아서며 바락 소리를 질렀다.

20m쯤 앞에 전봇대가 보였다. 그림자도 그대로 붙어 있었다. 그만큼 뛰었는데도 제자리였던 것이다.

낯빛이 하얗다 못해 파래진 묘희는 어쩔 줄을 모르고 서 있었다. 그림자가 움직였다. 뚜걱 뚜걱, 소리를 내며 묘희에게 다가왔다.

"오랜만이야, 아가씨."

쇳조각을 두드리는 것 같은 목소리가 섬뜩하게 귀청을 찔렀다.

'이 목소리는!'

오래전에 묻어 두었던 기억이 불쑥 솟아올랐다. '박기만' 분명히 그 남자의 목소리였다. 묘희가 스물다섯 살 때의 일이다. 늦은 시간에 전철을 타고 집으로 가는 중이었다. 전철 안은 승객이 별로 없어 자리가 남았는데도, 앞에 서 있는 사람이 있었다. 보통 키에 마른 체격의 그 남자는 허름한 점퍼를 입고 있었다. 처음에는 곧 내리려고 그러나 보다 했으나, 남자는 대여섯 정거장을 지났는데도 여전히 그러고 있었다.

내리려면 아직 아홉 정거장이나 더 남았지만, 불안해진 묘희는 자리에서 일어나 옆 칸으로 갔다. 그런데 그 남자도 따라오지 않는가! 남자의 목적을 분명하게 깨달은 묘희의 온몸에 두려움이 적셔 왔다. 자기도 언젠가 뉴스에서 본 끔찍한 살인 사건에 희생된 여자처럼 되는 게 아닌가, 하는 생각에 몸서리까지 쳐졌다.

이제 한 정거장만 더 가면 내려야 했다. 묘희는 핸드백을 틀어쥐고 있다가, 문이 열리자마자 후다닥 뛰어 개찰구를 나섰다. 그러고는 이내 택시를 잡아탔다. 전철역에서 집까지는 300여m 거리라 여느 때는 걸어갔으나 남자를 따돌리기 위해서였다.

그 후, 열흘이 지났다. 그 사건은 열흘의 시일에 희석되어 거의 지워졌다. 순정 만화의 주인공 같은, 여느 때의 마음으로 돌아온 묘희는 휴일인 내일과 모레를 어떻게 보낼까? 궁리하며 집으로 가는 골목길을 걷고 있었다.

'윤미를 불러내 연극이나 보러 갈까? 에이, 걘 애인 때문에 안 갈 거야. 기집애, 못생긴 게 남자는 벌써부터 생겨 가지고.'

입을 삐죽이며, 꺾어진 골목으로 들어설 때였다.

"안녕하슈, 아가씨."

묘희는 숨이 탁 막히는 것 같았다. 쇳조각을 두드리는 것 같은 목소리에 고개를 들어 보니, 한 남자가 골목 벽에 기대어 있지 않은가! 허름한 점퍼를 입은 마른 체격, 열흘 전에 전철 안에서 마주쳤던 남자였다.

"이 동네 살면서, 그날 택시를 탔수?"

남자는 찢어진 눈매로 묘희를 핥듯이 훑어보며, 한쪽 입꼬리를 올렸다. 마치 독사와 같은 인상이었다.

"이 몸을 따돌리시려구? 흐음, 제법 머리 좀 썼는데."

묘희는 온몸에 힘이 빠지며 다리가 후들거렸다.

"누, 누구세요? 왜 이러는 거예요?"

겁에 질려 움츠러든 묘희의 목소리에, 남자는 다시 소름 끼치는 미소를 보여 주었다.

"그걸 몰라서 물으슈? 그대는 여자고 나는 남자니, 벌이 꽃을 찾듯이 자연의 섭리에 따라 그러는 것 아뉴. 나 박기만이라고 하우. 좀 사귀어 봅시다."

남자는 느물거리며 묘희에게 다가왔다.

묘희는 흡사 뱀이 몸을 휘감으려고 다가오는 느낌이 들었다.

"저리 가세요! 경찰 부르겠어요!"

묘희는 발악하듯 소리쳤다.

"경찰? 연애 좀 하자는데 죄가 되나?"

남자는 주춤 멈추었다. 묘희는 그 틈에 재빠른 걸음으로 골목을 빠져나왔다. 골목 중간쯤이 묘희 집이었으나 지나쳐 갔다.

"이보슈, 집에 안 들어가고 어딜 가슈?"

남자의 말에 그만 주춤, 걸음을 멈출 수밖에 없었다. 남자는 이미 묘희의 집을 알고 있었던 것이다. 허둥대며 집으로 들어간 묘희는 그날 밤 내내 잠 한숨을 잘 수가 없었다. 남자가 금방이라도 집에 들어올 것 같아, 잠근 문도 미덥지 않아 책상과 소파를 문 앞에 끌어다 놓았다.

그렇게 이튿날을 맞은 묘희는 당장 고시원을 얻어, 방이 빠질 때까지 지내다가 이사를 했다. 그러고 그 일도 세월이 어느 정도 흐르자 희석되어 잊혀졌다.

바로 그 뱀 같은 남자가 꿈의 세상에 나타난 것이었다.

'그럼, 내가 꿀 악몽이 바로 저 남자에게 시달리는 건가?'

남자는 멍하니 서 있는 묘희의 어깨에 손을 얹었다.

"아주 감쪽같이 이사를 갔더구먼. 덕분에 난 대방역에서 두 달이나 죽쳤었지."

남자는 싸늘한 눈길로 묘희를 훑어보며 이죽거렸다. 대방역은 묘희 집에서 가까운 전철역이었다.

"얼굴이 예쁘면 그렇게 사람을 무시해도 되는 거야?"

남자는 흡사, 움켜잡은 먹이를 관찰하는 사마귀 같았다. 그러다 와락 달려들어 물어뜯을 것만 같았다.

'이건 꿈이야. 그러니까 잠에서 깨면 돼. 그러면 저 악마 같은 남자는 사라질 거야.'

묘희는 자기 볼을 만지다가 꼬집었다. 아무런 통증도 없었다. 따라서 남자의 모습도 앞에 그대로 있었다.

"왜, 꿈에서 나가려고?"

남자는 그런 묘희의 생각을 눈치채고는 이죽거렸다.

"그런 생각은 일찌감치 버리는 게 좋을 거야. 넌 이 고통의 숲에

심어진 나무니까. 나무는 혼자 움직일 수 없지.”

남자는 그러면서 손을 뻗어 왔다.

묘희는 피하려고 몸을 뒤로 뺐으나 움직일 수가 없었다. 마치 발이 땅에 붙은 것 같았다.

남자는 그런 묘희의 몸을 주저 없이 더듬었다. 허벅지부터 시작해 엉덩이로, 이어서 가슴까지 주물렀다.

“아아악!”

묘희는 자지러지는 소리를 질렀으나, 남자는 아무렇지도 않은 듯 그 짓을 계속했다.

묘희는 몸에 송충이가 기어가는 것처럼 진저리가 쳐졌으나, 움직일 수 없으니 아무런 저항도 할 수 없었다. 그저 숨넘어갈 것같이 악만 쓸 뿐이었다.

묘희의 이야기를 다 들은 무한은 혼잣말처럼 중얼거렸다.

“흐음, 그러니까 이곳에서의 악몽은 나쁜 기억이 빌미가 되어 꾸는 거군요.”

무한은 주위 사람들을 눈으로 가리키며 물었다.

“다른 사람들은 어떤 악몽을 꾸는지 들어 봤나요?”

“아니요. 여기 있는 사람들은 이야기를 나누지 않아요. 자신과 관련된 악몽만 꾸니까요.”

“그렇군요.”

무한은 고개를 끄덕이면서 다시 물었다.

“근데 그 박기만이란 사람은 어디 있죠?”

“어두워지면 나타나요.”

“어두워지면요?”

무한은 그곳을 밝히고 있는 희뿌연 빛의 근원을 찾으려고 하늘을 보았다. 하늘 어느 쪽에도 해는 없었다. 그렇다고 가로등 같은 발광체가 있는 것도 아니었다. 그곳을 밝히는 빛은 발광체 없이 생겨나 스스로를 밝히는 듯싶었다.

"이 희뿌연 빛이 기운을 잃으면, 어둠 속에서 그 야비한 모습을 나타내요. 그리고는 벌레 같은 손으로 내 몸을 더듬기 시작해요."

묘희는 눈살을 찡그리며 입술을 깨물었다.

"무한 씨, 당신이 가진 그 파란 돌을 주세요. 전 정말 더 견디지 못하겠어요."

묘희의 애원하는 말에 무한은 오른손을 펴 보았다. 여전히 파란 돌이 손안에 있었다.

"주는 거야 어렵지 않지만…… 이걸 어떻게 줍니까?"

노인, 해수몽의 아버지를 만났을 때의 일이 생각나 하는 말이었다.

"돌을 쥔 손을 내 손에 대 주세요."

시키는 대로 오른손을, 앞으로 뻗은 묘희의 손에 대었다. 그러자 손안의 돌이 묘희의 손으로 그림자처럼 옮겨 갔다.

"고마워요, 정말 고마워요!"

묘희의 얼굴은 동상처럼 표정이 없었으나, 목소리에는 기쁜 감정이 실려 있었다.

"이 은혜는 갚을게요! 꼭요!"

"은혜라뇨, 뭐 대단한 일이라고."

"아녜요, 꼭 갚을 거예요! 혹시 내게 원하는 게 있나요?"

"뭐 그렇다면……"

무한은 쑥스럽다는 듯 머리를 만지면서 말을 이었다.

"그럼, 한 번 만나 주겠습니까? 사귀어 보고 싶어서요. 난 ○○은행 ○○지점에 근무합니다."

"알았어요, 갈게요. 꼭 찾아갈게요!"

그러면서 묘희 모습이 옅어지더니 사라졌다. 꿈에서 나간 것 같았다.

세 사람은 앞만 바라보며 묵묵히 걷고 있었다. 이제는 허공에 떠 있던 사람들이 보이지 않았다. 그들은 계단 주위에 3~4m 간격으로 있었으나, 계단에서 멀어질수록 점점 드물게 보이더니 1,000여m쯤 걸어 나오자 모습이 끊겼다.

"가만, 저거 좀 이상하구먼."

맨 앞에 걷던 장 선생은 양쪽 주위를 유심히 보더니 말을 꺼냈다.

"뭐가 말이우?"

배 씨가 장 선생이 보는 방향으로 시선을 주며 물었다.

"저 양쪽 지대 말이오. 점점 높아지잖소. 똑같이 말이오."

"그게 무슨 소리우?"

"마치 우리가 걷고 있는 땅을 중심으로 담을 치고 있는 것 같잖소."

무한도 장 선생이 보는 방향을 보았다. 장 선생 말대로 양쪽 땅이 2m 정도 높아져 있었다. 그것도 벽을 쌓듯이 수직으로 올라가 있었다.

"땅이 움직이는 걸까요?"

"땅이 움직인다고? 그럴 수도 있수?"

"여긴 꿈의 세상이잖소. 뭔 일인들 안 생기겠소."

세 사람은 걸음을 멈추고, 생겨난 양쪽 벽을 바라보았다. 50여m 거리에 있는 양쪽 벽은 그사이에 더욱 자라 3m가 되어 있었다.

무한은 오른쪽 벽을 훑어보다 뒤를 보고는 화들짝 놀랐다. 지나왔던 들판이 사라지고 뒤쪽에도 벽이 생긴 거였다. 더구나 그 벽은 달려오듯이 다가오는 것이었다.

"저길 봐요!"

무한의 놀란 목소리에 뒤를 본 두 사람도 흠칫 턱을 당겼다.

"저게 무엇이우?"

"난들 아오!"

세 사람은 더 이상 뒤만 보고 있을 수 없었다. 먼지와 돌을 튕겨 내며 달려오는 뒤쪽 벽은, 깔아뭉갤 것처럼 달려오는 탱크같이 보였기 때문이다.

세 사람은 잽싸게 뛰기 시작했다. 팔다리를 격렬하게 움직이며 내달렸다.

그러나 각각 10년씩 연령 차이가 나는 세 사람은 나이에 따른 체력 순서대로 뒤처지기 시작했다. 장 선생이 뒤에, 중간은 배 씨,

무한은 앞에서 뛰고 있었는데 서로의 간격은 갈수록 벌어졌다.

무한은 어느 정도 뛰다가 허전한 느낌이 들어 뒤돌아보니 제일 뒤에 오는 장 선생과는 100여m나 떨어져 있었다. 더구나 벽은 그런 장 선생 바로 뒤쪽까지 바짝 다가와 있었다.

"저런, 저!"

무한은 그제야 장 선생을 도우려고 돌아서는데, 순간 장 선생은 달려온 벽에 부딪쳤다. 그러더니 개구리 혀에 감긴 벌레처럼 요동치는 벽에 감겨 사라져 버렸다.

"저, 저걸 어째요!"

무한의 놀란 목소리에 뒤를 본 배 씨는 갑자기 발광하듯 팔다리를 휘젓기 시작했다. 배 씨가 그렇게 뛰자, 40여m 뒤처져 있던 거리가 금방 10여m로 좁혀졌다. 무한도 그제야 다시 뛰기 시작했다.

두 사람이 있는 힘을 다해 30분쯤 달렸을 때였다. 이번에는 양쪽 벽이 앞쪽에서부터 좁혀 왔다. 마치 깔때기 같은 지형이 되는 것이었다. 앞쪽이 합쳐지면 갇히게 된다는 생각이 든 두 사람은 더욱 기를 쓰며 달렸다. 그리하여 앞쪽이 1m 정도로 좁혀졌을 때, 간신히 그 너머에 발을 내디뎠다.

다음 순간, 두 사람에게는 아무것도 안 보였다. 갑자기 모든 빛이 사라진 거였다.

"이것 보게, 무한이! 어디 있나?"

"나, 여기 있어요."

그러나 목소리만으로, 서로 가까이에 있음을 확인했다.

"이거 어디로 가야 하지?"

"뭐가 보여야 방향을 잡죠."

"근데 장 선생은 어떻게 됐을까?"

"나도 모르죠. 뒷벽에 말려 올라가는 모습만 봤으니까."

"그게 도대체 무슨 현상이지? 지진도 아니고."

"그거야 여긴 꿈의 세상이니 별일 다 생기는 거겠죠. 것보다 이제부터 어떻게 해야죠?"

"보여야 뭐라도 할 거 아닌가."

"그렇다고 가만히 있을 수도 없잖아요."

배 씨는 대답이 없었다. 따라서 무한도 더 말이 없었다. 그렇게 얼마 동안……, 칠흑 같은 어둠 속이라 거리를 알 수 없었으나 한 곳에서 불꽃이 나타났다. 마치 라이터를 켜듯이 나타난 불꽃은 촛불만 한 크기였다.

"저기!"

"봤네!"

어둠 속에서 우두커니 서 있던 두 사람은 거의 동시에 그쪽을 향해 걸음을 옮겼다.

불꽃은 두 사람이 다가감에 따라 점점 더 커졌다. 한 시간쯤 걸었을 때는 쟁반만 해졌는데, 그 불덩어리 속에서 검은 점들이 이리저리 움직였다.

"저것들은 뭐지?"

"글쎄요? 무슨 벌레 같아 보이는데……."

"불 속에 무슨 벌레가 있나?"

"왜요, 여름에 불을 피워 놓으면 날벌레들이 모여들잖아요. 그런 현상일지도 모르죠."

"그런가?"

더 가까이 가자, 불덩어리는 드럼통만 해지고 점들도 더 크게 보였다. 날개가 날린 것들이었다. 나방과 비슷한 날개였는데 생김새는 아니었다. 앞발 같은 두 개의 다리가 위쪽에 붙어 있었고, 아래쪽에는 앞발보다 20% 정도 긴 뒷발이 달려 있어 나방 모습과는 거리가 멀었다.

"근데 무슨 벌레인데 다리가 네 개뿐이죠?"

"글쎄 말이네. 더구나 꼬리도 없잖아."

호기심에 걸음을 재촉한 두 사람은 불덩어리에 가까워질수록 더욱 놀라워했다. 가까이 갈수록 더욱 커지고 분명해지는 그것들의 모습은 점점 사람의 형상이 되어 갔기 때문이었다. 나방 날개만 등에 달렸지,

틀림없이 사람이었다.

"저것들은 뭐야?"

"분명 사람이긴 한데……."

가까이 다가가서 보니, 불덩어리는 거의 집채만 한 크기였다. 그 커다랗게 일렁이는 불덩어리 속으로, 나방 날개를 단 사람들이 들락거리며 날아다녔다. 사람이긴 하나 나방 날개를 달고 있으니 '나방인간'이라고 할 수 있었다.

"저거 뜨겁지도 않나?"

"그러게 말이에요?"

두 사람은 불덩어리에서 50m 정도 떨어진 거리에 멈춰 섰다. 숨이 턱턱 막히는 열기 때문에 더 가까이 갈 수가 없었다.

그러나 나방인간들은 그 뜨거운 불 속을 아무렇지도 않다는 듯 날아다니고 있었다.

무한은 막 불덩어리에서 나오는 나방인간을 보며 배 씨에게 물었다.

"말이나 걸어 볼까요?"

검은 양복 차림의 그 나방인간은 문짝만 한 날개를 퍼덕거리며 날아올랐다. 그러더니 곧장 무한과 배 씨가 있는 쪽으로 다가왔다.

"우리한테 오는 건가?"

"그런가 봐요."

나방인간은 두 사람의 대화가 끝나기 무섭게, 앞쪽으로 내려섰다. 그러면서 날개를 크게 휘저으며 접었는데, 누런 가루가 흩날렸다.

"이건!"

"읍!"

두 사람은 자기도 모르게 숨을 멈추고 손으로 코를 막았다.

"당신들은 누구요?"

나방인간이 가래가 끓는 듯한 목소리로 물어 왔다.

"……!"

"……!"

무한과 배 씨는 흠칫 놀라며, 서로 마주 보았다.

"그러는 당신은 누구슈?"

배 씨가 되묻자, 나방인간은 날개를 폈다가 접었다. 그러자 누런 가루가 흩날리더니 천천히 가라앉았다.

"거 날개 좀 털지 마슈."

배 씨가 퉁명스럽게 내뱉으며 다시 코를 막자, 나방인간의 가느다란 눈썹이 치켜 올라갔다. 그러자 칼 같은 콧날에 볼살이 없는 얼굴이 더욱 날카롭게 보였다.

"이것들이……. 어디서 온 뼈다귀들인데 이리 겁이 없어?"

배 씨는 나방인간이 고압적인 자세로 나오자, 눈알을 뒤룩거리며 아래위로 훑어보았다.

"이것 보게? 벌레 비슷하게 생겨 가지고 아주 웃기네?"

그러자 나방인간은 얇은 입술을 씰룩이더니 날개를 확 펴고는 요란하게 퍼덕였다.

"어흡!"

"이, 이게!"

두 사람은 갑자기 쏟아지는 누런 가루에 눈까지 감고 팔을 휘저었다. 나방인간은 허둥대는 두 사람을 보자, 사나운 표정을 풀고는 삐딱해진 입으로 시든 미소를 흘렸다.

"당신들 여기가 어딘지 모르는가 본데, 나같이 되지 않으려면 얼른 다른 곳으로 가는 게 좋을 거요."

다시 존댓말을 쓴 나방인간은 날개를 접고 팔짱을 끼었다. 그러고는 어정쩡하게 서 있는 두 사람을 지그시 바라보며 이야기를 꺼냈다.

"저것은 욕망의 불꽃이오. 저것에 한번 들어가면 빠져나올 수가 없다오."

나방인간이 하는 말은 자신의 이야기였다. '이수근'이라고 이름을 밝힌 그는 현실 세상에서 사채업자였다.

가난한 집안에서 태어난 탓에 궁핍하게 자란 그는 오직 돈을 벌어야겠다는 생각으로만 살았다. 그래서 돈이 되는 일이라면 무슨 일이든 가리지 않고 하여, 40대의 나이에 제법 큰돈을 모을 수 있었다.

그때부터 사채업을 시작했는데 워낙 지독해서, 50대쯤 되니 사채업계에서 알아줄 정도로 많은 돈을 모으게 되었다.

그와 거래를 하는 사람 중에 '마필중'이란 이가 있었다. 그는 무역업을 하는 딜러로, 물건을 수입하다 자금이 달리면 이수근에게 사채를 끌어다 썼다.

마필중은 꽤 여러 번 돈을 갖다 썼는데, 한 번도 연체를 한 적이 없었다. 그만큼 철저하게 시장 조사를 해서, 소화할 수 있을 만큼만 수입을 하여 적자를 보지 않았기 때문이었다.

그래서 사채업자 이수근도 그의 능력을 높이 평가하고 있었는데, 어느 날 마필중이 찾아와서 팸플릿을 보여 주는 것이었다.

"이게 뭐요?"

이수근은 전자 부속 같은 사진이 실린 팸플릿을 들여다보며 물었다.

"CPU라는 컴퓨터 부품이지요. CPU는 컴퓨터의 뇌 기능을 하는 부품인데, 우리나라에서는 생산되지 않기 때문에 수입해다 쓰죠."

"그런데요?"

"주로 A사 제품을 수입하죠. 근데 내가 이번에 B사 사람들과 줄이 닿아서, 그 회사 제품을 수입해 볼까 하구요. A사보다 40%는 싸게 들여올 수 있거든요."

"그렇소? 그럼, 전국적으로 공급할 물품을 수입한다는 얘긴데……, 꽤 큰 자본이 들겠구먼."

"그렇지요. 그래서 제가 이 사장님에게 의논을 드리러 온 것입니다."

"얼마 정도면 기본 물량을 수입할 수 있는데 그러쇼?"

"한 100억 정도……."

마필중의 대답을 들은 이수근은 눈살을 찌푸렸다. 그는 사채업을 하면서 한 사람에게 많은 돈을 꾸어 주지 않는다는 철칙을 갖고 있었는데, 마필중이 원하는 액수는 그 철칙에 벗어나도 한참 벗어난 금액이었던 것이다.

"이것 봐요, 마 사장. 100억이 애들 이름이요? 당신 그만한 담보는 없는 걸로 알고 있는데, 내가 어떻게 돈을 꿔 주겠소?"

"그래서 말인데요."

마필중의 말은 자기는 CPU를 수입할 재력이 안 되므로, 이수근과 동업을 하자는 제안이었다. 자기는 10%인 10억을 댈 테니 이수근에게 90%인 90억을 대라는 조건이었다. 그렇게 해서 수입을 하면 판매는 자기가 책임질 것이고, 적어도 3배 이상은 될 이문은 투자한 비율대로 나누자는 말이었다.

"구미가 당기기는 한데…… 그쪽은 잘 모르는 사업이라서……."

이수근이 미지근한 반응을 보이자, 마필중은 자기와 함께 그 B사를 방문해 담당자를 만나 보자고 했다.

이수근은 그 말을 듣고서 이리저리 재 보다가, 여행도 할 겸 마필중과 미국으로 건너가 B사를 방문하게 되었다. 그곳에서 영업 담당이라는 붉은 머리 미국인을 만났는데, 마필중의 통역으로 이야기를 나누어 보니 거짓은 아닌 듯했다. 그래도 적지 않은 투자액이라, 안전을 위해 사람을 사서 알아보니 그 붉은 머리 미국인이 B사 직원이 맞기는 했다. 그래서 이수근은 투자를 결정하고 계약하여 마필중과 함께 B사의 CPU를 수입했다.

그런데 수입한 물품을 창고에 넣어 두고 잔금을 치른 후부터, 갑자기 마필중과 연락이 되지 않았다. 불길한 느낌이 든 이수근이 즉시 수입한 물품을 뜯어 보니, 컴퓨터 부품이기는 하나 CPU가 아니라 싼 가격의 부품들이었다.

마필중이 B사 직원이라는 붉은 머리와 짜고 사기를 친 것이었다. 붉은 머리가 B사 직원이기는 하나, 개인 사업을 위해 퇴직하려는 사람이었다. 마필중은 붉은 머리의 그런 사정을 알고는 자기의 계획을 제안했던 것이다.

사업을 하기 위해 많은 돈이 필요했던 붉은 머리는, 마필중의 제안을 흔쾌히 받아들였다. 마필중이 제안한 계획은 구입자와는 말로만 CPU 판매 상담을 하고, 실제 계약서에는 가격이 싼 부품을 명시할 것이므로 고소를 당하더라도 아무 문제가 없으니 마다할 이유가 없었다.

영어를 모르는 이수근이 계약 서류를 볼 리가 없다는 계산에서 꾸민 일이었다. 돈을 아끼려고 직원 한 명 없이 혼자 일을 하던 이수근은 그런 음모를 알 리가 없어 꼼짝없이 걸려들게 된 것이었다.

"이런 쳐 죽일 놈이! 내 피 같은 돈을!"

한순간에 반이 넘는 재산을 잃은 이수근은 치밀어 오르는 분노를 누를 수가 없었다. 그래서 그는 가족 없이 혼자만 사는 큰 집에 앉아 끝없이 술을 들이켜다 잠이 들었는데, 그만 악몽의 세상으로 오게 된 것이었다.

"그래서 댁이 꾸는 악몽이, 저 불 속을 들락거리는 것이우?"

배 씨는 나방인간 이수근의 이야기가 끝나자, 불덩어리를 가리키며 물었다.

"……."

시무룩해져 있는 이수근은 얼른 대답이 없다.

"왜 그러는 것이우? 안 그래도 되잖수."

"그게 내 맘대로 되는 게 아니오."

무한과 배 씨는 무슨 소리냐는 듯 이수근을 쳐다보았다.

"나야 그러고 싶지 않지요. 하지만 이 날개가 내 의지대로 움직여 주지 않는다오."

이수근은 접은 날개를 움직였다. 그러나 펴지는 않고 움찔거리기만 했다.

"이것 보시오, 지금도 불 속에 들어가자고 보채잖소."

"예? 그 날개는 당신 몸의 일부 아닌가요? 근데 왜……?"

무한이 눈을 크게 뜨며 물었다.

"그렇긴 하지만 날개는 내 의지를 따르는 게 아니라 지배하려고 한다오."

"……?"

"날개는 욕망이오. 내 안에 살면서 나를 지배하는 욕망, 그 욕망이 나를 악몽의 땅에 끌어들이고 날개의 형상으로 내 몸을 끝없이 불 속을 들락거리게 하는 거라오."

이수근의 날개는 더욱 격하게 움직이더니 마침내 활짝 펴지며 누런 가루를 흩날렸다.
"또 들어가야겠구먼."
날개가 푸덕거리며 활갯짓을 하자, 이수근의 몸이 떠오르기 시작했다.
"잠깐만요!"
무한이 급히 손을 들어 이수근을 불렀다.
"왜 그러쇼?"
이수근은 2m쯤 공중에 뜬 채, 무한을 내려다보았다.
"당신을 여기로 안내해 준 사람이 있지요?"
"안내자 헤수몽 말이오?"
"그래요, 혹시 그 사람 여기에 있나요?"
"안내자가 왜 여기에 있소? 그 사람은 악몽을 꿀 사람들만 데려다 놓고 바로 돌아가잖소."
무한의 표정이 실망으로 굳어졌다. 이수근의 말을 들으니, 여기에도 헤수몽이 없는 모양이었다.
그때 불덩어리 속에서 한 나방인간이 또 날아왔다. 날개가 조금 작은 그 나방인간은 이수근에게 다가오며 말을 걸었다.
"아저씨, 여기서 뭐 해요?"
덩치는 크나 앳되어 보이는 얼굴의, 열다섯 살쯤 되는 소년이었다.
"어, 상철이냐?"
이수근은 그 소년을 돌아보았다.
"이 아저씨들은 누구예요?"
소년은 이수근 옆에 내려서는 배 씨와 무한을 번갈아 보았다.
"어, 이 사람들은."
소년에게 설명하려는 이수근의 말을 무한이 끊고 물었다.
"중학생쯤 된 듯한데, 이런 아이도 이곳에 옵니까?"
"이 녀석요."
이수근은 웃음을 내비치며 대답했다.

"올 만하니까 왔지요. 녀석이, 덩치가 있고 힘이 세다고 학우들을 윽박질러 상습적으로 용돈을 뜯었답디다. 어린놈이 돈맛에 빠진 거죠."

"저런! 언제쯤 이곳에 왔는데요?"

"두 달쯤 됐어요."

"그래요?"

무한은 혜수몽의 부인이 했던 말이 떠올랐다. 그녀는 남편이 실종된 시기가 두 달 전이라고 했던 것이다.

"너 여기 올 때 누가 데려다 줬니?"

무한이 소년에게 물었다.

"누가라니요?"

"어른이야? 아이야?"

"아, 예. 어른인데요."

"그렇다면 얘를 안내할 때까지는 혜수몽이 있었다는 얘긴데……."

무한이 혼잣말로 중얼거리자, 소년이 물었다.

"왜요? 그 아저씨 없어졌어요?"

"그래, 너를 안내한 직후에 실종됐다는구나."

"예? 그 아저씨 며칠 전에 봤는데?"

"뭐라고? 어디서?"

"저기요……."

소년은 이수근의 눈치를 보며 말끝을 흐렸다.

"너 혹시 또 거기 갔었냐?"

이수근은 그런 소년에게 언성을 높였다.

"녀석아, 거긴 가면 안 된다고 몇 번 말했어?"

"왜 그러십니까?"

무한은 이수근의 반응이 궁금해 물었다.

"어디 금지 구역이라도 있나요?"

"그게 말이죠."

이수근이 인상을 찌푸리며 하는 말은 이런 내용이었다.

이곳 불덩어리가 있는 불 마을에서 북쪽으로 4km쯤 가면 얼음으로만 이루어진 산이 있다고 한다. 그 얼음산은 육욕에 빠져 나쁜 기억이 생긴 사람들이 악몽을 꾸는 곳으로, 거기에 온 사람들은 남녀 가리지 않고 벌거벗고 지내야 한단다. 만지면 쩍쩍 달라붙을 정도로 꽁꽁 언 얼음산에서 실오라기 하나 걸치지 않은 몸으로 산다는 것이다.

그런데 그곳에서 4km 남쪽에 있는 불 마을에 사는 나방인간들은 뜨거운 고통을 당하고 있으므로, 얼음산에 가서 몸을 식히고 싶어 했다. 반대로 얼음산 사람들은 불덩어리에 가서 몸을 덥히고 싶어 한다.

그러나 그렇게 하도록 놔두면 악몽의 땅에서 받아야 할 형벌이 이루어지지 않으므로 양쪽 사람들이 오가는 행위를 금지하고 있는데, 상철이란 소년은 그 법을 어기고 몰래 가서 몸을 식히곤 했던 것이다. 어느 날, 상철이는 그렇게 얼음산에 몸을 식히러 갔다가 헤수몽을 본 모양이었다.

'그 사람은 이 꿈의 세상 안내자인데 왜 그곳에 있지? 무슨 사정이 있기에……?'

이수근의 말을 들은 무한은 잠시 생각하다가 소년에게 물었다.

"그 아저씨도 그곳 사람들처럼 발가벗고 있었니?"

"아뇨, 나를 여기에 데려올 때처럼 흰 한복을 입고 있었어요."

"그래? 그곳 사람들과 같은 처지도 아닌데, 왜?"

무한은 헤수몽이 어떤 사람인가, 더욱 궁금해졌다. 한시라도 빨리 만나 보고 싶은 마음에, 배 씨와 바로 북쪽으로 떠났다.

풀 한 포기 보이지 않는 붉은 들판을 어느 정도 더 걸으니, 멀리 흰 산이 보이기 시작했다. 45° 정도의 경사로 솟은 두 개의 봉우리를 이고 있는 산이었다. 1시간쯤 걷자 산은 올려다볼 만큼 거대하게 일어섰는데, 가까이 가자 자신이 얼음산이라는 걸 알리려는 듯 오싹할 정도로 찬 공기를 보내왔다.

"저기까지 가려면 꽤 걸리겠는데, 그 상철이라는 아이가 수시로 다녔단 말야?"

배 씨는 추운지 연신 손을 비볐다.

"날개가 있으니 훨씬 빨리 갔다 왔겠죠."

"어, 그렇겠구먼."

두 사람은 1시간 정도 더 묵묵히 걸어, 마침내 얼음산 자락에 발을 들여놓을 수 있었다.

차갑고 투명한 고체인 얼음산에 올라선 두 사람은 주위를 둘러보았다. 여기저기에 사람들이 두셋, 또는 네다섯 명씩 모여 있었다. 아까들은 대로 모두 벌거벗고 있었다.

"그 헤수몽이라는 사람은 옷을 입고 있다는데 보이지 않네요?"

무한은 시선이 닿는 데까지 둘러보고는 중얼거리듯 말했다.

"그러게? 벗은 사람 중에도 없는데?"

헤수몽의 안내를 받아, 그를 아는 배 씨는 사람들의 얼굴을 하나하나 살펴보았다.

"산 뒤쪽으로 가 볼까요?"

"그럴까?"

두 사람은 산자락을 돌아 뒤쪽으로 가 보았으나, 역시 옷을 입고 있는 사람은 없었다.

"그 소년이 거짓말을 했을까요?"

"봤으니까 봤다고 했겠지, 뭣 하러 거짓말을 하겠어?"

"그렇긴 한데 보이지 않으니……."

무한은 사람들을 둘러보다, 60여m쯤 앞에 혼자 떨어져서 쭈그리고 앉아 있는 남자를 가리켰다.

"저 사람에게 물어볼까요?"

배 씨도 그 사람을 보고는 고개를 끄덕였다.

"그러자고."

세운 무릎에 얼굴을 묻고 있던 그 사람은, 무한과 배 씨가 다가오자 고개를 들었다. 마흔 살쯤 되어 보이는 미남이었다.

"당신들은 누군데 옷을 입고 여기에 왔습니까?"

그 사람은 무한과 배 씨가 말을 걸기 전에 물어 왔다.

"우리 말이우?"

배 씨는 비죽이 웃고는, 황금 빌딩에서 탈출한 사람들이라고 설명했다.

"그래요? 거기서 도망 나올 수도 있습니까?"

"그곳도 감시는 한다우. 헌데 우리는 장 선생의 도움으로 나오게 된 것이라우."

"장 선생이 누군데요?"

"황금 빌딩에 있던 사람인데, 오래 있다 보니 그곳의 허점을 꿰고 있었수. 그 덕을 우리가 본 것이라우."

"그 사람은 안 나오고요?"

"같이 나왔지. 근데 오다가 그만……."

배 씨는 장 선생이, 움직이는 땅에 말려 사라진 일을 대충 이야기했다.

"그런 땅도 있습니까?"

그 사람은 놀랐다는 듯, 쌍꺼풀진 눈을 크게 떴다.

"이 꿈의 세상이 원래 이상한 데 아니우. 그래서 그렇게 해괴한 곳도 있는 거구. 근데 댁은 꽤 잘난 인물인데 어쩌다 이런 곳에 오게 됐수?"

그 사람은 무릎에 올려놓은 팔을 늘어뜨렸다.

"그 잘난 인물 탓에, 이렇게 된 것이랍니다."

그러고는 한숨을 쉬며 자기 이야기를 털어놨다.

훤칠한 키에 관옥 같은 얼굴, 민호는 그 잘생긴 외모 덕에 어디를 가나 여자들에게 인기였다. 때문에 그는 여자들을 가볍게 여겼고, 어느 여자든 크게 마음에 두지 않았다. 그러다 보니 결혼할 필요성을 느끼지 못해 마흔 살이 되도록 독신으로 지냈다.

그러다 대학 동창의 소개로 한 여자를 알게 되었다. 튀는 미모에 재력 있는 집안의 외동딸이었다. 그 여자와의 만남은, 빠듯한 월급쟁이인 그에게 앞으로의 인생을 풍족하게 살아갈 수 있는 기회였다.

그래서 독신 생활을 청산하기로 마음먹고, 그때까지 갈고 닦은 작업의 기술을 총동원하며 그녀에게 대시했다. 가만히 있어도 여자들이 접근해 오는 그가 작정하고 작업을 하니, 그녀를 자기 여자로 만드는 것은 그다지 어려운 일이 아니었다.

그런데 전혀 예상하지 못한 곳에서 문제가 불거져 그의 발목을 잡았다. 여태까지 해 온 것처럼 그냥 엔조이 상대로만 여기고 가끔 만나던 미옥이란 여자가, 민호에게 결혼할 여자가 생겼다는 말을 듣자 독기를 품고 달려드는 것이었다.

"이것 봐, 미옥이. 도대체 왜 이러는 거야? 우리가 결혼을 전제로 사귄 건 아니잖아. 그런데 이제 와서 이렇게 억지를 부리면 어떡해?"

미옥에게 무슨 말을 하더라도 막무가내였다.

때문에 민호는 그녀를 피하기만 할 수밖에 없었는데, 그렇게 해서 해결될 일이 아니었다.

어느 날 미옥은 어떻게 알았는지, 결혼할 여자의 집으로 찾아가 마구 떠벌린 것이었다. 더구나 자기가 민호의 아이를 가졌노라고 거짓말까지 했으니, 여자 집에서 난리가 난 건 자명한 일이었다.

그 바람에 민호의 풍족한 인생의 꿈은 무너져 버렸는데, 거기서 끝이 아니었다. 그녀는 바람둥이 민호를 응징하기 위해 살기로 작심했는지, 민호가 가는 곳이라면 어디든지 따라와 얼굴을 내미는 것이었다.

그러니 민호는 싫은 감정을 넘어서 그녀가 무서울 정도였다. 얼마나 시달렸는지 꿈에까지 그녀가 보였다.

어느 날 밤에도 그녀에게 쫓기는 꿈을 꾸었는데, 옛날 옷차림의 소년이 나타나 이러는 거였다.

"아저씨, 저 여자가 오지 못하는 곳에 데려다 줄까요?"

민호는 귀가 확 트여, 얼른 대답했다.

"뭐? 그런 곳이 있어? 그래, 데려다 줘!"

그래서 온 곳이, 바로 이 얼음산이었던 것이다.

민호의 이야기를 들은 무한은 고개를 끄덕이곤 말했다.

"그렇다면 민호 씨는 이곳에 온 지 얼마 안 되는군요."

"그걸 어떻게 압니까?"

민호는 의아하다는 듯 물었다.
"그 소년이 악몽의 세상으로 안내한 지가 얼마 안 되거든요."
"그래요……."
"근데 혹시 이곳에서 옷을 입고 있는 사람을 못 보았나요?"
"아, 그 헤수몽이라는 사람요?"
"맞아요, 그 사람요! 그 사람 지금 어디 있나요?"
무한은 얼굴이 밝아지며 물었다.
"글쎄요? 그 사람 항상 여기저기를 어슬렁거리며 다녔었는데……. 얼마 전부터 보이지 않던데요."
"그랬어요?"
무한은 잠시 생각에 잠겼다가 말했다.
"그 사람이 뭐 하는 사람인지 아나요?"
"뭘 하는 사람인데요?"
민호는 무한의 질문에 멀뚱히 있다가 갑자기 목소리를 높였다.
"맞다! 그 사람, 이 꿈의 세상 안내자라고 했어요!"
"민호 씨를 안내한 소년이 그 사람 아들이지요."
"예? 그럼, 왜 그 사람이 안내 일을 안 하고 아들이 하지요?"
"그 이유를 알려고 내가 여기 온 것이랍니다."
"그래요? 두 분은 황금 빌딩에서 도망 나왔다고 하지 않았나요?"
"이분은 그렇지만 나는 목적이 다릅니다."
무한은 옆에 서 있는 배 씨를 시선으로 가리키고는, 꿈의 세상에 오게 된 사연을 대충 이야기했다.
"아, 그래서……."
민호는 천천히 고개를 끄덕이며 중얼거리듯 말했다.
"그러고 보니 그 사람 뭔가 특별했어요. 우선 벌거벗어야 하는 이곳에서 옷을 입고 있는 것도 그렇고, 누구와도 말을 나누는 걸 본 적이 없으니까요. 그냥 여기저기 기웃거리며 사람들 구경만 하더군요."
"그랬어요? 그렇다면 타의로 여기에 머무는 건 아닌 듯한데……."

무한은 생각할수록 헤수몽에 대해 궁금증이 일었다. 미인 아내에 자식까지 두고, 꿈의 세상에 오는 사람들 안내나 하는 편안한 일을 하며 지내는 사람이 무엇 때문에 이곳에 와서 지내는지 너무 궁금했다.

"민호 씨는 이곳 말고 다른 곳은 모르죠?"

무한은 잠시 생각에 잠겼다가 물었다.

"여기 얼음산 말고 다른 곳요? 그야 모르죠. 여기에 처음 오고는 다른 곳에 가 보지 않았으니까요. 아, 저 건너에 있다는 불의 마을은 알아요. 그곳에 산다는, 나방 날개를 단 소년이 가끔 이곳에 오곤 했거든요. 가까이 오지는 않고 산자락까지만 와서 있다가 가곤 했는데, 소년이 오는 날 마침 근처에 있던 사람이 다가가 물어보니 불의 마을에서 왔다고 하더라는군요."

"그래요, 실은 우리도 그 소년의 말을 듣고 이곳에 온 것이랍니다."

무한은 다시 생각에 잠겼다가 배 씨에게 말했다.

"형님, 또 떠나야 될 것 같군요."

"응? 어디로?"

배 씨는 갑자기 붙여진 '형님'이란 호칭에 얼떨떨한 표정이 되어 물었다.

"그 헤수몽이란 사람, 아마 이곳 악몽의 땅을 유람하고 다니는 것 같습니다."

"그런 겨?"

"그렇잖으면 이곳에 있다가 마음대로 갈 수가 있겠습니까? 불의 마을에서도 들었잖습니까. 그곳이나 이곳 사람들은 오가는 걸 금하고 있다고, 우리가 있던 황금 빌딩에서도 그랬고요. 아마 안내자 신분이라 이곳저곳을 다니는 것 같아요."

"뭐, 그럴 수도 있긴 하겠네……. 그래도 여기 있었다니 여긴 다 찾아봐야잖어?"

배 씨가 산봉우리를 가리키며 민호에게 물었다.

"저기는 가 봤수?"

"아뇨, 우린 이 얼음산 내에서도 마음대로 다닐 수 없어요."

"누가 통제를 한다는 거유? 보니까 다들 벌거벗고 있더구먼. 모두 같은 처지 아닌가?"

민호는 곁눈으로 산봉우리를 보며 겁먹은 목소리를 냈다.

"저기에 사는 여자가 와서 감시를 하거든요."

"여자? 어떤 여자 말유?"

"설녀라는 여자지요."

"설녀? 그게 누굽니까?"

무한은 바짝 호기심이 담긴 눈빛으로 물었다.

"미인이긴 하나, 차가운 인상의 여자예요. 그 여자는 벌거벗은 몸에 성에가 덮여 있어요."

"성에? 추운 날 유리창에 끼는 성에 말유?"

"맞아요, 옷 대신 그러고 다니는 것 같아요."

"그 여자가 어쩐다는 겁니까?"

"자기 자리에서 크게 벗어나지 못하게 해요. 말을 안 들으면 저 산봉우리로 끌고 가는데, 돌아오는 사람이 없었어요."

"그래요?"

배 씨와 무한은 산봉우리를 쳐다보았다. 100여m쯤 솟은 산봉우리는 멀어서인지, 솟은 두 개의 봉우리만 보일 뿐 별다르게 보이지는 않았다.

"거 어떤 덴지 한번 가 보고 싶구먼."

배 씨의 말에 민호는 손사래를 쳤다.

"무슨 말씀을, 거긴 갈 수 없어요."

"왜죠?"

무한이 물었다.

"거기는 근처에만 가도 말도 못 할 정도로 칼바람이 불어요. 칼로 막 찌르는 것 같다니까요. 그래서 아무도 가지 않죠."

"그래요?"

무한은 그렇게 접근하기 힘든 곳이라면 무슨 이유가 있을 것 같았다. 그건 뭇사람들이 오는 걸 원하지 않는다는 뜻이기도 할 터이다. 그 이유가 무엇인지, 설녀라는 여자는 어째서 이런 곳에 살고 있는지, 헤수몽은 왜 여기저기 배회하고 있는지, 여러 의문이 한꺼번에 일어나 머리를 어지럽혔다.

"형님, 아무래도 저길 가 봐야 할 것 같습니다."

"뭐? 찬바람 땜에 근처도 못 간다는데 어떻게 간다는 겨?"

"그래도 가 봐야죠. 어쩌면 헤수몽이 저곳에 있을지도 모르거든요."

무한의 말에 민호는 잠깐 생각하더니 천천히 고개를 끄덕였다.

"하긴 그럴 수도 있겠군요. 그러고 보니, 헤수몽이라는 이가 이곳 얼음산을 떠나는 걸 본 사람은 없어요. 그런데 안 보이는 걸 보면……."

"그랬습니까? 그렇다면 틀림없군요!"

무한은 기쁜 얼굴로 배 씨를 보았다.

"들었죠? 당장 올라가 봅시다."

"이 사람아 그건."

배 씨가 이의를 달려고 했으나, 무한은 벌써 위쪽을 향해 걸어가고 있었다. 배 씨는 투덜거리며 따라갈 수밖에 없었다.

얼음산은 완만한 경사인 데다 장애물이 없어서 오르기에 힘들지는 않았다. 다만 얼음을 밟고 올라가는 것이라 넘어질 염려가 있었지만, 워낙 단단하게 얼어서 그런지 미끄럽지는 않았다. 오히려 금방 깔아 놓은 아스팔트 길처럼, 발을 디디면 달라붙는 것 같은 끈기가 느껴졌다. 만지면 손에 달라붙는 드라이아이스처럼 아주 찬 얼음이라 그러한 현상이 일어나는 것 같았다.

"바람이 일기 시작하는데요."

얼음산을 3분의 2쯤 오르던 무한이 위쪽을 바라보았다. 부채로 부치는 듯한 약한 바람이 불기 시작해서였다.

"그러게, 근데 무슨 바람이 솔솔 불며 이리 차갑지? 마치 바늘로 찌르는 것 같구먼."

"이곳의 온도가 워낙 차서 그럴 겁니다. 봐요, 바닥 얼음도 그래서 밟으면 쩍쩍 달라붙잖습니까."

"그런 것 같구먼."

올라갈수록 바람은 점점 더 거세어졌다. 조용히 불던 바람이 윙윙거리며 소리까지 내기 시작하는 거였다. 그러잖아도 찌르듯 매서운 바람이 더욱 혹독하게 두 사람을 괴롭혔다.

"어이구, 난 더 이상 못 가겠네."

마침내 정신력이 약한 배 씨가 먼저 등을 돌리며 목을 움츠렸다.

"조금만 더 올라가 봐요. 그래 봐야 꿈속 느낌인데 얼어 죽기야 하겠어요."

"아냐, 칼에 베이는 것 같다구. 난 못 가."

배 씨는 벌써 산에서 내려가고 있었다.

"아니, 저……."

배 씨가 내려가자, 무한은 더 올라가지 못하고 어정쩡하게 서 있었다. 무한이라고 살을 에는 듯한 바람을 견디기 쉬운 게 아니어서 간신히 오르고 있었는데, 함께 가던 배 씨가 돌아서니 의욕이 꺾인 것이다.

하지만 무한은 배 씨와 입장이 달랐다. 배 씨는 잘못된 삶으로 인해 이곳에 왔지만, 무한은 꿈의 세상 안내자 헤수몽을 찾으려는 목적으로 온 것이다. 무한은 멀어지는 배 씨의 뒷모습에 갈등이 생겼으나 마음을 다잡고 앞으로 걸음을 내디뎠다.

산자락까지 내려온 배 씨는 50여m 앞에 서 있는 여자들을 바라보고 있었다. 20대 중반쯤인 세 명의 여자들은 젊은이답게 군더더기 하나 없이 날씬한 몸을 하고 있었다. 한 여자는 엉덩이까지 내려오는 긴 머리, 또 한 여자는 노란 물을 들인 짧은 머리, 그리고 또 다른 여자는 머리를 뒤로 묶고 있었다.

배 씨는 그 여자들을 게슴츠레한 눈으로 구경하며 혼자만 알아들을 정도로 중얼거렸다.

"잘빠졌구먼. 하긴 한창 물오른 때니 뭐……."

배 씨의 입가로 씁쓰레한 웃음이 새어 나갔다. 50대 후반인 그는 성생활을 한 지 꽤 오래되었다. 동갑인 부인이 9년 전에 폐경기를 맞아, 여자로서는 쓸모가 없게 되었기 때문이었다. 그렇지만 50대의 남자는 아직 수컷의 능력이 있어, 싱싱한 여자를 보면 일어나는 성욕을 어쩔 수 없었다.

"거참, 항상 느끼는 거지만 여자 몸이란 남자의 정신을 흐리게 하기 딱 좋은 거구먼. 그니까 일국의 왕도 여자에 빠지면 나라를 망치지."

세 여자는 배 씨가 자기들을 계속 바라보고 있자, 저희끼리 수군거리더니 빠르게 걸어왔다. 다가온 여자들은 모두 상큼할 정도로 예쁜 얼굴들이었다.

"뭐예요? 왜 아까부터 우릴 보고 있죠?"

"아씬 왜 옷을 입고 있어요?"

"지금 우릴 감상하고 있는 거예요?"

그런 여자들이 당돌하게 물어 오니, 배 씨는 자기도 모르게 주눅이 들어 말을 더듬었다.

"어? 어, 아니 난 그 그냥······."

"그냥 뭐요?"

노랑머리가 도발적인 말투로 물었다.

"그냥 아가씨들이······."

배 씨의 시선은 어느새 여자의 아랫도리로 가 있었다. 그 작은 숲의 마력이 배 씨의 시선을 끌어당긴 것이었다.

노랑머리는 자기 국부에 의해 풀어지는 배 씨의 표정을 말끄러미 보더니 배시시 웃었다.

"아저씨 돈 있어요?"

"응? 도, 도온?"

배 씨는 도둑질하다 들킨 것처럼 황급히 시선을 거두어들였다.

"돈 있으면 그렇게 보지만 말고 사세요."

"무슨 소린 겨?"

"내 몸을 사라고요. 그게 우리 직업이니까요."

"머어? 그럼, 아가씨들은……."

눈이 휘둥그레지는 배 씨를 보며, 묶은 머리가 한쪽 입꼬리를 올렸다.

"그래요, 우린 창녀예요. 남자의 육욕을 풀어 주고 받은 돈으로 먹고살지요."

"워메, 어째 꽃같이 예쁜 아가씨들이 그런 일을 하는감?"

배 씨의 말에 여자들은 까르르 웃음을 터뜨렸다.

"아저씨 참 웃기네요."

긴 머리가 먼저 웃음을 가라앉히고는 말을 꺼냈다.

"예쁘니까 그 일을 할 수 있지요. 못생겼으면 어떤 남자가 몸을 사 주겠어요?"

"그런 것이우?"

배 씨는 눈을 끔벅거리고는 말을 이었다.

"하지만 말이우. 여자는 몸을 소중히 간직해야 되는 것 아뉴. 그래야 좋은 남편을 만나서 가정을 이룰 수 있잖수."

여자들은 또 한바탕 웃음을 터뜨렸다.

"아저씨, 조선 시대에서 왔어요? 요새 누가 그렇게 살아요?"

묶은 머리가 웃음을 지우지 못하며 말했다.

"뭣이우? 이 아가씨들 보게? 자신들이 그렇게 산다고 다른 여자들도 다 그런 줄 알어?"

배 씨는 눈을 부릅뜨며 목소리를 높였다.

"왜 화를 내세요?"

긴 머리가 동그래진 눈으로 배 씨의 얼굴을 빤히 쳐다보았다.

"응? 어, 험험!"

머쓱해진 배 씨는 엉뚱한 곳을 보며 헛기침을 해 댔다. 배 씨가 여자들의 말에 지나치게 언성을 높인 것은, 사실 자기 딸 때문이었다. 지난해 대학을 졸업하고 대기업에 취직해 사회생활을 시작한 딸을 배 씨는 무척 자랑스러워하고 있었다. 그런데 몸이나 파는 천한 여자들이 자신들을 다른 여자들과 동일시하니, 욱하고 치밀었던 것이다.

"그려, 미안하구먼."

배 씨는 목소리를 가라앉히고 물었다.

"근데 아가씨들은 어디서 영업하는 거유?"

여자들이 어리고 인물이 깨끗한 것으로 보아, 음침한 사창가 창녀들은 아닌 것 같았다.

"왜요? 오시게요?"

노랑머리가 배시시 웃으며 말했다.

"우리는 주거지가 일정하지 않아요. 한 달에 한 번꼴로 이사를 다니니까요."

"그려? 왜 그러는디?"

"남자들과 오래 상대하면 흡사 서방처럼 굴거든요. 그래서 한 달 정도 거래를 하면 끊고 이사를 가지요."

"어, 그래서……."

배 씨는 참 교활한 여자들이라는 생각이 들었다. 그러나 한편으로는 완력이 남자에게 달리는 여자의 입장이라 그럴 수밖에 없으리라는 생각이 들기도 했다. 여자를 힘으로 구속하려는 남자들이 더러 있는 게 사실이니까 말이다.

"근데 말이우, 아가씨들은 왜 그런 직업을 갖게 된 겨? 특별한 이유가 있수?"

"이유요?"

묶은 머리가 피식 웃고서 말했다.

"뭐 특별한 이유가 있나요? 우선 편하잖아요. 돈벌이도 좋고요. 여자들은 취직해서 벌어 봐야 한 달에 200만 원 넘기 힘든데, 이 직업은 천만 원 이상 벌거든요. 하루 종일 메여 있는 것도 아니고, 한 시간 정도만 같이 즐겨 주면 되니까요."

배 씨는 입이 저절로 벌어졌다. 한 달에 천만 원이라니, 아내까지 매달려 경영하던 자기 음식점 수익의 배가 넘는 돈이 아닌가.

"그려, 대단하구먼……."

배 씨는 천천히 고개를 끄덕이고는 물었다.

"하지만 돈이 인생의 전부는 아니잖수. 그러다 시집을 못 가도 괜찮남? 그리고 그 일은 젊을 때뿐이 더 하우?"

묶은 머리가 다시 피식 웃음을 날렸다.

"아저씨도 참, 몰라도 너무 모르시네요. 우리라고 생각이 없는 줄 아세요? 우리도 이 일이 한때라는 건 잘 알아요. 하지만 그 한때에 왕창 벌어서 모양 좋은 사업을 하며 살아가다 붙는 남자 중에 적당한 사람을 골라 시집가면 되는데 문제 될 게 있나요?"

배 씨는 입을 벌렸으나 말이 나오지 않았다.

'무서운 계집애들이구먼. 하긴 저 정도로 잘빠진 여자가 꽃 가게나 옷 가게같이 모양 좋은 사업을 하고 있으면 남자들이 많이 꼬일 거야. 얼마든지 손님으로 접근할 수 있을 테니까. 더구나 요새 남자들은 여자의 정조를 크게 문제 삼지 않으니, 시집가서 시치미를 뚝 떼면 알 수가 없겠지.'

표정이 씁쓰레하게 변한 배 씨는 입맛을 다셨다.

"왜요? 우리 같은 여자들이 탈 없이 잘산다니까 마음이 쓰린가요?"

긴 머리가 배 씨의 표정을 읽고는 조소를 흘렸다.

"아, 아니우. 아가씨들 잘사는데 내가 왜 맘이 쓰리남? 그것도 다 능력인데, 능력대로 사는 걸 누가 뭐라겠수."

배 씨는 눈알을 아래위로 굴리며 변명하고는, 허공을 보며 헛기침을 했다.

여자들은 그런 배 씨를 보며 재미있다는 듯이 생글거렸다.

"근데 말이우. 아가씨들은 어째서 셋이 같이 이곳에 오게 되었남? 아무리 함께 산다고 해도 똑같은 꿈을 꾸지는 않을 텐데 말이우."

여자들은 배 씨의 말에 얼굴이 굳어지더니, 고개를 떨어뜨렸다.

"그게 말예요."

여자들은 잠시 침묵을 지키다, 노랑머리가 한숨이 배어 있는 목소리로 입을 열었다.

어느 여름날이었다. 여자들은 며칠씩이나 찌는 듯한 더위가 이어지자, 댓바람에 차를 몰고 바닷가로 달렸다. 그러고는 손바닥만 한

수영복만 걸치고 시원한 해변을 거닐었다. 뭇 사내들의 뜨거운 시선을 즐기면서…….

그런데 시선들 중 하나가 긴 머리만 바라보며 계속 따라오지 않는가.
"얘, 저 사람 너한테 꽂혔나 보다."
노랑머리가 그 남자를 곁눈으로 보며, 긴 머리의 옆구리를 찔렀다.
"흥, 또 건수 하나 생긴 거지 뭐."
긴 머리는 턱을 쳐들고는 도도하게 앞만 보며 걸어갔다.
마르고 큰 키에 선글라스를 쓴 남자는 일정한 거리를 두고 따라왔다.
남자에게 말 붙일 기회를 줘야 한다는 걸 경험으로 아는 여자들은 일부러 사람이 뜸한 곳으로 걸어갔다. 예상대로 남자는 속도를 내어 따라왔다. 마침내 다가온 남자는 굵직한 목소리로 입을 열었는데,
"이것 봐, 선미."
남자가 대뜸 긴 머리의 이름을 부르는 게 아닌가.
"……!"
"……!"
"……!"
여자들은 흠칫 놀라며 뒤를 돌아보았다.
"역시 대한민국이 좁기는 하군."
남자는 선글라스를 벗으며, 입가로 야비한 웃음을 흘렸다. 드러난 움푹 들어간 눈이 긴 머리의 몸을 핥았다.
"대철 씨……."
남자를 알아본 긴 머리의 얼굴에는 두려움이 내려앉고 있었다. 그럴 것이, 남자는 2년 전에 집요하게 긴 머리를 따라다니며 괴롭혔던 존재였던 것이다. 긴 머리는 2년 전 대치동에 있는 한 찻집에 다니면서 접근하는 남자들을 상대로 매춘을 하고 있었는데, 그때 알게 된 남자였다. 처음에는 화대도 후하게 주며 친절한 사람이었다. 그런데 회를 거듭해 만날수록 자기만을 상대해 달라고 욕심을 부리는 것이었다.
오직 돈을 벌 목적으로 몸을 파는 긴 머리의 입장에서는 들어줄 수 없는 요구였다. 그러나 일정하게 수입을 가져다주는 단골이라,

듣는 앞에서는 그런다고 속이며 넘어갔다. 그러다 끝내 다른 손님 받는 것을 들켜 버렸는데, 마치 바람 피운 마누라 대하듯이 몰아 대는 것이었다.

긴 머리는 어이가 없어서 당신이 뭔데 그러냐고 대드니까, 남자는 다짜고짜 손찌검을 했다. 긴 머리는 분통이 터졌지만, 남자를 고발할 수는 없었다. 그러면 불법 매춘을 하는 자신도 함께 처벌되기 때문이었다. 방법은 하나, 그 남자가 찾지 못하는 곳으로 숨는 것뿐이었다.

그래서 찻집을 그만두고 이사를 갔는데, 그 집요한 인간이 어떻게 알아냈는지 한 달도 안 되어서 찾아온 거였다. 긴 머리는 별수 없이 살살 달래서 그날을 넘기고, 이튿날 당장 이사를 했다. 이번에는 아주 멀찌감치, 강북 끝으로 떠나 버렸다. 그러고는 2년이 지났고, 그 인간의 모습도 기억에서 지워 버렸다.

그런데 이게 웬일, 더위를 피해 온 해수욕장에서 그 지겨운 인간을 다시 만날 줄이야…….

'내가 미쳤지. 온갖 사람들이 다 모이는 해수욕장에는 왜 와 가지고…….'

긴 머리는 땅을 치고 싶을 정도로 후회가 들었지만 이미 벌어진 일이었다. 우선은 저 거머리 같은 인간을 잘 눙쳐서, 이 자리를 피하는 일이 급선무였다.

"저, 대철 씨……."

긴 머리는 금방이라도 눈물을 쏟을 듯한 표정으로 남자를 올려다보았다.

"왜, 전에처럼 어물쩍 넘어가고는 토끼려고?"

남자는 칼끝같이 날카로운 눈초리로 긴 머리를 쏘아보았다.

"잔머리 굴리지 말고 따라와."

긴 머리는 살기까지 느껴지는 남자의 목소리에 기가 꺾일 수밖에 없었다.

긴 머리가 체념하고 남자를 따라가자 두 여자, 노랑머리와 묶은 머리는 넋 나간 얼굴이 되어 아무 소리도 못 하고 있었다.

"너희들도 따라와."

그런데 남자는 두 여자에게도 명령을 하는 게 아닌가.

"예? 왜 우리를……."

"우린 아무 상관 없잖아요."

남자는 눈꼬리를 치켜올리며 으르렁댔다.

"내가 바본지 알아? 그냥 보내면 너희가 가만있겠냐? 조용히 따라와. 험한 꼴 당하기 싫으면."

두 여자는 더 이상 대꾸를 할 수 없었다. 핏기가 가신 얼굴로, 긴 머리와 같이 남자를 따라갈 수밖에 없었다.

남자는 세 여자를 외떨어진 어느 집으로 데려가서는 모두 한 방에 가두었다. 그러고는 저녁때가 지나 밤이 되어도, 물 한 병 들여보내 주지 않았다. 세 여자는 서로 부둥켜안고 공포에 떨다가 잠이 들었고 같은 꿈을 꾸게 된 것이었다.

"그래서 모두 함께 이곳에 온 것이구먼."

노랑머리의 이야기를 들은 배 씨는 천천히 고개를 끄덕였다.

"그럼, 아가씨들은 이곳 악몽의 땅을 나가도 목숨을 부지하기 힘들겠네."

"예에?"

"그게 무슨 말예요?"

여자들은 놀란 얼굴로 배 씨를 쳐다보았다.

"생각해 보슈. 그 정도로 험악한 자라면, 아가씨들을 가만 놔두겠수? 그런 자는 자기 마음에 안 들면 무슨 짓이든 저지르는 사이코 기질이 있거든."

배 씨의 말을 들은 세 여자는 얼굴이 해쓱해진 채로 입만 벌리고 있었다.

'쯧쯧쯧.'

배 씨가 속으로 혀를 차며, 여자들을 안쓰러운 눈길로 보고 있을 때였다.

"뭐 합니까?"

귀에 익은 목소리에 고개를 돌렸다.

"팔자가 좋으시네요. 난 생고생을 하다 왔는데, 예쁜 아가씨들과 이렇게 노닥거리고 있고."

무한이었다. 무슨 일을 겪었는지 머리카락이 불에 탄 것같이 그을려 있었고, 몸 여기저기에 부딪친 흔적이 있었다.

"어, 왔는감. 그래, 꼭대기는 올라가 본 겨?"

배 씨의 물음에 무한은 씁쓰레한 표정으로 고개를 저었다.

"말도 말아요. 얼마나 지독한 덴지 정신이 하나도 없더군요."

"어땠는데?"

배 씨는 궁금하다는 듯 눈동자가 모아졌다.

"거기가 말예요."

무한은 쓴웃음을 입가로 흘리며 이야기를 시작했다.

배 씨가 산자락으로 내려간 후, 혼자 산에 오르게 된 무한은 내딛는 한 발짝 한 발짝이 마치 거대한 밤송이를 온몸으로 밀고 가는 것 같았다. 그만큼 차가운 바람이 무한을 찔러 대며 괴롭혔다.

무한이 그런 고통을 억지로 견디며 두 개의 산봉우리 중 왼쪽 산봉우리 밑에까지 가서 위로 오르려고 벽에 손을 댔을 때였다. 두 산봉우리 사이의 골짜기에는 안개 같은 하얀 기체가 덮여 있었는데, 그 기체가 산봉우리 벽을 타고 올라가는 것이었다. 그러더니 구름처럼 하늘에 떠올라서는 반대편 산봉우리로 나아갔다. 반대편에서 떠오른 기체도 이쪽 산봉우리로 뻗어 왔다.

그렇게 양쪽 산봉우리에서 뻗어 나온 기체가 중간쯤에서 부딪치는 순간이었다.

"콰르릉!"

굉음과 함께 번쩍, 하고 노란빛이 무한에게 쏟아졌다.

무한은 트럭에라도 부딪친 것같이 엄청난 충격을 온몸으로 느끼며 고꾸라졌다. 그러고는 굴렀다. 밑으로, 밑으로……

3_벌거벗은 세 여자

"그래서 꼴이 그렇게 됐구먼!"
이야기를 들은 배 씨는 땡그랗게 커진 눈으로 무한의 위아래를 훑어보았다.
"그 산봉우리에 산다는 설녀란 여자가 그런 조화를 부리는 것 아녀?"
"나도 그런 생각이 듭니다만, 아무튼 굉장하더군요."
"그 정도 술법을 쓴다면 보통 여자가 아닌가 보네에."
"그러게 말이에요."
무한은 번개에 그슬린 머리카락을 털어 내며 여자들을 보았다. 여자들은 옷을 입은 젊은 남자의 시선이 와서 닿자, 옆으로 비켜서며 음부를 가렸다.
"뭐예요? 댁은 왜 옷을 입고 있어요?"
노랑머리가 그런 무한을 쏘아보더니 표독스럽게 물었다.
"예? 아니, 뭐……."
무한은 여자의 당돌한 말투에 머쓱해져 말을 잇지 못했다. 잘못을 따지자면 옷을 입고 있는 내가 아니라 벗고 있는 아가씨에게 있지 않느냐고 해야겠지만, 미끈하게 빠진 여자의 몸매와 미모에 주눅이 들어 말이 나오지 않았다.
"근데 아저씨들은 어떻게 여길 오게 된 거예요? 옷을 입은 걸 보니 육욕 때문에 악몽을 꾸러 온 것 같지는 않은데……."
노랑머리는 무한이 저자세를 취하자, 누그러져 물었다.
"그게요……."

무한은 곁눈으로 노랑머리를 보며, 이곳에 오게 된 경위를 대충 이야기했다.

그러자 옆에서 같이 듣던 묶은 머리가 말을 꺼냈다.

"아, 그 옛날 옷차림 남자 말이군요."

"그 사람을 봤어요?"

무한은 여자 입에서 헤수몽을 안다는 뜻밖의 소리가 나오자, 반색을 하며 물었다.

"그럼요, 한동안 우리 뒤만 졸졸 따라다녔는걸요."

긴 머리도 묘한 미소를 흘리며 말참견을 했다.

"그래요? 어땠는데요?"

무한은 흥미가 담긴 눈으로 긴 머리를 보았다.

긴 머리는 무한의 시선이 오자, 미끈하게 뻗은 다리를 꼬며 엉덩이까지 늘어진 머리카락으로 앞을 가렸다. 그 모습이 더욱 고혹적으로 다가와, 무한은 자기도 모르게 침을 삼켰다.

"그 남자는요."

긴 머리는 그런 무한의 시선을 즐기는 듯 미소를 지으며 이야기를 시작했다.

언제부터인가 얼음산에 나타난 헤수몽은, 어느 날 하루 종일 세 여자를 따라다녔다. 가까이 와서 치근덕거리는 게 아니라, 10여m쯤 거리를 두고 세 여자를 바라보기만 하는 거였다.

세 여자는 기분이 나빴지만 헤수몽이 꿈의 세상 안내자라는 신분이기 때문에 말을 하지 못하고 눈치만 보다가, 당돌한 성격의 노랑머리가 다가가 넌지시 물었다.

"안내 아저씨, 왜 자꾸 우리를 따라다녀요?"

그러자 헤수몽은 담담한 표정으로 이러는 거였다.

"나는 그대들을 따라다니는 것이 아니라, 그대들의 몸을 따라다니는 것이오."

그 말을 들은 노랑머리는 입을 삐죽이고는,

"뭐예요, 그게 그거 아녜요? 우리 몸을 따라다니는 것이 곧 우리를 따라다니는 거 아니냐고요. 이 아저씨 점잖게 생겨 가지고 아주 웃기시네?"

빈정거리는 노랑머리의 말투에, 헤수몽은 표정이 조금도 변하지 않고 말했다.

"그건 그대가 모르고 하는 말이오. 물론 그대의 몸은 그대의 것이지만, 그대는 그대의 몸을 스스로 만든 것이 아니잖소. 그대 부모가 만들어 준 것이 아니오. 그대의 부모는 또 부모의 부모에 의해 탄생된 것이고 말이오. 그렇게 거슬러 올라가면 신이라는 존재가 관련되어 있소. 신이 그대의 조상, 더 나아가서 여자를 탄생하게 하여 오늘의 그대가 있는 것이오. 즉 그대의 몸은 신의 작품이란 말이오. 따라서 난 신의 작품을 감상하는 것뿐이라오."

"예에? 그게 무슨……."

노랑머리는 헤수몽의 황당한 논리에, 입술만 달싹일 뿐 말을 잇지 못했다.

"그대는 아름다운 몸을 가졌다고, 오만하지 말아야 하오. 그대의 몸은 신이 주신 것이지 그대가 이룩한 것이 아니기 때문이오. 그것을 모르고 뭇사람들이 그대의 몸을 우러러본다고, 그대의 인격도 우러러보는 줄 알고 오만하게 행동한다면 타락의 길을 걷게 될 것이오."

헤수몽은 말을 마치고 얼음산 저편으로 걸어갔다. 그리고 그 후부터는 헤수몽의 모습을 볼 수 없었다.

"그랬습니까?"

긴 머리의 이야기를 들은 무한은 가만히 고개를 끄덕였다. 무한의 생각대로 헤수몽은 이곳을 유람 다니는 것이 틀림없는 것 같았다.

'그 사람도 일상적인 무료한 삶에서 벗어나고 싶었던 걸까?'

무한이 이런저런 생각을 하고 있는데 배 씨가 옆구리를 건드렸다.

"왜요?"

무한이 고개를 돌리자, 배 씨는 낮은 목소리로 말했다.

"이제 그만 가세. 쟤네들 빤히 보고 있자니 좀 그렇구먼."
"그래요?"
무한의 입가에 엷은 미소가 지어졌다.
"그러죠 뭐, 하긴 나도 아랫도리가 불편하네요."
무한과 배 씨는 약속이라도 한 듯 동시에 뒤로 돌아 걸어갔다. 그러자 조금 떨어져 있던 노랑머리가 긴 머리에게 다가와 물었다.
"저 사람들 방금 뭐랬니?"
"우리를 보니까 좀 그렇다나? 그리고 아랫도리가 불편하대."
"뭐?"
노랑머리는 입술이 일그러지더니 까르르 웃음을 터뜨렸다.
"풋, 흐하하하하! 그니까 한마디로 꼴린다 그거지? 하하하하하!"
"왜들 그러니?"
두 여자가 깔깔거리자, 뒤쪽에 있던 묶은 머리가 다가와 물었다. 그리고 웃음을 참지 못하며 하는 두 여자의 말을 듣고는 터트리듯 웃어 댔다.

두 사람은 산봉우리가 바로 올려다보이는 얼음산 중턱을 오르고 있었다.
"저기를 기어코 올라갈 생각인감?"
배 씨는 부딪쳐 오는 찬바람에 찌그러진 듯 잔뜩 웅크리고 걸었다.
"그 헤수몽이라는 사람을 찾아야 하니까요."
무한은 두 번째라 적응이 되는지 꿋꿋하게 나아갔다.
"그거야 자네 일이지. 나까지 이럴 필요 있나?"
"그래야 내가 이 꿈의 세상에서 할 일이 끝나고 현실 세계로 돌아가, 공원에서 자고 있는 형님의 몸도 깨울 수 있죠."
"그래 줄 건가?"
배 씨는 떨리는 입으로 웃음을 지어내고는 말을 이었다.
"고맙네, 근데 너무 춥구먼. 몸이 찢어지는 것 같다구."
"조금만 더 가면 바람이 잦아들 거니 참아 봐요."

두 사람이 몸을 끌다시피 하여 겨우 산봉우리 밑 근처까지 가니, 그제야 바람은 시들해지며 잦아들었다.

"여기까지 오는 것도 힘들긴 했지만요."

무한은 두 산봉우리 사이, 계곡에 깔려 있는 안개를 손으로 가리켰다.

"진짜는 저겁니다. 산봉우리 벽 근처만 가도, 저 안개가 하늘로 올라가 번개를 만들거든요."

배 씨는 무한과 함께 계곡을 바라보았다. 금방까지도 조용히 가라앉아 있던 안개가, 두 사람이 산봉우리 벽에 가까이 와 있자 서서히 움직이기 시작했다.

"보세요, 벌써부터 조짐이 보이잖아요."

무한이 벽에서 두어 발자국 물러서자, 배 씨도 따라 했다. 그러자 움직이던 안개가 멈췄다.

"저걸 자극하지 않고 산봉우리를 올라가려면, 날아가는 수밖에 없는데……."

무한은 잠시 생각에 잠기더니 두 팔을 벌려 휘젓기 시작했다.

"뭐 하나?"

배 씨는 그러는 무한을 의아하게 보며 물었다.

"안 되네?"

무한은 점점 더 빠르게 팔을 휘젓다가 힘없이 내렸다.

"이상하네? 거기선 잘됐었는데?"

"뭐가 말인가?"

"내가 여기 왔을 때 일인데요."

무한의 말은 꿈의 세상에 처음 발을 들여놨을 때 이야기였다. 그때 안내하던 소년이 가르쳐 준 대로 날아 보려고 하지만, 안 된다는 말이었다.

"그랬는가?"

배 씨는 미소를 지었다.

"아이다운 생각이구먼. 그걸 따라 했었다니 자넨 꽤 순진한가 보네."

"왜요?"

"자넨 어른이잖나. 어른이 그렇게 아이의 마음을 이끌어 낸다는 게 쉬운 일인가? 그만큼 자넨 때가 묻지 않았다는 거지."

"하긴 안내 소년도, 동심이 남아 있어야 날 수 있다고 하더군요. 근데 지금은 왜 안 되는지 모르겠어요."

무한은 눈을 감고 심호흡을 한 다음 다시 팔을 휘둘렀으나 여전히 떠오르지 않았다.

"그만하게, 아무리 그래도 여기서는 안 될 걸세."

"어째서요?"

"여긴 악몽의 땅 아닌가. 악몽은 주로 어른이 나쁜 기억으로 꾸는 거야. 애들은 삶이 짧으니, 특별한 경우가 아니면 나쁜 기억이 없거든. 그니까 여긴 어른의 체취가 강한 곳이라고 할 수 있지. 근데 동심이 살아나겠나?"

"그런가요?"

듣고 보니 배 씨의 말이 맞는 것 같아, 무한은 팔 휘두르기를 그만두었다.

"그럼, 기어 올라가는 수밖에 없는데……."

산봉우리를 올려다보며 생각에 잠겼다가 배 씨를 돌아보았다.

"어디서 쇠붙이를 구할 수 없을까요?"

"쇠붙이? 뭐하게?"

배 씨는 멀뚱한 표정으로 되물었다.

"그것만 있으면 번개가 쳐 대도 막을 수 있거든요."

"피뢰침을 만들자는 말이구먼."

"그렇지요."

"글쎄? 여기는 얼음산이니 쇠붙이 따위가 있을 리 없는데……."

배 씨는 주머니에 손을 넣더니 얼굴이 밝아졌다.

"아, 있네! 이거!"

배 씨가 주머니에서 꺼낸 것은 황금 덩어리였다. 황금 빌딩에서 가져온 것이었다.

"이걸로 피뢰침을 만들면 어떨까? 금도 전기 전도율이 뛰어나거든."

"그거로요?"

무한은 배 씨가 꺼내 든 황금을 보고는, 자기도 주머니를 뒤져 세 개의 황금 덩어리를 꺼냈다.

"나도 있네요."

"됐네, 내 것과 합쳐서 만들면 되겠어."

"요거 가지고요? 어떻게요? 녹이거나 두들겨서 늘린다 해도 양이 작아 철사 같을 텐데요? 여기선 만들 데도 없고요."

"하긴 그렇겠구먼……."

배 씨는 턱을 만지며 말을 이었다.

"그럼, 그 불의 마을에 가 볼까?"

"나방인간 사는 데요?"

"그려, 거긴 불이 있으니 녹여서 늘려 보지 뭐."

"글쎄 양이 적어, 그렇게 하면 철사같이 된다니까요? 그 가는 걸로 피뢰침이 되겠어요?"

"그래도 일단 가 보세. 어차피 여기선 방법이 없잖나."

"그렇긴 하네요……."

무한은 잠시 생각에 잠겼다가, 아래를 향해 발걸음을 내디뎠다. 배 씨도 따라서 얼음산을 내려갔다.

붉은 들판을 지나 불의 마을에 들어선 두 사람은 일렁거리는 불덩어리 앞에서 걸음을 멈추었다. 불덩어리 속에서는 여전히 나방인간들이 어지럽게 날아다니고 있었다.

"누구를 붙잡고 부탁하죠?"

무한은 불덩어리를 살펴보며 배 씨에게 물었다.

"글쎄? 우리가 여기서 아는 사람이라곤 그 이수근이란 사람뿐이 더 있남?"

"아, 그 사람이요. 근데 어떻게 찾죠? 저 뜨거운 불 속엘 들어갈 수도 없고."

"일단 소리쳐 불러 보세."

"그럴까요?"

그때였다.

불 속에서 작은 몸집의 나방인간이 파닥거리며 날아왔다.

"쟤는……"

배 씨가 먼저 알아보고 눈을 가늘게 떴다.

"그 상철이라는 아이 아녜요?"

"맞네, 가끔 얼음산에 간다는 애야."

상철이는 무한과 배 씨에게 가까이 오자, 날개를 천천히 저으며 내려섰다.

"아저씨들 왜 다시 왔어요?"

"어, 그게 말이다."

무한은 상철이에게 다시 온 이유를 대충 설명하고는 금덩어리를 꺼내 내밀었다.

"이걸로 피뢰침을 만들겠다고요?"

상철이는 금덩어리를 받아 들고는 들여다보았다.

"이걸로 어떻게 만들어요? 긴 막대기로 만들기에는 양이 너무 적잖아요. 그리고 만든다고 해도, 금이라 연해서 잘 휘어질 텐데 어떻게 사용해요?"

"그러니까 무슨 막대기 같은 것에 얇게 입히면 안 되겠니?"

"막대기요?"

상철이는 손에 쥔 금덩어리를 만지작거리더니, 푸드덕 날아올라 불덩어리 속으로 들어갔다. 그러고는 한 시간이 지나도록 아무 소식이 없었다.

"얘가 황금을 아주 가져간 것 아닐까?"

배 씨는 걱정이 되는지 바쁘게 서성거렸다.

"그걸 가져가서 뭘 하게요? 여기에선 쓸 데가 없는데."

무한은 불덩어리를 들락거리는 나방인간들에게서 눈을 떼지 않고 있었다.
"아니야, 황금은 빛이 나는 금속이라 탐을 낼 수 있지. 가지고 놀려고."
"하긴 그럴 수도 있겠네요. 더구나 아이라서……."
두 사람의 마음은 점점 초조해져 갔다.
그때, 불덩어리 속에서 한 나방인간이 날아왔다. 상철이었다.
"만들어 왔어요."
상철이는 두 사람에게 무얼 내밀었다.
"그건!"
"아니, 너!"
무한과 배 씨는 상철이가 가져온 물건을 보고는 입을 딱 벌렸다. 사람의 정강이뼈였던 것이다. 50cm 정도 되는 정강이뼈는 황금빛으로 번쩍이고 있었다.
"어떻게 된 거냐?"
"그건 어디서 났어?"
두 사람이 어리둥절해져 묻자, 상철이는 씩 웃고 설명했다.
"이건요……."
이 불의 마을에 사는 나방인간들은 불덩어리 속에서 끝없이 춤을 추다 쓰러지면 그대로 불에 타 버린다. 그런 후에는 날개와 뼈만 남게 되는데, 상철이는 그 뼈들 중에 길쭉한 정강이뼈를 주워서는 금을 문질렀다. 그렇게 하니 뜨거운 불 속이라, 금이 녹아 뼈에 입혀져서 황금 뼈같이 된 것이었다.
"오호, 그래서!"
"아주 제대로 도금이 됐구먼!"
무한은 황금 뼈를 받아 들고는 이리저리 살펴보았다.
"근데 이걸 그냥 들고 있으면, 번개를 그대로 몸에 받게 될 텐데?"
무한의 물음에 상철이는 잠시 생각하더니, 다시 불덩어리 속으로 들어갔다.
얼마 후에 나온 상철이의 손에는 천 조각 같은 누런 물건이 들려 있었다.
"이걸로 황금 뼈를 감싸 줘세요."
"그게 뭐냐?"
"우리 나방인간 날개예요. 이곳을 나간 사람들이 버린 거예요."
"그게?"
무한은 상철이가 내민 날개를 받아 들었다. 먼지가 풀풀 날리기는 했지만, 카펫같이 두툼한 것이 충분히 절연체 역할을 할 것 같았다.
"음, 그래. 이거면 되겠다."
먼지가 일어나지 않도록 조심스럽게 날개를 든 무한은 상철이에게 손을 흔들었다.
"고맙다. 그럼, 다음에 또 보자."
"……."
대답이 없는 상철이는 멀거니 서서, 멀어지는 무한과 배 씨를 바라보고만 있었다.

다시 얼음산에 올라온 두 사람은 산봉우리 밑까지 와서는 걸음을 멈추었다.
"여기부터는 조심하세요. 봐요, 벌써 안개가 올라가기 시작하잖아요."
무한의 말대로 골짜기에 깔린 안개가 산봉우리 벽을 타고 올라가기 시작했다.
"그럼, 이제 어쩔 건감?"
배 씨는 겁먹은 얼굴이 되어 눈알을 굴렸다.
"어쩌긴요, 이 황금 뼈로 땅을 짚으며 접근해야죠. 그래야 번개가 치면 받아서 땅으로 흘려보내죠. 형님은 내 뒤에 바짝 붙어 따라오세요."
"알았구먼."
무한은 배 씨가 뒤에 붙어 서자, 나방 날개로 감싼 황금 뼈로 땅을 짚었다. 길이가 50cm밖에 안 되어, 거의 엎드리듯 허리를 굽혀야

했다.

"안개가 점점 더 많이 올라가는구먼!"

배 씨는 산봉우리 벽을 하얗게 덮으며 올라가는 안개를 신기한 듯 바라보았다.

"고개를 더 숙여요!"

양쪽 산봉우리로 올라간 안개는 공중에 떠서 가운데로 나아가기 시작했다.

"곧 번개가 내리칠 겁니다!"

무한이 말을 막 마칠 때였다.

"콰르릉!"

천둥소리와 불빛이 거의 동시에 쏟아졌다.

"쿠릉! 콰르르르릉!"

불빛은 연속해서 쏟아졌으나, 모두 무한이 내밀고 있는 황금 뼈로 빨려 들어갔다.

"효과가 있구먼!"

"그러게요!"

두 사람은 날아온 번개가 자석에 달라붙는 쇳가루처럼 황금 뼈에 흡수되자 신이 났다.

"근데 여기 천둥소린 어째서 번개와 같이 들리남?"

"그야 가까우니 그렇죠!"

"콰릉! 콰르르르릉!"

번갯불은 10여 분 동안 요란하게 번쩍이더니 조용해졌다. 두 산봉우리 사이에 이어졌던 안개도 여기저기 끊어져 있었다.

"올라가 볼까요?"

무한은 산봉우리를 얼마 동안 주시하다가 나직이 말했다.

"괜찮을까?"

배 씨는 그래도 겁이 나는지, 산봉우리를 똑바로 쳐다보지 못했다.

"안개가 다 끊어졌잖아요. 보아하니 저 안개로 양극 전기가 나와 부딪치며 번개가 만들어지는 것 같은데, 다 끊어졌으니 뭔 일 있겠어

요?"
"그럴까?"
"그렇다니까요. 그러니 올라가 봅시다."
"그럼, 어디……."
배 씨는 침을 꿀꺽 삼키고는 조심스럽게 발걸음을 내디뎠다.
금방까지도 으르렁거리던 산봉우리는 두 사람이 오르고 있는데도 조용했다.
그러나 얼마 안 있어 다시 안개가 올라오기 시작했다. 안개는 산봉우리 벽에 붙어 있는 두 사람을 덮으며 올라가 공중으로 떠갔다.
"번개가 또 치겠는데요."
안개의 움직임을 지켜보던 무한은 엎드리며 황금 뼈를 앞으로 내밀었다.
배 씨도 따라 엎드리자마자 번쩍, 하고 불꽃이 일었다.
"우르릉 쾅!"
무한과 배 씨는 눈을 질끈 감았다. 가까운 곳에서 번갯불이 일어나니 눈이 부셨던 것이다. 열기도 높아 뜨겁게 느껴질 정도였다.
"콰콰콰쾅! 쿠릉 쾅!"
마치 전쟁터에 포를 쏘아 대듯이 번개는 연속해서 날아왔다.
"쿠릉 쿠르릉 쿠르르릉!"
그러나 먼젓번처럼 10여 분 동안만 요란하고는 조용해졌다.
무한은 번개가 그치자, 고개를 들었다. 역시 안개가 여기저기 끊어져 있었다.
"일어나요! 지금 가야 됩니다!"
무한은 벌떡 일어서서 다시 산봉우리를 기어오르기 시작했다.
"뭐? 또 번개가 치면 어쩌려고?"
배 씨는 허둥지둥 따라가며 물었다.
"형님도 참, 방금 봤으면서 그런 소릴 해요? 어서 가요! 안개가 올라오기 전에!"

어느새 올라온 안개는 무한의 옆을 지나가고 있었다.
"이거 왜 이렇게 빨리 올라와?"
무한은 황금 뼈로, 올라가는 안개를 마구 휘저었다. 그러나 안개는 조금도 흐트러지지 않고 서서히 산봉우리 벽을 타고 올라갔다.
"또 번개가 치겠구먼!"
"그러게요!"
무한은 무슨 생각을 했는지 급히 윗옷을 벗기 시작했다.
"뭐 하나?"
"형님도 벗으세요! 옷을 휘둘러 안개를 흩뜨려 놓게요!"
"그래서 어쩌려구?"
"안개가 전기를 나르니, 흩뜨려 놓으면 번개가 안 생길 겁니다!"
"그려? 근데 여기서?"
배 씨는 머뭇거리며 무한의 행동을 따라 하지 않았다.
"발가벗고 사는 사람들도 있는데 겉옷 잠깐 벗는다고 큰일 납니까?"
"알겠구먼."
배 씨는 그제야 입고 있는 점퍼의 지퍼를 내렸다.
두 사람이 벗은 옷을 휘둘러 바람을 일으키기 시작했다. 그러자 산봉우리 벽을 올라가던 안개는 이리저리 날리며 흩어져 끊어졌다.
하지만 이미 위쪽으로 올라간 안개는 산봉우리를 벗어나 구름처럼 공중으로 떠갔다.
무한은 그 조각난 안개가 반대편 산봉우리에서 뻗어 온 안개에 부딪치려고 하자, 급히 산봉우리 벽에 황금 뼈 한쪽을 댔다. 조각 안개가 반대편 안개에 닿으면, 한 번쯤은 번개가 칠 것으로 예상한 행동이었다.
그러나 조용했다. 조각 안개가 반대편 안개에 합쳐졌으나 아무 일도 일어나지 않았다.
"흠, 이제 보니……."
조각 안개를 지켜보던 무한은 가만히 고개를 끄덕였다.
"왜? 뭘 발견했나?"

배 씨는 그런 무한의 표정을 보고 물었다.
"저 안개 띠 말입니다."
무한은 반대편 산봉우리에서 뻗어 나온 안개를 가리켰다.
"전선과 같은 역할을 하는 것 같아요."
"무슨 말인가?"
"안개 자체에 전기가 있다면 이쪽에서 간 조각 안개가 저쪽 띠 안개에 부딪칠 때 번개가 일어나야 되는데 그렇지 않잖아요."
"어, 그렇겠구먼. 그럼, 전기가 어디서 전해진단 말인가?"
"이 아래 골짜기에 쌓인 안개는 저쪽 산봉우리와 연결되어 있는데도 아무 반응이 없는 것을 보면 전기를 띠고 있는 것 같지는 않아요."
무한은 산봉우리 벽을 가만히 쓰다듬었다.
"아마 안개가 이 벽을 타고 올라가면서 전기가 생성되는 것 같아요. 봐요, 이렇게 살짝 쓰다듬는데도 저릿한 느낌이 오잖아요."
"그래? 그럼, 이게 그냥 자연적인 현상이란 말인가?"
"글쎄요? 그렇다면 항상 안개가 올라가야 하는데, 사람이 접근할 때만 올라가 번개를 만드는 걸 보면……."
무한이 앞에 덮여 있는 안개를 흩뜨리려고 팔을 뻗었다.
'뭐지?'
그러면서 고개를 갸웃했다. 손에 만져지는 감촉이 없어서였다.
'혹시……?'
들고 있던 옷을 휘둘렀다. 안개가 흩어지며 깊이를 알 수 없는 공간이 나타났다.
"역시 그렇군."
무한은 혼잣말로 중얼거리고는 공간 안으로 들어갔다.
"이 친구 어디 갔어?"
배 씨가 위를 보았을 때는 다시 안개에 가려진 후였다.
"이보게, 무한이! 어디 있나?"
배 씨는 앞에 가던 무한이 갑자기 없어지자 당황하며 소리쳤다.
"저 여깄어요!"

"머어? 어디!"

목소리가 가까이 들리기는 했으나, 아무리 둘러봐도 무한의 모습이 보이지 않았다.

"이 안에 굴이 있습니다! 들어와 보세요!"

"뭔 소리를 하는 겨? 어디에 뭐가 있다구?"

배 씨도 올라가려고 안개에 덮인 벽을 더듬는데, 윗몸이 안개 속으로 묻혔다. 배 씨도 공간에 들어간 것이다.

"여긴 어딘감?"

공간 안에서 무한을 만난 배 씨는 사방을 둘러보았다. 밖처럼 밝지는 않았으나 어스름해서, 사물을 보지 못할 정도는 아닌 그곳은 안쪽으로 공간이 이어져 있었다.

"나도 첨 온 곳인데 어떻게 압니까?"

무한은 주위를 살피며 조심스럽게 안으로 들어갔다. 배 씨도 발소리가 나지 않게 따라갔다.

공간은 안으로 들어갈수록 넓어지더니, 실내 운동장만 한 곳이 나왔다. 여기저기에 얼음상들이 널려 있었다. 실물처럼 정교하게 만들어진 사람 모습의 얼음상들이었다.

"이것들이 다 무엇이여?"

배 씨는 한 얼음상을 자세히 들여다보았다.

"글쎄요, 마치 산 사람같이 세밀하게 만들어졌군요."

"크기도 실물과 똑같구먼."

배 씨는 보던 얼음상에서 시선을 떼고 다른 얼음상을 보았다. 기도하듯이 두 손을 모으고 위쪽을 보고 있는 여인 얼음상이었다. 우는 듯한 표정을 하고 있어 매우 애처롭게 보였다.

배 씨는 그 모습에 이끌려 자기도 모르게 얼음상에 손을 대었다. 그때였다.

마음이 찬 여자가 한 남자에게 증오를 심었네.
증오는 자라서 남자를 망쳤지.

어느 여자도 믿지 못하게 되었지.
여자는 그 죄로 얼음산에 왔다네.
마음과 같이 몸도 차게 되었다네.
추워요 추워요 추워요, 끝없이 떨고 있다네.

배 씨는 흠칫 놀라며 손을 거두었다. 머리털이 쭈뼛 서게 소름이 끼치는 목소리의 노래가 들렸던 것이다.

"왜 그래요?"

무한이 그러는 배 씨를 보고 물었다.

"이, 이건 그냥 얼음이 아니야!"

배 씨의 목소리는 떨리고 있었다.

"사람이야, 사람이 언 거라고!"

"이게 사람이라고요? 근데 이렇게 투명합니까?"

무한의 말대로 얼음상은 투명했다. 실물처럼 세밀하게 만들어지긴 했지만, 투명한 물체인 얼음이었다.

"그럼, 왜 노래를 혀? 살아 있으니까 그러는 거 아녀?"

"노래를 해요?"

무한도 배 씨가 만졌던 얼음상에 손을 댔으나, 아무 소리도 들리지 않았다.

"무슨 노래가 들린다고 그래요?"

"머? 안 들린다구?"

배 씨는 다시 얼음상에 손을 댔다.

"아저씨, 날 좀 깨워 주세요. 제발 깨워 주세요."

화들짝 놀라며 손을 뗐다.

"들리자녀!"

"노래가요?"

"이번엔 말이 들리는구먼! 자길 깨워 달라는디?"

"그래요?"

"혹시 이것도……."

무한은 고통의 숲에서 만났던 묘희라는 여자가 떠올랐다. 묘희가 나무에 갇힌 것처럼, 이 여자도 얼음상에 갇힌 것 같다는 생각이 들었다. 그리고 묘희가 자기한테만 말을 한 것처럼, 배 씨한테만 말을 하는 것 같았다.
"그럼, 말을 시켜 봐요. 형님한테만 말하려는 것 같으니까요."
"그런 겨?"
배 씨는 눈을 끔벅거리고는 얼음상에게 말했다.
"뭔 일이 있으슈?"
그러자 얼음상은 배 씨 귀에만 들리는 이야기를 시작했다.

얼음상의 이름은 최정희, 그녀는 머리에 계산기를 넣고 다니는 여자였다. 그 계산기로 셈한 답으로만 모든 일을 처리하고 사람을 대했다. 그러다 보니 어느 남자에게도 정을 주지 못했고, 때문에 혼기를 훨씬 넘기도록 결혼할 수 없었다.
그러다 마흔 살을 한 달 앞두고 친지에게서 중매가 들어왔다. 마흔세 살인데, 건축업을 하는 사람으로 재산도 꽤 있다는 것이다.
무슨 이유로 마흔세 살이 되도록 결혼을 못 했냐고 물었더니, 직업이 건축 기사라 남자만 득실거리는 건설 현장만 다닌 탓에 이성과 만날 기회가 없어 혼기를 놓쳤다는 것이다.
한 달만 지나면 40대에 들어서는 그녀가 나이를 따질 입장은 아니고 돈이 많다는 말에 일단은 맞선 자리에 나가 보았다.
호텔 커피숍에 앉아 있는 남자를 본 그녀의 표정은 바로 시들해졌다. 넙데데한 얼굴과 드럼통 같은 몸매가, 마치 동물원에서 본 하마를 연상케 했던 것이다.
하마는 그녀를 보자, 벌어진 입을 다물 줄 몰랐다. 눈까지 게슴츠레 풀린 것이, 공이라도 던져 주면 얼른 물어 올 태세였다.
'자식, 아주 넋이 나갔군. 하긴 너 같은 노가다가 나 같은 여자를 구경이나 했겠냐.'
조소를 감추고 얼마간 대화를 나눈 그녀는 버릇대로 계산기를 두드렸다.
 첫째, 집을 네 채나 가지고 있다니 재산은 넉넉한 편이고.
 둘째, 저리 생겼으니 바람은 피우지 못할 것 같고.
 셋째, 체격을 보니 힘은 엄청 좋을 것 같고.
 넷째, 말을 들어 보니 꽤 순수해서 말을 잘 들을 것 같고.
 여기까지는 하마의 장점이었다.
 그런데 문제는 딱 하나, 도저히 봐 줄 수가 없는 그의 얼굴이었다. 결혼 생활이란 곧 성생활을 한다는 말이다. 서로 알몸이 되어 껴안고 비벼 대는 일을 정기적으로 해야 된다. 그 넙데데한 얼굴로 예쁜 내 얼굴을 빨고, 드럼통 같은 몸으로 자신의 가녀린 몸을 찍어 누를 상상을 하니 끔찍했다.
 그렇다고 곧 마흔 살이 되는 자신의 처지와 집이 네 채나 된다는 남자의 재산에 결정을 못 하고,
 '어떡하지? 어떡하지? 어떡하지? 어떡하지? 어떡하지? 어떡하지?'
 이런 말만 머릿속으로 수없이 되뇌며, 남자가 만나자는 대로 만나며 세월을 보내다 정신을 차려 보니 자신이 예식장에 서 있는 것이 아닌가. 하얀 드레스를 입고, 그 혐오스러운 하마 옆에서!
 '어머, 내가 지금 뭐 하는 거야?'
 싫다 좋다 뜻을 밝히지 않고 날만 보내고 있으니, 남자는 그녀 부모와 협의하고 정신없이 밀어붙여 이 자리까지 오게 한 것이었다.
 '미쳤어! 미쳤어!'
 그녀는 도망치고 싶었으나 이미 낚싯바늘에 걸린 물고기였다. 그 엄숙한 행사에 다소곳이 따라갈 수밖에 없었다.
 얼떨결에 하마의 부인이 된 그녀는 별수 없이 닥친 현실을 인정해야 했다.
 '그래, 좋아. 까짓 평생 부릴 머슴 하나 됐다고 치지 뭐. 새경으로는 가끔 몸이나 대 주면 되니까 괜찮네.'
 이렇게 계산한 그녀는 한 달에 한 번, 1년에 12번만 몸을 허락했다.
 그렇게 하니 하마는 미칠 것 같았다. 탱크 같은 체력이라 매일

해도 시원찮을 판에 한 달에 한 번이라니, 마치 유조차에 가득 기름을 싣고 온 운전사에게 달랑 그릇 하날 내밀며 그만큼만 기름을 받아 가겠다고 하는 꼴이었다.

"이게 뭐여? 내가 장가간 거 맞어?"

하마는 불만이 이만저만이 아니었지만, 자기가 간절히 바라서 한 결혼이라 참을 수밖에 없었다. 그래도 사격 솜씨는 좋았는지, 그 몇 번 안 되는 관계에도 덜컥 임신이 되었다.

그런데 그렇게 되자 그녀는 한술 더 떠서, 아예 접근을 못 하게 하는 것이었다. 임신 중에 관계를 가지면 유산될 위험이 있다는 이유에서였다.

"정말 너무하네!"

하마는 폭발이라도 할 것 같았으나, 역시 참을 수밖에 없었다. 그래도 세월은 가서 달이 차자 출산을 했다. 잘생긴 사내아이였다.

하마는 아들이 생기자, 온 정성을 쏟았다. 쌀쌀맞은 아내는 정을 줄래야 줄 수가 없고, 대신 아들에게 모든 정을 쏟아부었다. 집에만 오면 업어 주는 것은 물론이고, 우유를 타고 기저귀를 갈아 주는 일까지도 도맡아 했다.

그녀는 아주 편했다. 그야말로 손에 물방울 하나 안 묻히는 왕비와 같은 삶이었다.

그런 결혼 생활을 5년쯤 유지하고 있던 어느 날이었다.

휴일이라 회사에 나가지 않은 하마는 소파에 누워 아들과 놀고 있었다. 한창 개구진 다섯 살짜리 아들에게, 아빠는 놀이기구와 마찬가지였다. 아빠도 넓찍한 자기 배 위에서 뛰어노는 아들을 보는 것이 행복했다.

그런데 그녀는 그런 부자의 모습이 눈에 거슬리는지, 바락 소리를 지르는 것이 아닌가.

"뭐 하는 거예요? 애와 똑같이! 그러다 소파 주저앉겠어요!"

그 날카로운 한마디에 기분이 잡친 하마는 입술을 씰룩거리더니 퉁명스럽게 내뱉었다.

"망가지면 새로 사면 되잖아!"

"뭐예요?"

그녀의 눈꼬리가 치켜 올라갔다. 처음 당해 보는 하마의 반항이었던 것이다.

"이 남자가!"

그녀는 소파에 앉아 있는 하마에게 빠르게 다가가 손가락으로 머리를 찔렀다.

그러자 하마가 벌떡 일어서더니 한 손으로 그녀를 밀었다. 슬쩍 밀었으나 워낙 센 힘이라, 그녀는 빨랫감 던져지듯 구석에 처박혔다. 그러고는 움직이지 않았다.

그 모습을 보자 와락 겁이 난 하마는 얼른 그녀를 들쳐 업고 병원으로 달렸다. 다행히 머리를 부딪친 충격으로 정신을 잃었을 뿐, 상처는 없었다.

문제는 그녀가 정신이 들고서부터였다. 폭행을 했다고 이혼을 요구하는 것이었다. 하마는 당신이 머리를 건드리는 바람에 욱하고 성질이 치밀어 자기도 모르게 그런 거라고 변명을 했지만 소용이 없었다.

그녀는 그런 일로 욱하면 나중에는 자기를 죽일지도 모르는 일 아니냐며, 눈으로 독기를 뿜으며 따지고 들었다.

하마는 입만 벌리고 있을 뿐, 말이 나오지 않았다. 그냥 그녀가 하자는 대로 따를 수밖에 없었다. 하지만 단 하나, 자식만은 포기할 수 없었다. 어렸을 때 부모를 잃어, 정 붙일 사람이 없었던 그에게 자식은 자신의 몸과 마찬가지였기 때문이었다.

그녀는 그 점을 잘 알고 있었기에 이혼 협상에 활용하였다. 자식은 하마가 기르는 조건으로 모든 재산을 그녀가 갖기로 합의한 것이었다.

처녀 적처럼 독신으로 돌아간 그녀는 아주 홀가분했다. 더구나 꽤 되는 하마의 재산을 차지했으니, 직업을 갖지 않아도 여유롭게 살 수 있었다.

그러나 자기 몸으로 낳은 자식에 대해서는 자유로울 수가 없었다. 옆에서 아빠와 놀 때에는 몰랐으나, 보이지 않게 되니 그리움이 해일처럼 밀려왔다.

하지만 어떡하랴, 다 자신이 자청해서 저지른 일을. 방법은 하나, 참고 견디는 수밖에 없었는데 너무 힘이 들었다. 때문에 술이나 약에 의존해 하루하루를 살아갔다.

어느 겨울날도 그녀는 술집에 혼자 앉아 잔을 기울이고 있었다. 여자가 그러고 있으면 으레 그러듯이 한 남자가 접근해 말을 걸었지만, 아들 생각에만 젖어 있는 그녀는 무시하고 술만 끝없이 마셔 댔다.

그러다 술집 주인이 문을 닫는다고 하자, 별수 없이 일어났다. 비척대며 걸으면서도 정신만은 멀쩡해 집으로 들어갔다. 넓은 거실에 긴 소파만이 벽에 기대어 꺼진 텔레비전을 보고 있을 뿐 아무도 없다. 소파에 털썩 주저앉으니 늘 그러듯 커다란 고독이 허공에서 나타나 그녀의 온몸을 덮었다. 그녀는 손을 휘젓고는 벌떡 일어서 싱크대로 간다. 왈칵 찬장 문을 당기고 약병을 꺼내고는 뚜껑을 연다. 약을 손바닥에 쏟고는 입에 털어 넣는다. 냉장고를 열고 꺼낸 생수병을 입에 쑤셔 넣어 물을 들이켠다. 그러고는 비틀대며 방으로 들어가 침대에 쓰러졌다.

한 움큼이나 되는 약은 그녀의 위 속에 들어가, 녹아서 온몸으로 퍼졌다. 약은 그녀를 잠 속으로 끌고 갔다. 아무 저항도 못 하고 한없이 끌려가는 그녀는 추웠다. 보일러를 안 켠 방에서 이불도 덮지 않았으니 당연한 일이었다.

하지만 그녀의 뇌는 추위에 떠는 몸을 위해 아무런 조치도 내릴 수가 없었다. 잠에 마비된 육체는 아무리 신호를 보내도 작동되지 않았던 것이다. 그렇게 해서 그녀는 악몽의 땅에 오게 된 것이었다.

"그랬었구려……."

이야기를 듣고 난 배 씨는 가만히 고개를 끄덕이고는 물었다.

"그럼, 댁은 그런 일로 이곳에 와서 얼음이 된 것이우?"

얼음상들이 그곳에 있는 이유를 알고 싶어서였다.

"아녜요, 그건 설녀 때문이에요."

"설녀?"

배 씨는 잠시 기억을 더듬었다.

"그 성에 옷을 입고 다닌다는……. 그 여자가 어쨌단 말이우?"

"같은 처지에 이래라저래라 간섭을 하잖아요. 그래서 당신이 뭔데 그러냐고 따졌더니, 끌고 와서 이렇게 해 놓은 거예요."

"그랬수? 어떻게 그리한단 말유?"

"그 여자는 손으로 흰 김을 내뿜어요. 그 김에 닿으면 뭐든지 얼어 버려요. 여기에 있는 사람들 모두 그렇게 해서 얼음상이 된 거예요."

"아, 그래서……."

배 씨는 고개를 끄덕이고는, 옆에서 궁금한 표정으로 보고 있는 무한에게 설명했다.

"이 여자가 그래요?"

"그렇다는구먼."

"그럼, 누군가 집에 들어가 깨워야겠군요."

무한의 말에, 다시 배 씨 귀에 얼음상 여인의 목소리가 들렸다.

"그래요, 제발 깨워 주세요. 그러지 않으면 전 그대로 죽을지도 몰라요."

배 씨는 그 말을 무한에게 전했다.

"그랬어요? 근데 왜 내 말은 들으면서 형님한테만……?"

"마음으로 하는 말이라 한 사람에게만 할 수 있다는구먼."

"그래요……."

얼음상 여인의 말을 배 씨에게 전해 들은 무한은 고개를 끄덕였다. 고통의 숲에서 묘희라는 여자의 말을, 자기만 들을 수 있던 일이 이해가 됐던 것이다.

"거참, 돕고는 싶은데요……."

무한은 턱을 만지며 잠시 말을 끊었다가 이었다.

"댁을 도우려면 우리가 이 꿈 세상에서 나가야 되거든요."

얼음상 여인의 말이 배 씨에게 전해졌다.

"언젠가는 나가실 것 아니에요? 그때 꼭 깨워 주세요. 전, 전화해 주는 사람이 거의 없는 데다 아파트에 살기 때문에 그대로 죽어도 아는 사람이 없을 거예요. 꼭 부탁드려요. ○○동 ○○아파트 105동 204호가 제 집이에요."

"알았습니다. 그렇게 해 드리죠."

얼음상 여인과 대화를 마친 두 사람은 안으로 더 들어갔다. 그러면서 얼음상들과 거리를 두며 지나갔다. 그 얼음상들은 모두 악몽을 꾸는 사람들일 터이니, 가까이 갔다가는 또 말 상대가 돼 주어야 할 게 뻔하므로 시간만 지체할 것이기 때문이다.

그러나 제일 안쪽에 있는, 다른 얼음상들과 5m쯤 떨어진 얼음상에는 저절로 눈길이 갔다. 쭈그리고 앉아 있는 모양의 그 얼음상은 노인의 모습이었다. 제일 안쪽에 있으므로 이곳에 온 지 오래된 것 같아, 혹시 해수몽의 소식을 들을 수 있지 않을까? 하는 기대가 생기기도 했다.

"저, 할아버지."

앞선 무한이 말을 걸었다.

두 손을 겨드랑이에 끼고 멍한 표정으로 천장을 보고 있는 얼음상 노인은 반응이 없다.

"이보시우, 노인장."

이번에는 배 씨가 말을 걸었다.

역시 조용하다.

"이거 진짜 얼음 아녀?"

배 씨는 무한을 보며 물었다.

"아녜요, 아까 그 얼음상 여인처럼 정교하잖아요."

"그럼, 왜 말이 없는 겨?"

"글쎄요? 노인이라 모든 게 귀찮아서 그러나?"

두 사람이 대화를 나누며 그 자리를 떠나려고 발을 뗄 때였다.

"뭣 땜에 그러는가?"

질질 끄는 듯한 목소리가 무한의 귀에 들렸다.

"……!"

무한이 흠칫 놀라며, 얼음상 노인에게 고개를 돌렸다.

"왜 그러나?"

"말을 거는데요?"

"그려? 이 노인은 자네와 대화하고 싶은가 보구먼."

다시 무한의 귀에 노인의 목소리가 들렸다.

"그대들은 왜 옷을 입고 있지?"

"아, 예. 저희는요."

무한은 공손한 자세로 얼음상 노인에게 설명했다.

"그랬는가? 으흠, 그 사람이라면……."

얼음상 노인은 기억을 더듬는 듯 말을 흐렸다가 이었다.

"그래, 한 대여섯 달 전이었을 거네."

짐작한 대로 얼음상 노인은 이곳에 온 지 오래된 사람이었다. 그만큼 아는 일이 많아 헤수몽에 대한 소식도 들을 수 있었다.

헤수몽은 다섯 달 전쯤 이곳에 왔다고 한다. 그는 벌거벗은 이곳 사람들과는 달리 옷을 입고 다녔는데, 그렇다고 누구도 이상하게 생각하진 않았다. 이곳 사람들 모두가 그의 안내를 받아 이곳에 와서, 안내자라는 걸 알고 있기 때문이었다. 안내자가, 벌거벗어야 하는 얼음산에서 옷을 입고 다니는 게 이상한 일은 아니었던 것이다.

그는 얼음산을 돌아다니다가, 어두워지면 이곳 널굴로 돌아온다고 한다. (얼음상 노인은 자신들, 얼음 조각들이 있는 공간을 '널굴'이라고 불렀다. 그리고 얼음산에 뜨고 지는 해는 없으나, 하루가 지나는 것처럼 밝아졌다가 어두워지는 현상이 반복된다고 한다.)

"그래요? 그럼, 여기서 자는 건가요?"

"아니네, 수정굴로 들어가지. 그랬다가 밝아지면 다시 나온다네."

"수정굴요? 그건 어디 있습니까?"

"내 앞에 커다란 바위가 있잖은가. 그 안에 있다네."

무한은 뒤를 돌아보았다. 얼음상 노인의 말대로, 노인과 10m쯤 떨어진 앞쪽에 커다란 바위가 있었다. 모두 얼음으로 된 이곳에 돌

바위가 있는 것이었다.
 곧 바위 쪽으로 걸어갔다. 무슨 일인가? 하고 배 씨도 따라갔다. 바위를 둘러보니 한 곳에 구멍이 뚫려 있었다. 사람이 겨우 들어갈 만한 크기의 구멍이었다. 그 안쪽을 들여다보았다. 은은한 자주색 빛으로 채워져 있는 구멍 안은 사방에 육각기둥이 솟아 있었다. 대부분 팔뚝 정도 굵기의 육각기둥은 끄트머리가 창끝처럼 뾰족했으며, 자주색이었다.
 "이거 수정 아녜요?"
 "맞네, 자수정이야."
 "아, 그러고 보니……."
 무한은 언젠가 백화점에 갔다가, 보석 가게에 진열되어 있는 돌덩어리를 본 기억이 났다. 그 돌덩어리는 반을 잘라 놓았는데, 안이 비어 있었으며 육각 모양의 수정이 안쪽으로 돋아나 있었다. 크기는 다르지만, 이 바위도 그 돌덩어리와 비슷하다는 생각이 들었다.
 "그럼, 이게 수정 돌이군요."
 "그렇지, 전에 산을 올랐다가 계곡물에서 이런 걸 주운 적이 있었네. 구멍이 뚫린 돌이었는데, 구멍 안에 수정이 자라 있더군."
 "그랬어요? 난 백화점에서 보았죠. 보석 가게에 진열되어 있더군요. 근데 이게 어디까지 뻗어 있을까요?"
 무한은 눈을 들어 앞쪽을 보았다. 굴처럼 길게 이어진 공간은 끝이 보이지 않았다. 그 안에 채워진 자주색 빛은 수정에서 나오는 것 같았는데, 그리 밝지 않아서인지 먼 곳은 보이지 않았다.
 "들어가 볼까요?"
 무한은 구멍 안을 여기저기 살펴보다가, 옆에 선 배 씨에게 고개를 돌렸다.
 "좀 더 살펴보세. 무작정 들어갔다가 무슨 일을 당할 줄 알고."
 "그래도 들어가 봐야 알죠. 그리고 보다시피 수정만 깔려 있을 뿐, 특별한 건 없잖아요."
 "그렇긴 하네만……."

"일단 들어가요. 일이 생기더라도 부딪쳐 보면 수가 생기겠죠."

무한은 성큼, 구멍 안으로 발을 들여놨다. 그러고는 수정의 끝부분을 조심스럽게 만졌다.

"어떤가?"

배 씨는 수정굴 밖에서 지켜보고만 있었다.

"보기보단 날카롭지 않네요. 근데 몹시 차요. 만지니 손이 달라붙는 것 같아요."

"그래애?"

배 씨는 그제야 굴 안으로 들어섰다. 굴은 고개만 숙이면 걸어가도 될 높이였으나, 사방에 창 같은 수정이 돌출되어 있어서 함부로 갈 수는 없었다. 머리에 부딪칠 위험이 있어서였다.

"정말 차긴 하구먼."

배 씨는 옷소매를 늘려 수정을 짚으며 무한의 뒤를 따라갔다.

굴은 들어갈수록 조금씩 넓어졌다. 반대로 돌출된 수정들은 점점 작아져, 나중에는 조약돌만 한 것들만 여기저기 흩어져 있었다. 따라서 수정에서 나오는 빛도 적어져 어둑했다. 그래서 입구 쪽에서 볼 때 끝이 보이지 않는 것 같았다.

두 사람은 허리를 펴고 걸었다. 그만큼 굴은 넓어져 있었다.

"여기서부터는 더 나아가기가 어렵겠는데요."

무한은 걸음을 멈추었다. 이젠 드문드문 흩어져 있던 작은 수정들마저 보이지 않으니 아주 캄캄해져서였다.

"그래도 가야지 여기서 머물 건가?"

"뭐가 보여야지요."

"더듬어서라도 가야지. 안내자가 들어간 곳이라니 뭔가 나오긴 할 걸세."

"벽을 더듬으며 가는 게 좋겠어요. 그러면 갑자기 뭐가 나타나더라도 피할 수 있으니까."

"좋은 생각이네."

두 사람은 굴 벽을 더듬으며 앞으로 나아갔다.

그렇게 30분쯤 갔을 때였다. 희미하게 굴 안 윤곽이 드러나기 시작했다. 빛이 생긴 거였다. 발광체가 무엇인지, 불그스름하게 밝혀지고 있었다.

"저길 봐요."

앞에 가던 무한이 낮은 목소리로 말하며, 손을 들었다.

무한이 가리킨 곳에는 한 사람이 있었다. 마치 정월 보름날에 쥐불놀이를 하듯, 불꽃 덩어리를 매단 줄을 두 손으로 거머쥔 채 온몸을 흔들며 돌리고 있었다. 붉은빛은 그 사람이 휘두르는 불덩어리에서 나오는 것이었다.

"저 사람 왜 저러고 있지?"

"글쎄요?"

배 씨와 무한은 별 경계심 없이 그 사람에게 다가갔다.

"저……."

배 씨는 그 사람에게 말을 걸려다 눈이 휘둥그레졌다.

"……!"

무한도 놀라는 표정이었다.

그 사람은 황금 도시에서 함께 탈출했다가 멀어지며, 쫓아오는 길에 휩쓸려 사라졌던 장 선생이었다.

"장 선생!"

배 씨가 소리쳐 이름을 불렀다.

장 선생은 불덩어리만 돌리고 있을 뿐 반응이 없었다.

"나, 배 씨유!"

다시 소리쳤으나 역시 반응이 없었다.

"제정신이 아닌 것 같은데요?"

무한은 장 선생의 얼굴을 유심히 보았다. 표정에 감정이 들어 있지 않았다. 단순한 일을 반복하고 있는 노동자같이, 입을 다문 채 불덩어리만 돌리고 있었다.

"어떻게 된 일일까요?"

"글쎄? 무슨 일을 당하긴 했나 본데…… 꼭 영혼을 잃은 좀비

같구먼."

"우선 저 돌리는 불덩어리를 멈추게 해 볼까요?"

"어떻게?"

"팔을 잡으면 되겠죠."

"그래? 한번 해 보게."

무한은 이내 장 선생에게 달려들어 팔을 잡는가 싶더니, 곧바로 팽개쳐져 땅바닥에 엎어졌다.

"어이구, 무슨 기계 같아요!"

무한은 무릎을 쓰다듬으며 일어섰다.

"그렇게 힘이 세단 말여?"

배 씨는 믿지 못하겠다는 얼굴로 장 선생에게 다가갔다.

"혼자 안 돼요! 같이해요!"

무한은 배 씨와 함께 장 선생의 팔을 잡았다.

"어어, 뭐여!"

배 씨는 잡은 장 선생 팔에 밀려 몸이 기울어졌으나, 무한이 필사적으로 매달린 덕에 넘어지지는 않았다.

그 때문에 장 선생이 휘두르던 불덩어리는 땅에 떨어져 뒹굴었다. 그러자 불꽃이 작아져 빛이 약해졌으나 꺼지지는 않았다.

그때였다.

"뭐 하는 것이오?"

점잖은 목소리가 굴 안을 울렸다.

"왜 불을 안 돌리시오?"

뒤쪽에서 사람의 형체가 나타났다. 다가오는 형체는 점점 뚜렷하게 모습을 드러냈다.

"저 사람은!"

배 씨가 형체를 가리키며 눈이 커졌다.

"왜요?"

무한은 의아한 눈빛으로 배 씨와 형체를 번갈아 보았다.

"저 사람이 바로 자네가 찾는 안내자 헤수몽이야!"

"예에?"

무한은 그제야 그 사람의 용모를 자세히 관찰하였다. 짙은 눈썹에 처진 눈꼬리, 날카로운 콧날에 크고 얇은 입, 사각턱이 온화하면서도 강인한 인상을 풍기고 있었다. 입고 있는 옷은 망토 같은 모양으로 핑크색이었다.

"근데 왜 저런 옷을 입고 있죠?"

"난들 아나."

"마치 무슨 사이비 종교 교주 같은 옷차림인데요."

"그러게 말이네."

무한과 배 씨가 쑥덕거리고 있는데, 헤수몽이 다가오며 말을 걸었다.

"그대들은 어디서 온 사람들인데 옷을 입고 있소?"

무한이 나서며 말했다.

"그러는 당신은 왜 옷을 입었습니까?"

그러자 헤수몽이 입가로 미소를 흘렸다.

"당돌한 사람이구려. 그대는 여기가 어디고, 내가 누군지 알고 그런 소리를 하는 것이오?"

"압니다. 이곳은 악몽의 땅이고, 당신은 악몽을 꿀 사람들을 안내하는 헤수몽 아니오? 그리고 허스키한 목소리의 미인 아내를 두었고요."

헤수몽의 얼굴에 놀란 빛이 나타났다.

"내 아내를 아시오? 어떻게 아시오?"

헤수몽은 자기 대신 아들이 안내 일을 하는 것은 알고 있었다. 만나 보지는 않았으나 이곳에 오는 사람들에게 들어서였다. 그러나 아내를 아는 사람은 처음 보아서 놀란 것이다.

"그럼, 그대는 내 아내의 안내로 이곳에 온 것이오?"

헤수몽은 아내가 아들 대신 안내 일을 맡았나, 생각하고 묻는 말이었다.

"아닙니다. 현실 세상에서 당신의 아내가 보내서 온 것입니다."

"그게 무슨 말이오?"

무한은 '꿈의 세상'이라는 카페에 갔던 일과 그곳 마담을 만나 일어난 일들을 이야기해 주었다.
"어허, 그런……."
이야기를 듣는 헤수몽은 곤욕스럽다는 듯, 얼굴이 일그러졌다. 그러더니 길게 한숨을 뱉고는 내려놓듯 말했다.
"이제 보니 귀한 손님이구려. 따라오시오."
헤수몽은 무거운 짐이라도 짊어진 것같이 어깨가 처져서는 뒤로 돌아섰다.
"잠깐만요, 이 사람은 어떻게 된 거죠? 왜 여기에 있습니까?"
무한은 옆에 넋 나간 듯 서 있는 장 선생을 가리켰다.
"왜요? 아는 사람이오?"
헤수몽은 다시 돌아섰다.
"우리 일행이우. 말려 오는 길에 휩쓸려 헤어졌었수."
"아, 그렇소."
헤수몽은 장 선생이 이곳에 오게 된 경위를 간단히 설명했다. 그 말려 오는 길은 간혹 황금 빌딩에서 도망 나오는 사람을 잡기 위해 만들어진 덫이라고 한다. 그 덫에 걸린 사람은 이 얼음산 뒤쪽에 흐르는 냇물로 떨어지게 되는데, 장 선생이 그렇게 돼서 이곳에 있게 되었다는 것이다.
"그랬군요……."
설명을 들은 무한은 장 선생을 보며 물었다.
"근데 어째서 이렇게 정신이 나가 있습니까?"
"그건 일어서는 길에 말려 휘둘려서 그런 것이라오. 어느 정도 있으면 정신이 돌아올 거요."
"그럼, 왜 불을 돌리고 있는 것이우?"
"그것은…."
헤수몽은 말을 하며 안쪽으로 걸었다.
"보다시피 이곳 수정굴로 들어가는 입구가 어둡잖소. 해서 일거리를 준 것이라오."

장 선생은 두 사람이 혜수몽을 따라가는데도 여전히 넋이 나간 듯 우두커니 서 있었다.

혜수몽이 걸음을 멈춘 곳은 테니스장만 한 공간인데, 이상한 빛으로 밝혀져 있었다. 마치 해가 뜨기 전의 새벽같이 싸늘한 느낌이 드는 빛이었다. 공간 앞쪽에는 여섯 개의 구멍이 늘어져 있었는데, 남자는 머리를 숙여야 들어갈 정도 크기의 길둥그런 타원형이었다.

"여기가 어딥니까?"

무한이 사방을 둘러보며 물었다.

"마당굴이라오."

"저 구멍들은 무엇이우?"

"그건 방이라오. 굴방이라고 부르지요."

혜수몽은 구멍들 앞에서 생각하는 듯 잠시 서 있더니, 오른쪽에서 두 번째 구멍으로 들어갔다.

무한과 배 씨도 따라 들어갔다. 밖에서와는 반대로, 굴방이라는 곳은 불그스름한 빛으로 채워져 있어 따뜻한 느낌이 들었다.

집기는 2인용 침대 하나뿐이었는데, 매트리스가 깔린 침대가 아니라 침대 모양으로 솟아 있는 얼음이었다.

"여기서 잡니까?"

무한의 물음에 혜수몽은 뜻 모를 미소를 보이며, 손으로 침대를 가리켰다.

"한번 앉아 보겠소?"

두 사람은 별생각 없이 침대에 걸터앉았는데, 앉자마자 표정이 나른하게 풀어졌다.

"이제 일어나 보시오."

두 사람은 혜수몽의 말을 들었으나 일어나지 않았다. 마치 어떤 힘이 온몸을 잡고 끌어당기는 것 같아 움직일 수 없었던 것이다.

"이, 이게 어떻게 된 것이우?"

혜수몽은 당황하는 두 사람을 보자, 다시 미소를 지었다.

"일어나기 힘들 것이오."

3_벌거벗은 세 여자 ● 129

한쪽 입꼬리를 올리는 묘한 표정을 짓고는 말했다.
"그 침대는 한 여자의 집념으로 만들어진 것이거든요."
"그게 무슨 말입니까?"
"뭔 소리우?"
"그 침대는 말이오……."
헤수몽이 시무룩한 목소리로 하는 이야기는 이런 내용이었다.

열 달 전이었다. 여느 때와 같이 들판에 나간 그는 꿈을 꾸러 올 사람을 기다리며 서성이고 있었다. 하루 일과가 시작된 것이다. 어느 정도 기다리고 있자, 들판 한 곳에서 사람의 형체가 나타났다. 30대 중반쯤 보이는 미모의 여자였다. 그러나 표정은 불이 꺼진 창같이 어두웠다. 악몽을 꾸러 온 사람이라는 걸 직감한 그는, 여자의 기억을 읽어 보았다. 많은 남자들이 보였다. 낭비벽이 심한 여자를, 남자들이 감당하지 못하고 떠난 것 같았다.

거기다 여자는 한 남자에게 만족하지 못하는 바람기까지 있어 보였다. 그러다 자기보다 세 살 어린 남자를 만났는데, 여자의 낭비벽을 채워 주기는커녕 폭력까지 썼다.

실망한 여자는 남자를 떨쳐 버리려고 했으나 뜻대로 되지 않았다. 그럴수록 더 집요하게 달라붙어 괴롭히니, 약한 여자의 몸으로 어찌할 수가 없었다.

고민을 하던 여자는 어느 날, 집에 틀어박혀 문을 잠그고 핸드폰도 끈 채 술만 들이켜다 잠이 든 것이었다.

'쯧쯧……, 욕망으로 끝없이 채워진 사람이군.'
헤수몽은 측은한 눈길로 여자를 바라보며 명령했다.
"따라오시오."
여자는 겁먹은 눈알을 굴리며 물었다.
"어디를 가는데요?"
"악몽의 땅이라오."
"예? 거기가 뭐 하는 곳이에요?"

"꿈을 꾸는 곳이오. 거기 가서 무서운 꿈을 꾸게 될 것이오."
"무서운 꿈? 왜, 왜요?"
여자의 목소리가 떨려 나왔다.
"그건 당신도 잘 알잖소."
"무슨 말씀인지……?"
"당신은 남자 때문에 괴로워하고 있잖소. 그래서 혼자 술을 마시다 잠이 들었고요."
"예? 그걸 어떻게……?"
"나는 이 꿈의 세상 안내자라오. 그래서 기억을 읽을 수 있다오."
"기억을 읽어요? 그럼, 내 기억을 안단 말이에요?"
혜수몽은 미소를 지으며 고개를 끄덕였다.
"어떻게 그런……."
여자는 두 손을 입으로 가져갔다. 마치 알몸이라도 보여 준 표정이었다.
"그리 놀랄 건 없소. 이 일을 하기 위해 내가 가진 재주일 뿐이니까."
혜수몽은 뒤로 돌아 걷기 시작했다.
여자도 주춤거리며 따라왔다. 그러나 혜수몽의 걸음이 빨라 점점 뒤처졌다.
"여보세요, 좀 천천히 갈 수 없나요?"
여자는 뛰듯 걸으며 짜증 섞인 목소리를 냈다.
"혼자 가는 건가요? 왜 그렇게 빨라요?"
혜수몽은 걸음을 멈추고 여자가 다가오길 기다렸다가 퉁명스럽게 말했다.
"그대는 지금 남자와 데이트하는 게 아니오. 그대가 저지른 잘못의 대가를 치르러 가는 거란 말이오. 근데 그런 사치스런 말이 나와요?"
여자는 미간을 찌푸리더니 목소리를 높였다.
"뭐예요? 그렇다고 부치는 여자 걸음으로 남자를 따라가란 말이에요?"
혜수몽은 어이없다는 듯 실소를 하고는 말했다.

"여긴 꿈의 세상이오. 때문에 여기서의 행동은 체력과 아무 상관이 없소. 머리로만 느끼는 것뿐이니까. 문제는 그대의 생각이오. 생시의 습관대로 꿈에서도 천천히 걷고 싶어 하잖소. 그걸 내가 따라 줘야 하오?"

여자의 표정이 굳어졌다. 말을 듣고 보니 자기가 헤수몽을 따라 바삐 걷기는 했으나, 힘이 들지는 않았던 것이다.

시무룩해진 여자는 다리만 부지런히 움직였다. 여자의 다리는 남자의 다리에 비해 짧으므로 그만큼 바쁘게 움직여야 했다.

"저, 여보세요."

여자는 얼마쯤 따라가다 조심스럽게 입을 열었다. 공손해진 말투였다.

"……?"

헤수몽은 여자에게 얼굴을 돌리며, 왜 그러냐는 눈빛을 보냈다.

"여기서는 혼자 사시나요?"

"아니오, 가족과 살고 있소."

"가족이라면……?"

"아버님을 모시고, 처와 아들이 있소."

"……?"

여자는 의아한 표정이었다.

"왜요? 뭐가 이상한가요?"

헤수몽이 그 표정을 보고 물었다.

"이상하다기보다는……"

헤수몽이 여자의 얼굴을 물끄러미 보다 싱긋이 웃었다.

"나를 특별하게 보는가 보구려."

여자의 생각을 읽은 것이다.

"이 꿈의 세상에는 우리 가족뿐이지만, 그렇다고 특별한 사람은 아니오."

여자는 헤수몽을 수도자 같은 사람으로 생각한 것이었다. 그래서 가족이 있다고 하니 의아하게 여겼던 것이다.

"그래요?"

여자는 그제야 얼굴이 편안하게 가라앉았다. 아울러 눈빛이 살아났다. 특별한 사람이 아니라고 하니 어떻게 대할까? 궁리하는 중이었다.

"저……."

여자가 눈치를 보며 입을 열었다.

"부인이 예쁜가요?"

헤수몽은 비식, 웃고 대답했다.

"예쁘지요. 당신만큼 미인이라오."

여자의 표정이 묘하게 변했다. 부인이 자기만큼 미인이라니, 자랑인지 칭찬인지 판단이 안 서는 모양이었다.

"그래요……."

여자는 뭔가 숨긴 듯한 미소를 흘리고는 말했다.

"그럼, 부인을 무척 사랑하시겠네요."

"그럼요, 더구나 이곳에 여자는 아내뿐이니 당연하지요."

"그런가요?"

여자의 입꼬리가 올라갔다. 그러나 눈은 웃지 않았다.

'여자가 아내뿐이라고? 이 사람이 날 그림 취급하네?'

헤수몽 말은 꿈의 세상 사람은 자기네 가족뿐이라는 뜻이었으나, 여자는 자기의 존재를 넣어 감정이 생긴 것이었다.

여자는 지금까지 자기에게 관심을 보이지 않는 남자를 보지 못했었다. 그만큼 자타가 인정하는 미모라, 남자에 대해선 언제나 자신만만했다. 실제로 마음먹고 접근해서, 넘어오지 않는 남자가 없었다.

그런데 꿈의 세상 안내를 한다는 이 남자는, 자기를 그림 속의 여자 보듯 하니 은근히 속이 뒤틀린 것이었다.

'내가 꿈을 꾸러 온 사람이라 그런가?'

여자는 여러 생각이 들었으나 더 이상 말이 없었다. 묵묵히 헤수몽을 따라가기만 했다.

그로부터 몇 달 후, 현실 세계에서는 몇 시간이 지난 날이었다. 헤수몽은 악몽을 꿀 사람을 얼음산으로 데려갔다. 그 여자를 데려다

준 곳이었다.

일을 마친 혜수몽이 막 그곳을 나가려는데, 귀에 익은 목소리가 들렸다.

"오랜만이에요."

돌아보니 그 여자였다.

그런데 여자의 몸에 성에가 덮여 있었다. 얼음산에 악몽을 꾸러 온 사람은 벌거벗겨지므로 그 여자도 그랬는데, 지금은 성에를 옷처럼 입고 있는 것이었다.

"어떻게 된 것이오?"

혜수몽은 의아해서 물었다.

"따라오면 가르쳐 주지요."

여자는 짧게 대답하고 앞서 걸었다.

혜수몽이 어떻게 된 일인가? 생각하는 사이 여자는 벌써 저만큼 가고 있었다. 우선은 따라갈 수밖에 없었다.

여자가 가는 곳은 산봉우리 쪽이었다. 산봉우리 아래까지 가니 계곡에 안개가 깔려 있었다. 혜수몽은 이곳을 먼발치에서만 봤지, 가까이 오기는 처음이었다.

그런데 여자가 산봉우리로 올라가니, 안개가 산봉우리 벽을 타고 따라왔다. 그러자 여자는 팔을 뻗어 안개에 손을 댔는데, 따라오던 안개가 여자의 손으로 빨려 들어갔다. 마치 진공청소기 속으로 먼지가 빨려 들어가는 모습 같았다.

그렇게 중간쯤 올라가니 굴이 나왔고, 굴 안쪽 넓은 곳에 커다란 바위가 있었다. 바위 안에 수정이 덮인 또 다른 굴이 있었는데, 그 굴로 들어가서는 두 번째 굴방으로 혜수몽을 데려갔다. 그러고는 이 침대에 앉으라고 권하는 것이었다.

혜수몽은 별생각 없이 시키는 대로 했는데, 어찌 된 게 침대에 달라붙은 것같이 몸을 움직일 수가 없었다. 뿐만 아니라 나른해지면서 술에 취한 기분이 들었다.

여자는 그런 혜수몽을, 미소 띤 얼굴로 내려다보며 두 팔을 벌렸다.

그러자 온몸에 덮여 있던 성에가 사라지며 알몸이 드러났다. 드러난 알몸으로 헤수몽 옆에 누웠다. 이어 헤수몽의 가슴을 파고들었다.

헤수몽은 여자가 안겨 오자 몸이 분해되는 것 같았다. 분해된 몸의 세포가 하나하나 여자의 몸으로 빨려 들어가는 것 같았다.

"이 침대가 그런 거란 말이우?"

이야기를 들은 배 씨는 일어나려고 온몸을 비틀며 힘을 썼다. 무한은 그러는 배 씨를 보다가 물었다.

"그 여자 이름이 설녑니까?"

"그렇소, 어디서 들었소?"

"이곳 사람에게요. 들으니 그 여자는 이곳 사람들을 통제하며 군림하는가 보더군요."

"그럴 것이오……."

헤수몽의 표정이 쓸쓸하게 변했다.

"그럼, 그 설녀라는 여잔 어딨습니까?"

"여기 있지요."

헤수몽은 허공에 있던 시선을 침대에 내려놨다.

"이 얼음 침대가 설녀랍니다."

무한과 배 씨는 눈동자가 커진 채로 침대와 헤수몽을 번갈아 보았으나, 헤수몽의 말뜻을 알 수는 없었다.

"설녀는 자기의 몸으로 얼음을 다듬어 이 침대를 만들었다오. 때문에 혼이 들어가 있답니다. 그래서 이 침대가 설녀라는 거지요."

"무슨 말씀인지……?"

"거 알아듣게 말해 보슈."

헤수몽은 쓸쓸한 웃음을 흘리고는 말했다.

"그대들이 침대에서 일어나지 못하는 것은 그 혼이 잡고 있기 때문이라오."

"뭐라고요?"

"이 침대에 귀신이 씌웠수?"

"그런 셈이지요."

"뭣이우? 그럼, 우린 어떻게 되는 것이우?"

헤수몽은 당황하는 두 사람을 웃음 띤 얼굴로 보다가, 배 씨의 손을 잡고 일으켰다. 그제야 배 씨는 침대에서 일어나 내려왔다. 무한도 같은 방법으로 침대에서 내려왔다.

"그참, 식겁했네. 그럼, 뭣이우? 이 침대에 그 여자가 들어 있어서, 밤이 되면 나온다는 것이우?"

헤수몽은 담담한 어조로 말했다.

"침대는 덫이라고 할 수 있지요. 그러니까 거미가 쳐 놓은 거미줄이라고나 할까요? 여기에 누우면 설녀가 알고 오니까요."

"어디서 온단 말이우?"

"첫째 굴방이, 설녀가 기거하는 곳이지요."

"그래요?"

무한이 물었다.

"그럼, 헤수몽 씨는 그 일 생각이 날 때 여기 누워, 그 여자를 기다립니까?"

헤수몽은 고개를 돌리고 선 채, 대답이 없었다.

"그래서 집에 안 가고 여기서 지내는 겁니까?"

여전히 대답이 없자, 배 씨가 나섰다.

"안내자님은 그 여자의 성 포로가 된 모양이구먼."

"무슨 소리죠?"

"그럴 수 있는 거여. 무한이는 총각이라 모르겠지만, 남자가 여자에게 빠지면 헤어나기 힘들거든."

그제야 헤수몽은 한숨 섞인 말을 뱉었다.

"그렇소, 난 내 의지대로 할 수 없다오. 마치 목줄에 매인 개처럼 설녀의 품에서 벗어날 수 없다오."

"그래도 그렇지……."

무한은 측은한 눈길로 헤수몽을 바라보다 물었다.

"그럼, 당신의 가족은 어쩔 겁니까? 특히 부인은 당신 때문에 나를 여기로 보냈는데, 가면 뭐라고 말합니까?"

헤수몽은 괴롭다는 듯 고개를 숙이며 두 손으로 머리를 감쌌다.
무한은 그러는 헤수몽을 보고는 더 묻지 않았다. 자기 힘으로 어쩔 수 없는, 철창에 갇힌 사람이라는 생각이 들어서였다.
"근데 안내자님은 왜 이곳에서만 지내는 것이우?"
"그건요……."
헤수몽은 희미한 미소가 담긴 얼굴로 배 씨를 보았다.
"전엔 곧잘 산 아래에 내려가곤 했었소. 가서 사람들을 구경하고 있노라면, 설녀에게 매여 있는 내 신세를 잊을 수 있기 때문이었소. 어느 날도 그런 목적으로 세 아가씨들을 구경하고 있었는데, 그중의 하나가 왜 자기들을 보냐며 매몰차게 따지더군요. 그 후로는 자격지심이 들어 안 가게 되었다오."
"아, 그 여자들 말이군요."
무한이 알겠다는 듯, 한쪽 입꼬리를 올렸다.
"노랑머리와 긴 머리, 그리고 묶은 머리를 한 여자였죠?"
"맞소, 그 아가씨들이었소."
"그 여자들 창녑니다. 사창가의 창녀가 아니라, 다른 직업을 가지고 있으면서 남자들을 유혹해 돈을 뜯어내는 고급 창녀죠. 그래서 자존심이 살아 그렇게 따졌는가 보더군요."
헤수몽은 생각하는 표정이 되어 시선을 내렸다.
"그랬었구려……. 당돌한 여자들이네……. 이 꿈의 세상 주인인 안내자한테 어찌 그렇게……."
배 씨가 혼잣말처럼 말했다.
"내가 안내자인 줄 몰랐던 것이죠. 그 여자들은, 내가 여기 온 후에 아들이 안내했거든요."
"아하……."
"그래서……."
배 씨와 무한은 거의 동시에 고개를 끄덕였다.
침묵이 흘렀다.
헤수몽은 굴방 벽에 시선을 두고 있었고, 두 사람은 그런 헤수몽을 물끄러미 바라보고 있었다.
"그럼, 언제까지 이러고 지낼 겁니까?"
얼마 후, 무한이 먼저 침묵을 깼다.
헤수몽은 얼른 반응이 없다가 시무룩이 말했다.
"글쎄요, 지금으로선……."
무한과 배 씨는 시선을 마주쳤다. 두 사람은 눈으로, 이 사람을 어떡하면 좋겠냐고 서로 묻고 있었다.
"……."
무한은 잠시 생각에 잠겼다가 물었다.
"그 여자의 혼이 이 얼음 침대에 들어 있다면, 우리의 대화도 듣고 있습니까?"
"그럴 것이오."
"그렇수? 거참!"
배 씨는 자기 턱을 거칠게 문지르며 곁눈질로 침대를 보았다.
"그렇다면 우리와 나눈 대화로, 오늘 밤에 그 여자에게 한 소리 듣겠군요."
"그렇진 않을 거요. 설녀는 여태까지 내 일에 간섭한 적이 없었으니까."
무한은 멀뚱해진 채, 헤수몽을 바라보았다. 말투를 들어 보니, 설녀에게 매여 지내는 일이 싫지만은 않은 것 같아서였다.
"……."
무한은 다시 생각에 잠겼다가, 배 씨를 건드렸다.
"형님, 이만 가십시다."
"응? 어, 그려."
두 사람이 굴방을 나가려고 하자, 헤수몽이 물었다.
"가는 것이오?"
"가야지요. 남녀가 사는 집에서 지낼 수는 없잖습니까."
뼈가 들어 있는 무한의 말이었다.
"……."

혜수몽은 그 말을 듣자, 표정이 굳어져 잠시 있다가 물었다.
"그럼, 어디에 있을 것이오?"
"당분간 이 얼음산 아래에 있을 겁니다."
무한은 말을 마치자마자 배 씨와 굴방을 나섰다.
"……."
혜수몽은 나가는 두 사람을 묵묵히 바라볼 뿐 제지하지는 않았다.

4_안내자의 아들

얼음산 자락 여기저기에 벌거벗은 사람들이 서성이고 있었다. 위보다는 따뜻한 편이라, 모두 아래로 내려와 있는 모양이었다. 막힌 곳이 없어 얼음산을 벗어날 수도 있으나, 그러는 사람은 아무도 없었다. 마치 보이지 않는 벽이 그들을 가로막고 있는 듯, 얼음산 안에서만 머물고 있었다.

두 사람이 얼음산에 접근하고 있다. 한복 차림의 소년과 40대 중반쯤 된 남자다. 남자는 산자락에 접어들어, 벌거벗은 사람들을 보자 어리둥절해져 두리번거렸다. 그와는 대조적으로 소년의 표정엔 변화가 없다. 담담한 얼굴로 남자보다 한 발자국 앞서 걷고 있다.

벌거벗은 사람들은 막 얼음산으로 들어서는 아이와 남자를 무심한 시선으로 바라보고 있었다.

"저 아인가 보구먼."

"맞아요, 쟤가 날 안내했죠."

두 사람만은 아이를 가리키며 수군거렸다. 둘은 그곳 사람들과 달리 옷을 입고 있었다.

"가서 말을 걸어 볼까요?"

"뭐라고 혀? 지 애비가 여자에게 빠져 여기 있다고 하남?"

"그러긴 하네요."

무한과 배 씨였다. 그들은 이곳에서 해수몽을 기다리는 중이었다.

두 사람은 해수몽이 나타나면 다짜고짜 끌고 갈 생각이었다. 자력으로는 그 여자의 손에서 벗어날 수가 없을 듯하니, 그렇게라도 해 보려는 것이었다.

"근데, 헤수몽이 오기는 할까요?"

무한의 시선은 소년을 좇고 있었다.

"올 거여. 그러니까 우리보고 어디에 있겠냐고 물었겠지."

배 씨도 소년을 보고 있었다.

얼음산에 들어선 소년은 남자에게 뭐라고 설명하고 있었다.

설명을 듣는 남자는 격렬하게 손짓을 하며, 소년에게 말하는 모습이 몹시 화가 난 것 같았다.

"저 사람, 왜 저렇게 흥분하지요?"

무한이 그 모습을 보고 묻자, 배 씨는 빙긋이 웃었다.

"왜기는, 옷을 벗으라고 하니까 저러는 거겠지."

"아, 그렇겠군요. 이곳 사람들은 다 벗고 있으니까."

소년은 남자가 때릴 듯이 항의를 하는데도, 조금의 흔들림도 없이 빤히 쳐다보고 있었다.

남자는 그런 소년을 보자, 제풀에 꺾인 듯 어깨가 처지더니 옷을 하나둘 벗기 시작했다.

소년은 남자가 옷을 다 벗자, 벗어 놓은 옷을 둘둘 말아 바닥에 놓고는 얼음산을 내려갔다.

남자는 소년이 어느 정도 멀어지자, 자기 옷을 내려놓은 곳으로 갔다. 그러고는 앉아서 바닥을 손으로 후비기 시작했다. 얼마 동안 그러더니 이번에는 발로 마구 밟으며 식식댔다.

"왜 저러지요?"

"글쎄 말여?"

무한과 배 씨는 그 사람이 그런 행동을 하는 이유를 짐작도 할 수 없었다. 멀어서 자세히 볼 수 없어서이기도 했다.

"자기 옷을 꺼내려고 저러는 것이오."

무한과 배 씨가 흠칫, 하며 소리 나는 쪽을 돌아보았다.

헤수몽이었다. 대여섯 발자국 뒤편에 서서, 멀어지는 소년의 모습을 보고 있었다.

"언제 왔습니까?"

무한이 헤수몽의 얼굴을 보며 물었다.
"좀 되었소."
헤수몽의 표정은 어두웠다.
무한은 헤수몽의 심정이 짐작됐다. 여자에게 마음이 묶여, 가지 못하는 처지에 아들을 보니 착잡할 것이리라.
배 씨도 그런 헤수몽의 마음을 안다는 듯, 안됐다는 얼굴로 바라보고 있었다.
무한이 배 씨를 돌아보며 눈짓을 했다.
배 씨는 아무 반응이 없었다.
무한은 눈살을 찌푸리더니, 배 씨에게 다가가 귀에다 낮게 속삭였다.
"뭐 해요? 우리가 뭣 땜에 여기 왔는지 잊었어요?"
배 씨는 무슨 말이냐는 얼굴로 무한을 볼 뿐이었다.
"참, 나."
무한은 뒤쪽에 있는 헤수몽을 눈짓으로 가리켰다.
"응? 어!"
배 씨는 그제야 알겠다는 표정을 얼굴에 나타냈다. 그러더니 헤수몽에게 다가가 다짜고짜 손목을 잡았다.
"왜 이러시오?"
헤수몽은 어리둥절한 얼굴로 물었다.
"잘못된 일인 줄 알면서도 고치지 못하면, 옆 사람이라도 나서서 이끌어 줘야 되는 것 아뉴."
"그래요, 헤수몽 씨. 이제 여기를 떠납시다. 부인이 기다리잖소."
무한도 헤수몽의 다른 쪽 손목을 잡았다.
"이러면 안 되는데……."
양 손목을 잡힌 헤수몽은 당황스러워했으나, 손을 뿌리치지는 않았다.
무한과 배 씨는 그런 헤수몽의 반응에, 자기들 뜻에 따르겠다는 걸로 판단하고 잡은 손을 당겼다. 그러나 헤수몽은 끌려오지 않았다.
"이, 이거!"

"허, 이런!"

있는 힘을 다했으나 한 발자국도 움직이게 할 수 없었다.

"왜 그래요? 가기 싫습니까?"

힘이 빠진 무한이 손목을 놓으며 물었다.

"그 사람 참, 근데 뭔 기운이 이렇게 센 겨?"

배 씨도 손목을 놓으며 숨을 몰아쉬었다.

헤수몽은 아무 말이 없었다. 어두워진 얼굴로 아래만 내려다보고 있었다.

"대체 왜 그러는 거요? 말이나 좀 해 보슈."

배 씨가 다시 묻자, 그제야 얼굴을 들고 낮은 목소리로 입을 열었다.

"내 뜻이 아니오."

"그게 뭔 소리유?"

"당신들이 나를 끌고 가지 못하는 것은, 내 힘 때문이 아니라 내 발을 떼지 못하기 때문이니까요."

무한은 헤수몽의 말에 아래를 내려다보았다. 그러고 보니 V자 모양으로 얼음산을 디디고 있던 헤수몽의 발 위치는 조금도 달라지지 않은 것 같았다.

"설녀의 짓이오. 설녀가 내 발을 바닥에 얼어붙게 한 것이라오."

"그럼, 그 여자가 여기에 있단 말입니까?"

헤수몽은 대답 대신 슬픈 눈빛을 보냈다.

"어디요?"

무한은 주위를 둘러보았다. 남녀 구분이 안 가는 사람들 몇 명이 먼발치에 있을 뿐, 근처에 여자의 모습은 보이지 않았다.

"나를 잘 보시오."

헤수몽의 말이 들렸다. 입술도 움직이지 않고 하는 헤수몽의 말소리는 마치 공중에서 들리는 듯했다.

무한과 배 씨는 그 말에 따라, 헤수몽의 모습을 자세히 관찰했다. 그렇게 얼마 동안……, 헤수몽의 모습에 무엇이 겹쳐 보이는 것 같았다. 두어 번 그은 스케치 선처럼, 갈라졌다 합쳐졌다 하는 모습이었다.

"그럼, 당신 안에 그 여자가……."

더 이상 헤수몽의 목소리는 들리지 않았다. 대신 헤수몽은 발을 들어 뒤돌아 걷기 시작했다.

"이보시오!"

무한이 소리쳐도 계속 걸어갔다.

"아니, 저!"

무한이 쫓아가려고 하자 배 씨가 팔을 잡았다.

"그만두어."

"왜요?"

무한은 배 씨를 돌아보았다.

"저 사람은 지금 자기가 가는 것이 아니고 끌려가는 거여."

"예?"

"저 사람 안에 든 여자가 끌고 가는 거란 말여."

"그럼……?"

"자기 몸의 주도권이 없는 거지."

"아……, 빙의 같은 거군요."

"빙의? 어, 그렇지."

두 사람이 이야기를 하고 있는 사이, 헤수몽은 얼음산 위로 올라가고 있었다. 그러고는 산봉우리 굴로 들어가 모습을 감췄다.

"저런, 저……."

무한은 그러는 헤수몽을 안타깝게 바라보다, 배 씨에게 시선을 옮겼다.

"저 사람을 어쩌지요?"

"뭘 어쩌나? 제 몸을 제 맘대로 못 하는데 방법이 있어?"

"거참……."

무한은 코를 만지며 머리를 뒤적였으나 해법을 찾을 수가 없었다. 배 씨 말대로 자기 몸도 뜻대로 못 하는 사람을 어떻게 한단 말인가?

생각해 보니 현실 세계에서도 그런 사람들은 있는 것 같았다. 중독자들이었다. 노름 중독자들·마약 중독자들·알코올 중독자들·증권 중독자들⋯⋯ 같은 중독자들이었다.
 그들은 모두 중독에 몸을 뺏겨 자신의 주권을 행사하지 못하는 사람들이다. 헤수몽도 그들과 다름이 없었다. 마치 병균에 감염된 피가 몸 안을 돌고 있다고 할 수 있었다. 그 더러운 피를 어쩐단 말인가? 모두 빼낼 수도 없고, 채로 걸러 낼 수도 없지 않은가.
 그러나 그런 사람이 내게 소중한 존재라면 나 몰라라, 내버려둘 수만도 없다. 그렇다고 함께 살자니 내게도 해를 끼칠 것이다.
 무한에게 헤수몽이 그 정도 존재는 아니지만, 데려가야 하는 목적 때문에 내버려둘 수가 없다.
 '이 일을 어쩐다⋯⋯.'
 무한은 학교 다닐 때 했던 화학 실험 한 가지가 생각났다. 흙탕물을 맑게 하는 실험이었는데, 흙탕물에 명반을 넣으면 흙은 바닥에 가라앉고 물만 맑게 위로 분리되는 실험이었다. 그러니까 설녀의 정신과 섞여 있는 헤수몽의 의지를 분리할 수 있는, 명반과 같은 어떤 매개체가 필요했다.
 "명반, 명반⋯⋯."
 무한은 자기도 모르게 중얼거렸다.
 "뭔 소린감?"
 옆에 있던 배 씨가 듣고 물었다.
 "예? 아, 아무것도 아닙니다."
 "아니긴. 뭔 생각을 했으니까 그런 소릴 한 거지."
 "실은요⋯⋯."
 무한은 그제야 비시시 웃으며 생각한 것을 말했다.
 "어, 그거 일리 있는 생각이구먼."
 배 씨는 고개를 끄덕이고는 말을 이었다.
 "무당이 바로 그런 일을 하잖여. 허나 무당도 기가 센 귀신은 못 쫓아낸다고 하더구먼. 그 사람에게 들러붙은 여자가 보통 기가 센 게 아닌 거 같은데 무당이라도 아마⋯⋯, 더구나 여기선 무당을 찾을 수도 없고⋯⋯."

"그렇긴 한데요……."

무한은 배 씨의 말에 공감은 하나, 절망적으로 생각되진 않았다. 그건 무한이 종교를 갖고 있기 때문이었다. 어렸을 때부터 부모의 손에 이끌려 성당에 다닌 무한은, 신부가 가르치는 대로 이 세상의 일들은 모두 하느님이 관여한다고 믿었다. 즉 인간에게 어떤 문제를 주면, 답도 역시 함께 준다는 믿음이 있었다. 다만 인간은 마땅한 노력을 해야만, 그 답을 찾을 수 있다고 믿고 있었다.

하지만 이 꿈의 세상에선 무얼 어떻게 해야 할지 막막했다. 눈에 보이는 모든 게 다 생소한 것들이기 때문이었다. 그래도 이런저런 생각을 하다가 한 곳을 떠올렸다.

"거기나 또 가 볼까요?"

"어디 말인가?"

"그 나방 날개 사람들이 사는 곳요."

우선은 제일 가까운 곳이고 이 얼음산도 거기에서 알게 됐으니 가면 무슨 정보라도 들을 수 있지 않나, 하는 기대에서였다.

무한과 배 씨가 불의 마을에 들어서자, 불덩어리 속에서 어지럽게 춤을 추던 나방인간들 중 하나가 날아왔다. 쌍꺼풀진 큰 눈의 얼굴에 마른 체격, 이수근이었다.

"어째 두 분만 왔습니까? 안내자는 데려오지 못했나요?"

이수근이 먼저 말을 걸어왔다.

"그게 말입니다."

무한이 나서며, 온 이유를 설명했다.

"그래요……."

말을 들은 이수근은, 접어서 등 뒤로 늘어진 날개를 흔들며 옆으로 두어 발자국 걸었다.

"그러니까 그 여자는 얼음산의 힘인 추위를 자기 것으로 만든 것이군요."

"그런 셈이지요."

"근데 그 힘으로 안내자를 옭아매고 있다……."
이수근은 다시 두어 발자국 서성이고는 무한 앞에 섰다.
"그럼, 그 힘을 약화시키면 어떨까요?"
"방법이 있우?"
배 씨도 옆으로 와서 귀를 들이댔다.
"그 여자가 가진 힘은 차가움이잖소."
"그렇지요."
"그렇다면 이곳의 힘인 뜨거움으로 데우면 어떻겠소?"
"불로? 어떻게 말이우?"
"잠깐만 기다리쇼."
이수근은 갑자기 푸드덕 날아올라 불덩어리 속으로 들어갔다.
얼마 후, 다시 나타난 이수근의 손에는 보자기 같은 것이 들려 있었다.
"그거 당신들 나방인간 날개 아니오?"
무한은 소년 나방인간 상철이가 만들어 준 황금 뼈 피뢰침이 생각나 말했다.
"맞소, 마땅히 담을 데가 없어서……."
이수근은 무한 앞에 가져온 것을 펼쳤다.
펼쳐진 나방인간 날개에는 하얀 가루가 담겨 있었다.
"뭔 가루유? 약이우?"
배 씨가 옆에서 들여다보며 물었다.
"약이요? 뭐, 안내자에게는 약이 될 수도 있겠군요."
이수근은 입 한쪽으로 웃음을 흘리고는 말을 이었다.
"이건 우리 나방인간들의 가루라오. 이곳 불 속에서 죽을 때까지 춤을 추다가 뼈까지 타서 남은 가루지요. 그러므로 이 가루에는 불의 힘이 배어 있다고 할 수 있죠. 이걸 안내자에게 뿌리면 그 여자가 배겨 내지 못하고 몸에서 나갈 거요."
"이게 그런 거라고요?"
무한은 날개를 받아 들었다. 그러고는 담겨진 가루에 손가락을 가져갔다.
"만지지 마시오!"
그 모습을 본 이수근이 급히 말렸으나, 이미 가루에 무한의 손가락이 닿았다.
"앗, 뜨!"
다음 순간 무한은 비명을 지르며, 들고 있던 날개를 떨어뜨렸다. 그러자 날개에 담겼던 가루가 바닥에 흩어져 날리며 펑, 하고 불꽃이 일어났다. 불꽃은 2m나 솟아올랐으나 금방 사라졌다.
"으, 쓰려……."
그러나 무한의 손가락 통증은 계속 이어졌다. 손가락 끝이 까맣게 타 있었다.
"저런, 미리 주의를 줬어야 했는데……. 미안하오."
이수근은 놀라 입만 벌리고 있는 두 사람을 남겨 두고, 불덩어리 속으로 들어갔다. 얼마 후, 다시 나온 이수근의 손에는 그 가루를 싼 듯한 날개 꾸러미가 들려 있었다.

무한은 얼음산에 들어서자마자, 바닥에 손가락을 대고 있었다.
"많이 아픈가?"
얼마 동안 그러는 무한을 보고 있던 배 씨가 물었다.
"그럼요, 손가락이 탔는데."
"그거 마치 화약 같더구먼."
배 씨는 무한의 왼손에 들려 있는 날개 꾸러미를 보며 말했다.
"화약보다 더하지요. 만지기만 해도 불이 붙으니."
두 사람은 얼마 동안 그러고 있다가, 산봉우리를 향해 오르기 시작했다. 헤수몽을 만날 목적이었다.
어느 정도 오르자, 두 산봉우리 사이의 골짜기가 보였다. 여전히 뿌연 안개가 깔려 있었다. 안개는 두 사람이 산봉우리에 접근하자, 움직이기 시작했다.
"참, 그거 어쨌지요?"

무한은 안개가 두 산봉우리 벽을 타고 올라가는 것을 보고는, 뒤에 오는 배 씨를 돌아보았다.

"뭘 말인가?"

"뼈 있잖아요. 불의 마을에 가서 황금을 입혀 온."

"어, 그거. 자네가 갖고 있지 않았남?"

"내가요?"

무한은 기억을 더듬었다. 그러고 보니 황금 뼈는 헤수몽을 따라 굴방에 들어갔다가 놔두고 온 것 같았다. 그 침대에서 일어나려고 온 정신을 쏟았다가 잊어버린 모양이었다.

"이 일을 어쩌지요?"

무한은 다시 위쪽을 보았다.

산봉우리 벽을 타고 올라간 안개는, 벌써 꼭대기를 벗어나 가운데로 나아가고 있었다. 반대편 산봉우리 꼭대기에서도 안개 줄기가 뻗어 오고 있었다.

"저건 그!"

배 씨도 보고는 놀란 목소리를 내는 순간,

"콰릉!"

안개 줄기가 중간 지점 공중에서 부딪치며 노란 불꽃이 일었다.

"콰르릉!"

두 사람은 거의 동시에 넘어지듯 바닥에 엎드렸다.

다음 순간, 뜨거운 물방울이 두 사람에게 튀어 왔다. 번개는 두 사람 옆에 떨어졌는데, 그러면서 녹은 얼음물이 튄 것이었다. 그러나 짧은 번갯불에 녹은 것이라 양은 많지 않았다. 두 컵 정도의 물만 생겨 공중에 흩어졌다.

두 사람은 얼른 일어나 산봉우리 벽에 붙었다.

"이걸 어쩌?"

배 씨는 벽에 붙어 있어도 불안한지, 쪼그려 앉기까지 했다.

"어쩌긴요, 다시 그 황금 뼈다귀를 만들어 와야죠."

"이젠 황금도 없잖은감?"

"참, 그렇군요."

무한은 갑자기 벽에 가로막히는 것 같았다. 번개를 피할 피뢰침이 없다면, 혜수몽이 있는 동굴까지 갈 방법이 없었다.

"그래도 한번 올라가 볼까요?"

그렇다고 물러설 수도 없어, 한 말이었다.

"뭐여? 그러다가 직접 번개에 맞으면 어쩔 겨?"

"직접요?"

무한은 조금 전에 번개가 떨어진 장소를 보았다. 대접 그릇 정도의 구덩이가 패여 있었다. 저 정도의 타격이 내 몸에 가해지면 어떻게 될까? 하는 생각이 들었다.

'아마 즉사하겠지?'

하지만 여기는 꿈의 세상이다. 죽는다고 해 봐야 꿈에서 깨는 것뿐이다. 그렇게 된다면 오히려 잘되는 일이었다. 혜수몽을 데려가야 하는 의무에서 벗어나게 되니까 말이다.

여기까지 생각하자, 무한은 자기도 모르게 이런 말이 튀어나왔다.

"형님, 그냥 번개에 맞으며 올라갑시다."

"뭐여? 이 사람이……, 한순간에 가고 싶은 겨?"

"가게 되면 가죠 뭐. 그럼, 이 꿈 세상을 나갈 수 있을 것 아닙니까?"

"어?"

배 씨는 눈을 끔벅거리더니, 입가에 미소가 번졌다.

"흐음, 그려. 그렇게 되겠구먼."

배 씨는 자주 가던 시장 골목의 목욕탕이 생각났다. 피곤해지면 뜨듯한 온탕 물에 들어가 피로를 풀던 곳이었다. 불현듯 그곳에 가고 싶은 마음이 들었다. 얼른 이 꿈 세상을 나가, 공원에서 자고 있는 몸을 일으켜 그 목욕탕에 가고 싶었다.

"그렇다면 가야지."

배 씨는 벌떡 일어서더니, 봉우리를 향해 거침없이 오르기 시작했다.

"혀, 형님!"

무한은 말은 그렇게 했으나, 그렇다고 단박에 겁을 버리고 얼음산을 오르는 배 씨를 보니 걱정이 되었다.
아니나 다를까, 배 씨가 빠르게 움직이자 띠구름도 따라서 빠르게 형성되어 공중에서 부딪쳤다.
"꽈릉!"
동시에 번쩍하고, 샛노란 불꽃이 일어났다. 그러면서 곧바로 배 씨를 향해 뻗어 왔다.
"아악!"
배 씨는 비명을 지르며 그대로 주저앉았다.
"형님!"
무한은 쓰러져 굴러 내려오는 배 씨를 잡아 멈추게 했다. 배 씨의 왼쪽 허벅지가 시커멓게 되어 있었으며, 연기가 피어오르고 있었다. 번개에 맞은 것 같았다.
"괜찮아요?"
무한은 배 씨가 즉사했을 거라는 판단이 들었으나, 흔들며 말을 걸었다.
"어그, 뜨, 뜨거워!"
그런데 뜻밖에 배 씨가 입을 열었다. 목소리도 죽을 것같이 절박해, 잘 들리지 않았다.
"어떻게 된 겁니까?"
"뭐가 어떻게 되여? 번개에 맞은 거지."
배 씨는 어리둥절해하는 무한을 찌푸린 얼굴로 보며, 꺼멓게 탄 허벅지를 어루만졌다.
"그런데 괜찮아요?"
"이게 괜찮게 보이남?"
"살아 있잖아요."
"내가? 어, 그렇구먼!"
배 씨는 놀란 듯, 갑자기 사방을 두리번거렸다.
"이런, 내가 아직 살아 있구먼! 여전히 꿈 세상이여!"

배 씨는 주먹으로 바닥을 내리치고는 한숨을 뱉었다.

"여기서는 죽을 수도 없는가 보네."

배 씨의 말대로 이곳에서는 죽을 수가 없었다. 아무리 큰 상처를 입는다고 해도 그만큼의 고통만 느껴질 뿐이지, 목숨은 끊어지지 않는 데가 이곳 꿈 세상이었다.

"그렇군요……."

무한은 몰랐던 꿈 세상 섭리가 신기했다. 아울러 번개에 맞아 허벅지가 꺼멓게 탄 고통은 어느 정도일까? 하는 궁금증도 들었다.

"어땠어요?"

무한이 짓궂은 표정으로 물었다.

"뭐가 말여?"

"번개를 맞은 느낌요."

"어ㅡ, 난 또……."

배 씨는 벙벙하게 웃고는 말을 이었다.

"그게 말여. 음……, 뭐랄까? 갑자기 훤해지며, 벌겋게 달군 쇠몽둥이로 허벅지를 내리치는 것 같더구먼."

"예?"

무한은 배 씨가 겪은 고통이 짐작도 되지 않았다. 사무실에만 앉아 있는 직업을 가진 사람이라, 다친 일도 없어서 상상이 될 리 없었다.

"달군 쇠몽둥이로 맞아 본 적 있나요?"

"이를테면 그렇다는 거지. 그런 걸로 맞았으면 내가 지금까지 살아 있겠나?"

"아, 예ㅡ."

무한은 자기도 모르게 미소가 지어졌다. 나이 든 사람이라 그런지 표현이 풍부하다는 생각이 들어서였다.

"어쨌든 죽지는 않으니, 번개를 겁낼 필요 없겠네요."

무한은 벽에서 떨어져 하늘을 보았다. 다시 띠구름이 올라와 가운데로 뻗어 가고 있었다.

곧 번개가 내리칠 것을 예상하면서도 무한은 오르기 시작했다.
"콰릉!"
무한이 대여섯 발자국 옮겨 놓자, 천둥소리와 함께 번개가 내리쳤다. 번개는 무한의 등 쪽으로 뻗어 왔다.
"헉!"
무한은 외마디 소리와 함께 등을 구부렸다.
"어허, 허억!"
그러고는 벽을 할퀴듯이 짚으며 몸을 부들부들 떨었다.
"어뗘? 괜찮은 겨?"
얼른 다가온 배 씨가 걱정스레 물었다.
"어, 얼른 올라가요. 또 구름이 모, 모이기 전에."
무한은 말을 제대로 못 할 정도로 힘들어하면서도, 발을 앞으로 내디뎠다.
"알겠네!"
배 씨는 빠른 걸음으로 산봉우리를 오르기 시작했다. 허벅지가 번개에 꺼멓게 탔으면서도 불편하지 않은지 활발한 움직임이었다.
무한은 아직 고통이 가시지 않았는지 구운 오징어처럼 등을 구부리고는, 떨리는 다리를 억지로 내밀었다. 그러면서도 날개 꾸러미는 겨드랑이에 꼭 끼고 있었다.
"저 사람, 저거."
배 씨는 열 발자국 정도 앞서 올라가다가, 그런 무한의 모습을 보고는 뒤돌아 내려왔다.
"왜 내려와요?"
무한이 찌푸린 얼굴로 배 씨를 보며 물었다.
"이 사람아, 나 혼자만 가면 뭐 해?"
"아, 그렇군요."
무한은 갖고 있는 날개 꾸러미를 배 씨에게 내밀었다.
"먼저 올라가서, 헤수몽을 보면 이걸 뿌려요."
"자네는?"

"난 고통이 좀 가시면 따라 올라갈게요."

"지금 많이 아픈가?"

"가슴이 쓰려요. 등에 번개를 맞아서 그런가 봐요. 움직이면 더하네요. 하지만 조금씩 나아지는 것 같아요."

"그려?"

배 씨는 무한을 멀뚱히 바라보다, 내민 나방 날개를 받아 들었다. 다시 오르기 시작한 배 씨는 산봉우리 중간쯤 올라 안개에 덮인 벽을 더듬더니 팔이 없어졌다. 동굴 입구를 찾은 거였다.

무한은 배 씨가 안개에 덮인 산봉우리 벽으로 들어가는 것을 지켜보며 앉아 있었다. 배 씨가 벽 속으로 다 사라질 때까지 보고 있다가, 팔을 천천히 들었다. 가슴 통증이 한결 가신 것 같았다. 팔을 이리저리 움직여 보고는 몸을 일으켰다.

'널굴'이라는 동굴 안은 달라진 게 없었다. 실내 운동장만 한 공간에 여기저기 널려 있는 얼음 동상들과 수정굴이 들어 있는 커다란 바위도 그대로 있었다.

그런데 배 씨가 보이지 않았다. 몸이 불편해 바로 뒤따라가진 못했지만, 그리 오랜 시간을 지체한 건 아닌데 보이지 않는 거였다.

"그새 수정굴로 들어갔나?"

무한은 한쪽 구석에 앉아 있는 커다란 몸집의 바위로 걸어가다 오른쪽으로 시선이 갔다. 혜수몽의 행적을 알려 줬던 얼음상 노인이었다.

"저, 노인장. 저 아시죠?"

무한은 얼음상 노인에게 다가가 말을 걸었다.

"……."

쭈그리고 앉은 모습의 얼음상 노인은 반응이 없었다.

무한은 그런 얼음상 노인을 물끄러미 보다가, 바위 구멍으로 머리를 디밀었다. 사방으로 돌출된 자주색 수정이 보였다.

무한은 들어가려고 팔을 수정굴 안에 넣으려다 멈추었다. 아무리 생각해도 배 씨가 수정굴로 들어간 것 같지는 않아서였다. 만약 들어갔다면, 분명 자의는 아니었을 것이다. 자기가 곧 뒤따라올 것을 아는데 혼자 행동할 리가 없었다.

'그럼, 혜수몽이 데려갔나?'

이런 생각도 들었으나 혜수몽 역시 배 씨와 자기가 함께 다닌다는 걸 아는데, 배 씨 혼자만 데려갈 리가 없었다. 이건 분명히 다른 존재가 강제로 배 씨를 끌고 간 것이 틀림없었다.

'그렇다면?'

무한은 고개를 돌려 얼음상 노인을 보았다.

'저 노인이 봤을 텐데……'

무한은 다시 얼음상 노인에게 다가갔다. 얼굴을 유심히 보니, 표정이 먼저 왔을 때와는 다른 것 같았다. 먼젓번에는 무심한 얼굴이었는데, 지금은 어두운 기운이 드리워져 있었다. 뭔가 안 좋은 일을 목격했을 거라는 느낌이 들었다.

"노인장, 뭔가 보았지요? 근데 말을 해 줄 일이 아니라, 입을 다물고 있는 건가요?"

얼음상 노인의 얼굴이 더욱 어두워졌다. 얼굴 표정이 변한 게 아니라, 그렇게 느껴졌다. 마치 알고는 있으나, 말 못 할 사정이 있다는 듯이.

'혹시……?'

무한은 문득 떠오르는 존재가 있었다. 혜수몽에 붙어 다닌다는 설녀라는 여자였다. 분명 그 여자가 배 씨를 어떻게 한 것 같았다. 천둥 번개가 계속 쳐 댔으니까 자기들이 온 것을 알았을 것이니, 기다렸다가 배 씨가 나타나자 행동을 취했을 것이다.

그러고는 자기 행동을 보았을 얼음상 노인에게, 어느 누구에게도 말을 하지 말라고 주의를 주었을 것이다. 노인은 이곳 주인과 같은 설녀의 말을 따를 수밖에 없었을 것이고, 아마도 그래서 얼음상 노인 표정에 어두운 기운이 드리워져 있는 것 같았다.

'그렇다면……'

무한의 생각이 여기까지 미치자, 소름이 온몸을 훑었다. 설녀가 어디선가 자기를 지켜보고 있는 것 같아서였다.

무한은 정신을 바짝 차리고 주위를 살펴보았다. 여기저기에 얼음상들만 널려 있을 뿐, 별다른 게 보이지는 않았다. 그러다가 한 얼음상에 시선이 멈추었다. 배 씨에게 자기 신세를 늘어놓던 여자였다. 그런데 여자의 표정이 달라 보였다. 먼저 왔을 때에는 한없이 슬픈 얼굴이었는데, 지금은 무서우리만치 독기를 품은 표정을 하고 있었다.

무한은 여자 얼음상을 응시하다가, 조용히 움직여 다가갔다. 그렇게 한 발자국 앞까지 다가가, 만지려고 손을 뻗었을 때였다.

"꺄악!"

갑자기 여자의 자지러지는 비명이 귀청을 찔렀다.

놀란 무한이 반사적으로 손을 거두는 순간, 뺨에 충격이 가해지며 화끈한 통증이 느껴졌다. 무엇이 뺨을 때린 것이었다.

"어디를 만져!"

표독스러운 여자 목소리였다. 바로 앞 허공에서 들렸다.

무한은 자기 뺨을 만지며 앞쪽으로 고개를 들었으나, 눈에 보이는 건 허공 건너에 있는 여자 얼음상뿐이었다. 그런데 얼음상의 표정이 달라져 있었다. 예전의 슬픈 얼굴이 된 것이었다.

무한은 한 발자국 물러서며, 허공을 향해 두 손을 휘둘렀다. 어떤 존재가 여자 얼음상에서 나와, 자기를 때렸다는 판단이 들어서였다. 그러나 아무것도 만져지는 것이 없었다.

"흥, 그래 봐야 날 어쩌진 못해!"

다시 표독스러운 목소리가 들렸다.

"뭐, 뭐야?"

무한은 소리 나는 쪽을 향해 두 팔을 뻗어 휘둘렀다.

"글쎄 소용없다니까."

목소리는 빈정거리는 투로 바뀌어 들렸다.

"너, 너 혜수몽에게 들러붙은 설녀지?"

무한은 왼쪽으로 몸을 돌렸다. 목소리가 왼쪽으로 옮겨 가며 들렸기 때문이었다.

"그걸 이제 알았어? 젊은 아저씨."
"그럼, 네가 형님을……."
"형님? 흥, 그 늙다리 말이군."
"어떻게 했어? 그 사람 지금 어딨어?"
"왜? 너도 같이 있고 싶어?"
"이 요망한 것이!"
무한은 소리 나는 쪽을 향해 주먹을 날렸다.
"오호호호호호호!"
날카로운 여자 웃음소리만 허공에 날릴 뿐이었다.
"어디다 주먹을 휘둘러? 더구나 나같이 예쁜 여자에게."
"너 생긴 걸 어떻게 알아? 보이지도 않는데!"
무한은 이를 악물며 소리쳤다.
"하긴……."
여자 목소리는 이 말만 들려주고 끊겼다.
그러고는 얼마 후, 어떤 형체가 무한의 눈앞에 나타나기 시작했다. 희미하게 가장자리 곡선으로 시작한 형체는 뽀얀 살색으로 채워졌다. 완벽한 비율의 여자 알몸이었다. 더구나 드러난 이목구비는…….
"당신이 바로……."
무한은 숨이 턱 막히는 것 같았다. 고양이 같은 눈매에 오똑한 코, 크고 얇은 입술, 달걀같이 갸름한 얼굴, 무한은 여자의 얼굴을 보는 순간 정신이 빨려 나가는 것 같았다. 설녀였다.
"흥, 너도 별수 없이 남자겠지."
설녀는 섬뜩할 정도로 고혹적인 미소를 지으며 무한을 훑어보고는 흐느적거리며 다가왔다.
"뭐야? 여자 냄새가 안 나네? 자기 싱글이야?"
뽀얀 손으로 무한의 뺨을 어루만지더니, 목소리에 교태를 담았다.
"흠, 그렇단 말이지?"
춤을 추는 듯한 걸음걸이로 무한의 주위를 돌았다. 그러면서 무한을 슬쩍슬쩍 스쳤는데, 그럴 때마다 무한은 여자의 살이 자기 몸에 찐득찐득 달라붙는 것 같았다.
"왜 이러는 겁니까?"
무한은 정색을 하며 물었다.
"홀홀홀홀홀……."
설녀는 고개를 젖히고 가느다란 웃음만 날릴 뿐 대답이 없었다.
"아니, 이보쇼!"
조롱당한 기분이 든 무한은 언성을 높였다.
다음 순간, 설녀 얼굴이 빠르게 다가와 무한의 입에 닿았다. 키스를 당한 것인데, 그 순간부터 무한은 얼어붙은 듯 꼼짝도 할 수 없었다.
"쓸 만한 게 걸렸네?"
설녀는 무한의 주위를 한 바퀴 돌았다. 그러는 동안 벌거벗은 몸에 성에가 하얗게 덮였다. 마치 옷을 입는 듯이.
"넌 지금부터 내 거야."
덥석, 무한의 손목을 잡고는 끌었다. 무한은 마치 바람만 든 풍선처럼 힘없이 끌려갔다. 수정굴을 지나, 마당굴까지 한순간에 끌려갔다.
늘어선 여섯 개의 타원형 입구가 보였다. 굴방이었다.
"자긴 어느 굴방 쓸 거야?"
멈추어 선 설녀가 무한을 돌아보며 애교 섞인 목소리로 물었다.
"……."
무한은 멍한 얼굴로 설녀를 보고 있을 뿐이었다.
"다섯째와 여섯째 중에서 골라."
'뭐? 그럼, 네 개의 굴방은 주인이 있다는 거야?'
무한은 설녀의 말을 듣고 굴방 주인이 누굴까? 생각했다. 둘째 굴방은 헤수몽이 있는 곳으로, 들어가 보아서 알고 있었다. 첫째 굴방에는 설녀가 기거한다고 헤수몽에게 들었다. 그럼, 두 굴방에는 누가 있을까? 장 선생이 이곳에 있으니, 한 굴방에는 장 선생이 기거할 것 같았다.
그러고 보니 장 선생이 보이지 않았다. 이곳에 처음 왔을 때 불덩어리 돌리는 모습을 본 후에는, 장 선생을 한 번도 볼 수 없었다. 헤수몽을 만났을 때 물어봐야 했으나, 설녀가 스며 들어가 있어서 그럴 수가 없었다.

'그럼, 나머지 한 방엔 누가 있지? 혹시 형님이?'

무한은 설녀에게 배 씨의 행방을 물으려다 그만두었다. 널굴에서 한 말로 미루어보아, 배 씨를 설녀가 잡아간 것은 틀림없었다. 그러니 굳이 물을 필요가 없었다. 더구나 지금은 설녀의 술법에 걸려 아무 힘도 못 쓰는 처지이니, 쓸데없는 말은 안 하는 게 좋을 것 같았다.

"왜 대답이 없어?"

아무 말이 없자, 설녀는 손을 뻗어 무한의 가슴을 만지며 물었다.

"……."

무한은 눈을 내리깔고 있을 뿐이었다.

"흥, 아무 말도 하기 싫단 말이지? 하긴 뭐, 지금 니 처지에 할 말이 있겠어?"

설녀는 다시 무한의 손목을 잡아끌었다. 그러고는 다섯째 방으로 들어갔다. 들어가 보니 혜수몽이 있는 둘째 방과 같았다. 침대도 똑같은 것이 놓여 있었다.

"거기 앉아."

설녀는 무한을 침대로 밀었다.

침대에 앉혀진 무한은 몸이 나른해졌다. 혜수몽 방에 있는 침대와 같은 느낌이었다.

"이따 올 테니까 얌전히 있어."

설녀는 멍하니 앉아 있는 무한을, 요염한 미소를 머금고 바라보더니 밖으로 나갔다.

무한은 설녀가 나가자 일어서려고 했으나, 뜻대로 되지 않았다. 역시 혜수몽 방에 있는 침대와 같은 힘이 배어 있었다. 별수 없이 묶인 개처럼 가만히 앉아만 있었는데……, 한 시간쯤 지났을 때였다.

설녀가 들어왔다. 성에를 모두 벗어 버리고, 잠자리 날개 같은 투명한 천을 어깨에서 넓적다리까지 걸치고 있었다. 그렇게 보일 듯 말 듯 몸을 가리고 있으니, 더욱 고혹적으로 보였다. 더구나 천에 희미하게 비쳐 보이는 사타구니의 음부는, 강렬한 진공청소기같이 무한의 시선을 빨아들였다.
"그럼, 시작해 볼까?"
설녀는 야릇한 미소를 지으며 다가와 무한의 가슴을 밀었다.
무한은 그대로 눕혀졌다. 나른한 느낌이 몸 전체로 전해졌다. 갑자기 아랫도리가 허전했다. 설녀가 바지를 벗긴 것이었다.
설녀가 침대 위로 올라와 무한을 올라탔다. 여자의 펑퍼짐한 엉덩이가 무한의 골반을 눌렀다. 그 순간 하체가 뜨거워지며, 한 번도 경험하지 못한 황홀한 느낌이 온몸에 퍼졌다.
무한은 정신이 몸에서 빠져나가 공중에 떠오르는 것 같았다. 곧이어 설녀의 몸짓이 거세게 휘몰아쳐 왔다. 무한의 몸도 따라 휘둘리며 소용돌이쳤다. 그런 느낌이 얼마간 이어지더니 갑자기 멈추었다.
그러자 마치 몸 안의 장기들을 모두 빼 버린 것처럼 허전한 기분이 들었다. 자신의 존재는 어디론가 사라지고, 지능이 빠져 버린 영혼만이 먼지처럼 허공에 떠 있는 것 같았다.
그 아득한 정신에도 자신을 찾으려고 온 힘을 그러모아 간신히 실눈을 떴다. 설녀가 자기 몸에서 일어나는 모습이 보였다. 한쪽 입꼬리를 일그러뜨리는 미소를 머금은 설녀는, 무한의 몸을 위에서 아래로 훑어보더니 침대에서 내려갔다.
무한은 설녀가 방에서 나가고 한참이 지났는데도 침대에서 일어나지 못했다. 상체라도 일으키려고 온 힘을 다해 기를 썼으나, 마치 꿀에 빠진 파리처럼 움직일 수가 없었다. 겨우 머리를 들거나 손가락만 꼼지락거릴 뿐이었다.
그렇게 대여섯 시간이나 애를 쓰고 있을 때였다. 누가 방으로 조심스럽게 들어와서, 누워 있는 무한을 내려다보았다.
"역시 그대였구려."
헤수몽이었다.
"천둥소리가 들리기에 그대가 온 줄 짐작했소. 해서 가 보려고 했으나, 옆에 있던 설녀가 제지하고는 나가더군요. 그러고는 한참이 지나도 돌아오지 않기에, 그녀 방으로 가 보니 표정이 풀어져 누워 있었소. 나와 정사를 치르고 난 후에 보는 표정이었소. 오늘은 나와 그런 일이 없었으니, 다른 사람과 한 것 같습디다."

혜수몽은 바지가 반쯤 벗겨져 드러나 있는 무한의 물건을 보며 입가로 미소를 흘렸다.

"설녀가 그대의 진을 제대로 뺏나 보오. 그대 물건이 삼복더위에 개 혀처럼 늘어진 걸 보니."

혜수몽의 농담에 무한은 웃지 않았다. 몸이 침대에 붙어 있는 처지니, 농담이 귀에 들어올 리가 없었다.

"이보쇼, 날 좀 어떻게 해 줘요."

무한은 간절한 눈빛으로 혜수몽을 보며 말했다.

"그 양반 참, 최고 기분이었을 텐데 뭘 그렇게 죽을상이오?"

혜수몽이 무한의 손을 잡고 당겼다.

그러자 몸이 일으켜진 무한은 침대에서 내려와 바지를 추켜 입었다.

"휴, 뭐 그런 여자가 있답니까?"

무한은 한숨을 뱉으며 방바닥에 무너지듯 주저앉았다.

"색욕에 사로잡힌 여자라 그렇다오."

혜수몽은 여전히 미소를 짓고 있었다.

"그래도 나쁘진 않았지요?"

"……."

무한은 대답을 못 하고 혜수몽의 시선을 피했다. 그런 느낌을 타인에게 말한다는 것은 쑥스러운 일이었던 것이다.

혜수몽도 그 기분을 안다는 듯 미소를 머금고 바라보다가 입을 열었다.

"어쨌든 그대도 나와 같은 처지가 되었구려."

이 말에는 무한이 혜수몽을 바로 쳐다보았다.

"그렇다고 이대로 주저앉을 순 없지요."

"어쩌려고……?"

"범에게 물려 가도 정신을 차리면 산다는데, 찾아보면 뭔 수가 나오지 않겠습니까?"

"하긴 가만히 있는 것보다는……."

헤수몽은 앉아 있는 무한의 주위를 서성이다 멈추었다.

"그럼, 우선 잡혀 있는 그대의 일행을 만나 보겠소?"

"어떻게요? 설녀라는 여자가 그렇게 하도록 내버려둘까요?"

"지금은 괜찮소. 설녀는 정사를 치르고 나면, 한동안 자기 방에 들어가 꼼짝을 안 하니까. 그래서 지금도 내가 그대를 찾아온 것 아니오."

"그래요?"

무한은 벌떡 일어섰다.

"지금 당장 가 봅시다."

"그러지요."

헤수몽은 바로 굴방을 나갔다. 무한도 따라갔다.

밖으로 나온 헤수몽은 옆에 있는 넷째 굴방 입구로 향했다.

"여기엔 누가 있습니까?"

"아마 배 씨라는 사람이 있을 거요."

"예? 그럼, 헤수몽 씨도 아직 들어가 보지 않았단 말입니까?"

"그런 셈이지요."

"아니, 왜요?"

"그게 말이오."

헤수몽은 누가 들어 있는지 모르는 넷째 굴방을 확인도 않고 다섯째 굴방부터 들어간 이유를 설명했다.

설녀 굴방에 들어가 그녀가 다른 사람과 정사 치른 것을 눈치챈 헤수몽은, 밖으로 나와서 셋째 굴방에 들어가려다 멈췄다. 그 방은 장 선생이 기거하는 방이었다. 그는 나이가 들고 보잘것없는 체격이라 설녀가 정사 상대로 여기지 않았었다. 때문에 이것저것 잡일이나 시키고는 거들떠보지도 않는 사람이었다.

해서 설녀가 상대한 사람은 자기를 찾아온 무한과 배 씨 중 한 사람일 거라는 생각에, 넷째 굴방으로 걸음을 옮겼다. 넷째 굴방에 막 들어가려던 헤수몽의 눈에, 다섯째 굴방 입구 옆 벽이 들어왔다. 얼음인 입구 벽 한 부분이 매끄럽게 녹아 있어서였다. 뜨거운 무엇이 닿았던 것 같았다.

헤수몽은 정사로 달구어진 설녀의 몸이 닿아서 그리됐을 거라는 짐작이 들었다. 그런 이유로 다섯째 굴방에 먼저 들어갔던 것이었다.

"아, 그래서……."

설명을 들으면서, 헤수몽과 서 있는 위치를 바꾼 무한은 넷째 굴방으로 먼저 들어갔다.

"없잖아?"

무한은 사방을 둘러보았다. 아무도 없었다. 무한이 있던 굴방과 같은 침대만 덩그러니 놓여 있을 뿐이었다.

"어떻게 된 겁니까?"

뒤따라 들어온 헤수몽을 돌아보았다.

"잡혔다면 여기 있을 텐데?"

헤수몽은 침대를 보고, 바닥 여기저기를 살피더니 허리를 폈다.

"누가 있기는 했던 것 같소. 침대에는 아무 흔적이 없으나 바닥 여기저기에 걸어 다닌 자국이 있소."

"그래요? 그럼, 어디 갔을까요?"

"글쎄요……."

헤수몽은 골똘히 생각하며 문 옆에 서 있는 무한을 지나쳐 밖으로 나갔다.

"어디 갑니까?"

무한이 따라가며 물었다.

"……."

헤수몽은 대답 없이 셋째 굴방으로 들어갔다.

"어허!"

셋째 굴방에 들어간 헤수몽은 당황하는 목소리를 냈다.

"왜 그럽니까?"

무한도 따라 들어갔다. 아무도 없었다. 그 굴방 역시 다른 굴방과 같이 침대만 놓여 있었다.

"없어졌소! 이 방에는 장 선생이라는 사람이 있었는데, 어디로 갔소!"

"여기서 장 선생이 지냈습니까?"

"그렇소. 한 시간 전에도 이 굴방에 들어가는 걸 봤는데, 어찌 된 일인지 모르겠소."

"그래요……?"

무한은 이곳에 처음 왔을 때, 불덩어리를 돌리고 있던 장 선생의 모습이 떠올랐다. 그때는 제정신이 아니어서 자신과 배 씨를 알아보지 못했는데, 지금은 정신이 돌아와 여기를 나간 것 아닌가? 하는 생각이 들었다.

"그럼, 어디로 갔을까요?"

"그거야 여기 없으니, 밖으로 나간 것 아니겠소?"

"예……."

무한은 생각을 정리해 보았다.

무한은 배 씨보다 30분 정도 나중에 널굴로 들어갔었다. 그랬다가 설녀에게 이끌려 와서 보낸 게 2시간 남짓이다. 그런데 장 선생이 한 시간 전에도 이곳에 있었다니, 그렇다면 먼저 들어갔던 배 씨와 관계가 있을 듯했다. 배 씨도 이곳에 없으니 함께 도망간 것 아닌가? 하는 생각이 들었다. 자신이 설녀와 정사를 벌이는 동안, 충분히 그럴 만한 시간이 있었을 터였다.

'그럼, 이 사람들은 지금 어디에 있는 걸까? 아직 멀리 가진 못했을 거니, 이 얼음산에 있을 텐데…….'

무한은 고개를 들어 헤수몽을 보았다.

"저, 난 이제 그만……."

"왜? 갈 것이오?"

헤수몽도 무한을 마주 보았다.

"그래야죠. 여기 있을 필요가 없고, 배 형과 장 선생도 찾아야 하니까요."

"그렇군요."
헤수몽은 표정이 시무룩해졌다.
"헤수몽 씨는 어쩔 겁니까?"
"뭘 말이오?"
"여기서 계속 지낼 겁니까?"
"아, 그거요……."
헤수몽은 시선을 내리더니 왼쪽으로 천천히 걸었다.
"이젠 그만 가족한테 가야지요. 더구나 부인이 애타게 기다리잖습니까."
무한은 조금씩 멀어지는 헤수몽의 뒷모습을 눈으로 좇았다.
"……."
헤수몽은 왼쪽 벽을 두 발자국 앞두고 우뚝 섰다. 그러고는 회한이 가득한 눈으로 벽을 바라보았다.
"……."
"……."
잠시 침묵이 흘렀다.
"그렇게 미련의 끈을 놓기 힘듭니까?"
무한이 먼저 입을 열었다.
"하긴 나도 그 여자와 살을 섞고 보니, 정신이 몽롱해지는 게 구름 속을 떠다니는 것 같습니다. 그런 쾌락을 놓기가 쉽진 않겠지요. 허나 그렇다고 언제까지 이렇게 살 순 없잖습니까?"
"……."
"……."
다시 얼마간의 침묵이 흐른 뒤였다.
미동도 없이 벽을 바라보고 있던 헤수몽이 천천히 돌아섰다.
"그대는 수렁에 빠진 내 정신에게 손을 내미는구려. 그대 말이 옳소. 갑시다."
헤수몽은 무한의 손목을 잡았다.
"설녀가 자고 있으니 좋은 기회요. 아마 한 시간 안에는 깨지 않을 것이니 서둘러 빠져나갑시다."
그러고는 무한을 끌어당기며 급히 수정굴 쪽으로 걸었다.

얼음산 뒤쪽으로 내려온 무한과 헤수몽은 산자락을 걷고 있었다.
"저기만 건너면 이곳을 벗어나오."
헤수몽이 가리키는 곳에는 4m 정도 폭의 내가 흐르고 있었다. 내의 안쪽은 얼음산에 이어져 있으나, 건너 쪽은 붉은 흙이 펼쳐진 땅이었다. 그러니까 내가 붉은 땅과 얼음산의 경계인 셈이었다.
"왜 이쪽으로 왔지요?"
"앞쪽은 보는 사람들이 많잖소. 또한 설녀가 깨면 그쪽부터 찾을 거라서 이 길을 택한 것이오."
헤수몽은 거침없이 내에 들어섰다. 무릎 정도만 물에 잠겨, 그리 깊지는 않아 보였다.
"하지만 이리로 가면, 배 형과 장 선생을 찾을 수 없잖습니까?"
헤수몽이 내의 중간쯤을 건널 때까지 무한은 냇가에 멈춰 있었다.
"지금 우리 처지에 어떻게 그들을 찾으러 다닌단 말이요? 한시라도 빨리 이곳을 벗어나는 게 우선 해야 할 일이잖소."
헤수몽은 내를 다 건너, 붉은 땅에 발을 내디뎠다.
무한은 냇물에 발도 들여놓지 않고 있었다.
"빨리 건너시오! 설녀가 곧 쫓아올 것이오!"
무한은 헤수몽이 소리를 지르자, 그제야 냇물에 발을 들여놓았다.
그런데 무한이 내의 중간쯤을 건너고 있을 때였다.
"얼른 나오시오! 내가 얼어 오고 있소!"
헤수몽이 갑자기 당황한 목소리로 외쳤다.
무한은 무슨 소리인가? 하고 아래를 보던 눈을 들었다.
"저기, 저길 보시오!"
헤수몽은 급한 손짓으로, 냇물이 흘러오는 쪽을 가리켰다. 무슨 이유인지 위쪽 물 색깔이 하얗게 변해 있었다. 더구나 그 하얀 색은 빠르게 아래쪽으로 뻗어 왔다.

"설녀가 깬 것 같소! 그래서 냇물을 얼리고 있는 것이오!"

"……!"

그 현상을 본 무한은 정신이 번쩍 들었다.

"빨리 나오시오! 빨리!"

헤수몽의 다급한 목소리가 아니라도 무한은 있는 힘을 다해 뛰었다. 하지만 너무 급하게 뛰다 보니, 넘어지고 미끄러져 오히려 속도가 느렸다. 그러다 붉은 땅을 한 발자국 남겨 놓고는……,

"어, 발이 움직이지 않아요!"

마침내 무한이 빠져 있는 냇물까지 얼어 버렸다. 마치 얼음과자에 박혀 있는 손잡이처럼 무한의 발이 언 내 속에 갇혀 버린 것이었다.

"저런, 저!"

헤수몽이 급히 달려들어 무한의 손을 잡고 당겼다. 그러나 이미 물속까지 얼어 버려 꼼짝도 하지 않았다.

"하, 하지 말아요."

무한은 헤수몽이 힘을 쓸수록 팔과 발목만 아파 손을 뿌리쳤다.

"이런, 이거……."

헤수몽은 안타까웠으나, 자기 능력으로 해결할 상황이 아니었다. 그보다 냇물이 얼었다는 것은 설녀가 왔다는 뜻이므로, 우선은 피해야 했다.

"저건!"

그의 예상은 곧 현실로 드러났다. 위쪽에서 한 형상이 나타나 미끄러지듯 내려왔다. 설녀가 분명했다.

"이보쇼, 일단 나 먼저 가야겠소."

헤수몽은 뒷걸음으로, 빙판이 된 내를 벗어났다.

"뭐요? 그럼, 난……."

"설녀가 오고 있소. 나까지 잡혀 가면 방법이 없잖소. 나중에 기회를 봐서 구하러 오리다."

헤수몽은 벌써 100여m나 멀어져 뛰고 있었다.

그 사이에 설녀가, 무한이 잡혀 있는 냇가까지 와서 교태 섞인 목소리를 보냈다.

"여보, 어디 가요—!"

그러자 헤수몽이 움찔하며 발을 멈췄다.

"날 두고 가면 어떡해요—! 이리 오세요—!"

설녀는 더욱 간드러지게 목소리를 흘려 보냈다.

"⋯⋯!"

헤수몽은 두 팔을 앞으로 든 채, 얼굴을 찡그렸다. 나아가려고 하는데, 설녀의 목소리 때문에 몸이 움직이지 않아 애를 쓰는 것이었다.

"뭐 해요? 어서 오시라니까요—!"

설녀는 말만 보내고 있을 뿐, 내를 벗어나 붉은 땅으로 들어서진 않았다. 붉은 땅으로는 가지 못하는 것 같았다.

"어서요—! 우리의 보금자리로 돌아가야죠—!"

무한은, 옆에서 헤수몽을 부르는 설녀를 보고 있자니 소름이 돋았다. 목소리는 간장을 녹일 것같이 간드러졌으나, 눈빛은 먹이를 노리는 맹수의 눈같이 섬뜩했기 때문이었다.

"발을 떼세요—! 그리고 돌아서세요—!"

헤수몽이 설녀가 시키는 대로 한 발을 들고는 돌아섰다.

"걸으세요—! 걸어오세요—!"

헤수몽은 한 걸음, 두 걸음째 걷다가 갑자기 고꾸라졌다. 그렇게 엎어져서는 두 손을 양쪽 귀에 대었다. 귀를 막는 것 같았다.

"저런, 아프지 않아요? 어서 일어서세요!"

헤수몽은 엎어진 채 반응이 없었다.

"일어나라니까요! 집에 가야죠!"

설녀가 아무리 소리를 질러도 헤수몽이 움직이지 않자, 이를 갈며 앙칼진 소리를 질렀다.

"그래, 이놈아! 언제까지 거기 엎드려 있을 거야!"

그러고는 옆에 있는 무한의 손목을 낚아채듯 잡아당겼다.

그러자 무릎까지 잠긴 채 얼어 있던 무한의 다리가, 밭에서 무뽑듯 얼음에서 뽑혀 나왔다.

설녀는 씩씩대며 무한의 손목을 잡은 채, 얼음산 쪽으로 거칠게 걸어갔다.

무한은 마치 자기가 종이로 만든 인형 같은 느낌이 들었다. 그 정도로 설녀는 무한을 가볍게 끌면서 가고 있었다.

집채만 한 불덩어리 속에는 나방 날개가 달린 사람들이 날아다니고 있었다. 불 속에서만 이리저리 움직이는 사람들이 있는가 하면, 불 속과 밖을 들락거리는 사람들도 있었다.

그런데 얼마 전부터 불덩어리 근처에만 서 있는 사람들이 있었다. 두 사람으로, 불덩어리와 3~4m쯤 떨어져 서 있었다. 그 사람들의 등에는 나방 날개가 없었다. 불덩어리 속 사람들과 다른 종류의 사람들이었다.

"어 — , 따뜻한 게 좋소."

"그러게 말이우. 그 추운 데서 언 몸이 다 녹는구먼."

장 선생과 배 씨였다. 두 사람은 설녀의 굴방에서 도망쳐 나와 이곳까지 온 것이었다.

"근데 그 젊은 사람은 어떻게 된 것이오?"

장 선생이 손을 내밀어 불을 쬐면서 물었다.

"무한이 말이우? 글쎄, 그 친구 어떻게 된 건지……. 내가 먼저 얼음굴에 들어가고 그 친군 아래에 있었는데, 어디로 갔는지 안 보입디다."

배 씨는 돌아서서 등을 데우고 있었다.

"그 사람도 설녀에게 잡힌 것 아닐까요?"

"그야 모르쥬. 다른 굴방들을 보지 않았으니까."

"그럼, 옆의 굴방도 볼 걸 그랬나요?"

"장 선생도, 그랬다가 설녀에게 들켰으면 우리가 여기에 있겠수?"

"하긴 그렇소. 배 씨가 있는 방에 들어갔을 때도 조마조마했으니까."

두 사람이 이야기를 나누고 있는데, 불덩어리에서 한 나방인간이 날아왔다.

"당신들은 누구요? 왜 여기 있소?"

뚱뚱한 몸집의 나방인간은 두 사람 앞에 내려앉으며 물었다.

"아, 예. 우린 얼음산에서 왔는데요."

장 선생이 나서며 대답했다.

"뭐요? 얼음산? 거기서 어떻게……."

나방인간은 놀라는 눈치였다.

"왜 그러슈? 거기 사람은 오면 안 되우?"

배 씨가 물었다.

"처음 있는 일이오. 거기 사람들은 얼음산에서 나오지 못하니까."

나방인간은 장 선생과 배 씨를 번갈아 보고는 말을 이었다.

"그리고 보니 당신들은 옷을 입고 있구려. 거기 사람들은 모두 벌거벗고 있다던데……."

"그건 말이우."

배 씨가 설명하려고 하는데, 불덩어리에서 또 한 나방인간이 날아왔다.

"당신은 저번 때 왔던……."

그 나방인간은 배 씨를 보자 눈동자가 커졌다.

"안녕하슈, 이수근 씨라고 했쥬?"

배 씨는 그 나방인간에게 목례를 보냈다.

"이번엔 왜 다른 사람과 왔소? 그 젊은 사람은 어디 가고?"

배 씨는 이수근이라는 나방인간에게 그간에 겪은 일들을 설명했다. 황금 도시에서 나왔을 때 원래 세 사람이었으나, 장 선생은 일어서는 길에 말려 실종되었다가 얼음굴에서 만나 함께 왔다는 내용이었다.

"그럼, 허무한이란 사람은 어찌 됐소? 내게 얻어 간 불가루로 그 설녀라는 여자를 다스리지 못했소?"

"모르겠수. 난 얼음굴에 들어가자마자 설녀에게 잡혀 굴방에 갇혔다우. 한동안 조용하기에 가만히 나가 둘러보다, 옆 굴방을 보니 장 선생이 있기에 얼른 데리고 나와 도망친 것이우."

"그랬소? 그럼, 허무한은 아직 얼음산에 있겠군요."

"무한이도 내 뒤를 따라 얼음굴에 들어오긴 했을 텐데, 내가 바로 잡혀서 가두어지는 바람에 어떻게 됐는지……."

"그렇군요……."

이수근은 생각하는 듯 잠시 고개를 숙였다가 들었다.

"어쨌든 그 설녀라는 여자, 그렇게 꿈의 세상 질서를 어지럽히고 있다니 어떻게 하긴 해야겠네요. 무엇보다 그 여자 땜에 어린 아들이 아버지 일을 하고 있으니 되겠소?"

"무슨 방법이 없을까요?"

장 선생이 이수근을 보며 물었다.

"그거야 궁리해 보면 무슨 수가 나오겠죠."

"그럼, 우릴 도와주겠수?"

배 씨가 반가운 목소리로 물었다.

"글쎄, 뭐……."

이수근은 애매한 표정이 되어 장 선생과 배 씨의 시선을 피했다.

"제발 좀 도와주시오. 그래야 무한이란 사람이 현실 세상에 나가서 당신을 악몽에서 깨워 줄 것 아니오."

"그거야……."

이수근은 불현듯 현실 세상일들이 떠올랐다. 마필중이란 사기꾼에게 속아 큰 재산을 잃은 일, 그러고는 화를 누르지 못해 폭음을 하고 잠이 든 일.

'식탁에 앉아 술을 먹었으니까 그대로 엎어져 자고 있겠지.'

이수근은 슬픈 감정이 달려와 가슴을 들이받는 것 같았다.

'가족이 있었으면 진작 깨워 줬을 텐데…….'

이수근은 돈만 버느라 인연을 만들지 못하고 보낸 청춘이 너무 아깝다는 생각이 들었다.

'세상일이란 아무리 좋은 것도 지나치면 해가 되는 것인데, 그놈의 돈 버는 일에만 미쳐 가지고……. 더구나 그리 허무하게 잃어버릴 걸…….'

이수근은 젊은 날로 다시 돌아갔으면, 하는 마음이 간절히 들었다. 그렇게 된다면 이제껏 살아왔던 방식과는 판이하게 다른, 재물에만 매달리지 않고 인생을 즐기며 여유 있게 살고 싶었다.

'아니지. 지금이라도 그렇게 살지 말라는 법 있어? 내 나이 이제 오십인데, 적어도 이삼십 년은 더 살날이 있는데.'

그러다 생각이 여기까지 미치자, 불쑥 이 꿈 세상에서 나가고 싶어졌다.

"좋소, 한번 해 봅시다."

그래서 자기도 모르게 이 말을 뱉고 말았다.

"고맙소, 정말 고맙소."

"잘 생각했수."

장 선생과 배 씨는 거의 동시에 이수근의 손을 잡았다.

세 사람이 얼음산 자락에서 서성이고 있었다. 그곳에 있는 벌거벗은 사람들과 달리 그 사람들은 옷을 입고 있었다. 그중 한 사람만은 짐승처럼 몸에 털이 덮여 있고, 날개까지 달려 있었다. 장 선생과 배 씨, 나방인간 이수근이었다.

"난 아무래도 함께 올라가지 못할 것 같소."

이수근은 이를 딱딱 부딪치며 말했다. 불 속에서 살던 사람이라 몹시 추운 모양이었다.

"그렇게 춥습니까?"

장 선생이 안쓰러운 눈빛으로 이수근을 보며 물었다.

"여, 여긴 뭐……."

이수근은 말도 제대로 잇지 못하고 사시나무 떨 듯했다.

"그럴 것이우. 그 뜨거운 곳에 있던 사람이 이런 곳에 왔으니 왜 안 그러겠수."

배 씨도 안됐다는 듯 이수근을 아래위로 훑어보았다.

"그럼, 이 일을 어쩐다……."

장 선생은 뒷짐을 지고 이수근을 바라보았다. 이수근을 어떻게 활용하나? 생각 중이었다. 이수근의 장점이라면 날개가 달려, 날 수 있다는 것이다. 난다는 것은 어떤 장애물이 있는 곳이라도 갈 수 있다는 말이었다.

"저, 이수근 씨."

장 선생은 얼마 동안 생각에 잠겨 있다가 입을 열었다.

"그렇게 못 견디겠으면 이 얼음산에서 나가 있지요."

"예? 난 일을 돕지 말란 말입니까?"

"그게 아니고요."

장 선생은 자기 생각을 말했다.

이수근이 추위를 견디지 못하니까 얼음산 밖에 있다가, 자기들이 신호를 하면 날아오라는 말이었다.

"어떻게 신호를 할 겁니까?"

이수근이 장 선생 말을 듣고는 물었다.

"손을 흔들 거요. 그 신호를 보고 날아오세요."

"아, 예."

이수근은 장 선생 말이 끝나자마자 푸드덕 날아올랐다.

"허, 그 사람 급하기는."

"어지간히 견디기 힘들었나 보우."

"그러게 말요."

장 선생과 배 씨는 나란히 선 채, 날아가는 이수근의 뒷모습을 바라보았다.

장 선생과 배 씨는 산봉우리 아래에서 위쪽을 올려다보고 있었다.

"여기 올라가기가 쉽지 않다우."

배 씨가 봉우리 벽에 등을 붙이며 말했다.

"어떤데요?"

장 선생도 따라서 벽에 몸을 붙이며 물었다. 장 선생은 이곳에 있기는 했지만, 자의로 온 것이 아닌 때문에 어떤 상황인지 몰라서였다.

"요란하다우."

배 씨는 벌써부터 구름이 만들어져 나아가기 시작하는 양쪽 봉우리 사이의 공간을 손으로 가리켰다.

"잘 보슈, 조금 있으면 훤해진다우."

배 씨의 말이 끝나기가 무섭게 양쪽에서 뻗어 온 구름이 부딪치며 번쩍, 하고 만들어진 샛노란 불기둥을 내리꽂았다.

"콰르르릉!"

뒤따라 쏟아지는 천둥소리에 장 선생은 자기도 모르게 주저앉았다.

"그리 겁먹을 필욘 없수. 저거에 맞는다고 죽진 않으니까."

배 씨는 다시 만들어져 공중으로 나아가는 구름을 올려다보며 봉우리 벽을 오르기 시작했다.

"이보쇼, 배 씨! 그러다 번개에 맞으면 어쩌려고!"

장 선생은 바닥에 엎드리며 다급히 소리쳤다.

"괜찮수, 장 선생은 거기 있으슈. 나 혼자 갔다 올 테니까."

양쪽 봉우리에서 뻗어 나온 구름은 가운데 공간에서 부딪치며 불꽃이 일었다. 불꽃은 곧바로 벽을 오르는 배 씨 등에 꽂혔.

그러자 배 씨는 격렬하게 몸을 뒤틀더니 가만히 있었다. 그러고는 얼마 안 있어 다시 벽을 오르기 시작했다.

"저런, 저, 저……."

장 선생는 배 씨를 어이없다는 듯이 보고 있을 뿐이었다.

널굴에 들어간 배 씨는 얼음상들을 살펴보며, 소리 안 나게 걸음을 옮겼다. 얼음상들은 변함이 없었다. 우는 소리로 신세 한탄을 하던 여인 얼음상도 그 모습 그대로 있었다.

조심스럽게 걷던 배 씨는 커다란 바위 앞에 섰다. 수정굴이 들어 있는 바위로, 노인 얼음상도 앞에 그대로 있었다.

"이보시오, 당신 또 왔소?"

배 씨가 멀거니 노인 얼음상을 보고 있자, 노인 얼음상이 먼저 말을 걸어 왔다.

"잘 계셨수, 노인장."

배 씨도 미소를 지으며 응답했다.

"잘 있고 말고가 있겠소. 항상 얼어 있는 신센데."

"예……."

배 씨는 미소를 천천히 지우고 물었다.

"근데 말이우. 혹시 저하고 같이 왔던 젊은 사람 보지 않았수?"

"무한이란 사람 말이오? 저기 있잖소."

"예? 어디 말이우?"

"수정굴 입구 오른쪽 말이오."

배 씨는 고개를 돌려 수정굴 입구를 보았다. 노인 얼음상 말대로 그곳에 무언가 있었다. 뛰다시피 걸어갔다.

"아니, 이건!"

수정굴 입구에 있는 물체를 본 배 씨는 눈이 휘둥그레졌다. 얼음상이 된 무한이었다. 두 팔을 든 채 안간힘을 쓰는 표정으로 쓰러져 있었다. 마치 마네킹을 아무렇게나 던져 놓은 모습이었다.

"이보게! 어떻게 된 거여?"

배 씨는 차갑고 딱딱한 무한을 일으켜 세우며 물었다.

"자네가 어째서 얼음상이 된 겨?"

무한은 아무 반응이 없었다.

"왜 말이 없는 겨?"

몸을 흔들어도 보았으나 여전히 반응이 없었다.

배 씨는 무한을 여기저기 살펴보다, 노인 얼음상이 있는 곳으로 끌고 갔다.

"이보슈, 노인장. 이게 어찌 된 것이우? 왜 이 친구가 얼음상이 된 것이우?"

"왜기는, 설녀가 그런 것이지."

노인 얼음상은 던지듯 대답했다.

"그 여잔 마음에 안 드는 사람이 있으면 끌고 와, 그렇게 얼려 버린다오."

"예? 이 사람이 뭘 어쨌기에?"

배 씨는 이렇게 말하긴 했으나, 곧 고개를 끄덕였다. 자신의 집을 침범한 사람이니 좋게 볼 리가 없겠다는 생각이 들어서였다.

"하긴 뭐……."

배 씨는 잠시 생각에 잠겼다가, 얼음상이 된 무한을 일으켜 세웠다.

"근데 이 친군 왜 말을 안 하는 것이우? 다른 얼음 동상들은 말은 하더구먼."

"그렇소? 내 눈앞에 그 사람 얼굴을 대 보오."

배 씨는 시키는 대로 노인 얼음상 눈앞에 무한의 얼굴을 들이댔다.

"입을 가까이 해 보오."

배 씨는 조금 더 들어 무한의 입을 노인 얼음상 눈높이에 맞췄다. 노인 얼음상은 반쯤 벌어진 무한의 입을 보는 듯하더니 말했다.

"이 사람 입 안에 손가락을 넣어 보오."

"왜유?"

"넣어 보오. 혀가 보이지 않아서 하는 말이오."

"그렇수?"

배 씨는 검지를 무한의 입에 넣더니, 의아한 표정이 되었다. 노인 얼음상 말대로 혀가 만져지지 않아서였다.

"정말 혀가 없수. 어떻게 된 것이우?"

"설녀가 잘라 갔나 보오."

"뭐유? 왜 그랬단 말이우?"

"그걸 내가 어찌 아오? 이유가 있겠지."

"원, 이런……."

배 씨는 난감했다. 혀를 잘라 가다니, 그건 무한의 한 부분이 볼모가 됐다는 말이었다. 그리고 그 볼모를 찾기 위해 설녀를 상대해야 한다는 말이기도 했다. 아무 재주도 없는 배 씨가 무엇이든지 마구 얼려 버린다는 설녀를 만났다가는 자신도 얼음상이 될 게 뻔한 일이었다.

'어쩐다……?'

배 씨는 이런저런 생각을 해 보았으나 막막할 뿐이었다. 아무리 생각해도 자기 힘으로 해결할 수 있는 일이 아니었다. 그래서 우선은 무한의 몸이라도 데려가야겠다고 판단하고는, 끌고 굴 밖으로 나가서 손을 흔들었다. 곧 멀리 붉은 땅에서 나방인간 이수근이 날아오르더니 모습이 커지며 다가왔다.

높다랗게 일렁거리는 불덩어리 근처에 네 사람이 모여 있었다. 한 사람은 누워 있었고, 두 사람은 앉아서 누운 사람을 들여다보고 있었다. 그리고 날개가 달린 또 한 사람은 조금 떨어져 세 사람을 지켜보고 있었다. 무한과 배 씨와 장 선생, 나방인간 이수근이었다.
"몸은 다 녹은 것 같수. 부드러워진 걸 보니."
한쪽 무릎을 세워 앉은 배 씨가, 누운 무한의 팔을 만지며 말했다.
"그런 것 같군요."
장 선생은 쭈그리고 앉아, 무한의 볼을 쓰다듬고 있었다.
"근데 정신이 돌아와야쥬."
"좀 기다려 봅시다."
장 선생은 무한의 눈꺼풀을 열어 눈동자를 들여다보았다.
"죽은 것 같지는 않은데……."
"꿈 세상인데 죽기야 했겠수."
"그럼, 왜 움직이지 않을까요?"
장 선생이 다른 쪽 눈도 보려고 눈꺼풀에 손을 대려고 할 때였다.
"잠깐만유."
배 씨가 장 선생의 손을 잡으며 제지했다.
"눈꺼풀이 움직여유!"
"뭐요?"
장 선생은 손을 멈추고 무한의 눈을 유심히 들여다보았다. 배 씨의 말대로 무한의 눈꺼풀이 움직이고 있었다. 미세한 움직임이었으나 스스로 하는 행동이 분명했다.
"무한이! 내 말 들리는가?"
배 씨가 목소리를 높이며 무한의 어깨를 흔들었다.
무한의 눈꺼풀 움직임이 커지더니 마침내 슬그머니 열렸다.

"오, 정신이 들었군요!"

"어떻게 된 것인가?"

무한의 떠진 눈은, 장 선생과 배 씨를 보더니 더욱 크게 떠졌다. 곧이어 입도 움직였으나 말은 나오지 않았다.

"이보게……."

"무한이……."

그 사정을 아는 장 선생과 배 씨는 안쓰럽다는 듯이 무한을 보고 있을 뿐 말을 잇지 못했다.

무한은 몇 번 더 입을 움직여 보더니, 시무룩해져 일어나 앉았다. 그리고는 땅바닥을 손으로 문질러 고르고는, 손가락으로 긋기 시작했다. 글씨를 쓰는 거였다.

<두 분은 어떻게 만났습니까?>

배 씨가 땅에 쓰인 글씨를 읽고는 물었다.

"들리긴 하나?"

무한은 고개를 끄덕였다.

"그것이 말이여."

배 씨는 침을 삼키고는 말을 꺼냈다. 설녀에게 잡혀 굴방에 갇혀 있다가 조용하기에 나와 둘러보다, 옆 굴방에서 장 선생을 만나고는 함께 얼음산 굴을 탈출하게 된 내용이었다.

<그럼, 안내자는 만나지 못했습니까?>

무한은 다시 글씨를 썼다.

"그건 왜 물으오? 그 사람은 자기 굴방에 있지 않소?"

장 선생이 읽고는 물었다.

<아뇨, 나하고 얼음산 뒤로 도망가다 나만 잡힌 겁니다.>

글씨를 읽은 장 선생과 배 씨는 함께 놀란 목소리를 냈다.

"그랬소? 어허, 그 사람이 드디어 설녀의 품에서 벗어났군요!"

"그렇게 된 겨?"

배 씨는 와락, 무한의 어깨를 잡았다.

"그럼, 이젠 그 설년가 된장년가 상대할 필요가 없잖여!"

"그렇겠네요! 안내자를 만나 돌아가면 되니까!"
그러나 기뻐하는 두 사람과는 달리, 무한의 얼굴은 어두웠다.
"아, 무한 씨는……."
장 선생은 곧 그 이유를 알아채고 표정이 굳어졌다.
"어, 자네 그……."
배 씨도 눈치채고 웃음기가 가셨다.
"그거 또 골치네……."
배 씨는 양미간을 찌푸리며 고개를 숙였다가 들었다.
"그거 그냥 그대로 꿈 세상에서 나가 버리면 어떻겠수?"
"뭐요? 그랬다가 현실 세계에서도 말을 못 하면 어쩌고?"
"그럴 리가 있겠수? 꿈에서 일어나는 일이란, 깨면 다 사라지는 것 아니우."
"그렇긴 해도 이건 좀……."
장 선생이 미지근한 태도를 보이자, 배 씨가 답답하다는 듯 목소리를 높였다.
"좀 어떻다는 것이우? 까짓 꿈에서 확, 나가 버리면 끝나는 거지. 생각할 게 뭐 있수?"
"글쎄요, 그게 그리 간단할 것 같진 않은데요. 무엇보다 우리 스스로가 이 꿈의 세상에서 나갈 수 없다는 게 문제지요. 안내자가 나가게 해 주기 전까진요."
"그렇수? 그럼, 안내자를 만나면 되겠구먼. 가자구, 무한이."
배 씨는 다짜고짜 무한의 손목을 잡고 일으켰다.
"어디를 간단 말이오?"
"얼음산 뒤지 어디우. 안내자가 그리로 갔다잖수."
장 선생은 엉거주춤 선 채 벌써 대여섯 걸음이나 가고 있는 배 씨와 무한을 보고 있다 급히 따라갔다.
나방인간 이수근만이 멀어지는 세 사람을 보고 있다, 푸드덕 날아올라 불덩어리 속으로 사라졌다.

5_슬픈 노인 얼음상

널굴이었다.
수정굴 입구에서 하얀 물체가 흐르듯 나오더니 일어서며 여자의 모습이 만들어졌다. 설녀였다.
설녀는 주위를 둘러보고는, 곧장 노인 얼음상으로 다가갔다.
"영감, 누가 왔었지?"
그러고는 매몰찬 목소리로 물었다.
노인 얼음상은 반응이 없었다.
"누가 수정굴 앞에 얼려 놓은 젊은 놈 가져갔어?"
"……."
노인 얼음상은 여전히 대답이 없었다.
"말하기 싫어?"
설녀는 싸늘한 미소를 지으며, 쥐고 있던 왼손을 펼쳐 보였다. 손에는 인절미처럼 생긴 분홍색 물건이 들려 있었다.
"너도 이런 거 뽑아 줄까?"
설녀는 그 물건을 노인 얼음상 눈앞에다 흔들었다. 무한의 혀였다.
노인 얼음상의 표정이 움직이지는 않았으나 얼굴에 두려움이 나타났다.
"젊은 사람과 같이 왔던 사람이었소."
노인 얼음상은 마지못한 듯 무거운 목소리를 내놓았다.
"배 씨? 홍, 그래서 젊은 놈을 끌고 갔군. 근데 그게 뭐 중요한 일이라고 말을 안 해?"
설녀는 위압적인 자세로 노인 얼음상을 위아래로 훑어보았다.

"나하고 말하기 싫어서?"
그러고는 집게손가락으로 노인 얼음상의 이마를 콕 찍었다.
"그런 거야?"
"……"
노인 얼음상은 대답이 없었다.
노인 얼음상의 반응 없는 시간이 길어질수록, 설녀의 눈초리는 점점 더 매서워졌다.
"영감!"
마침내 찢어지는 설녀의 고함 소리가 터져 나왔다.
"약 올리는 거야? 이 영감태기가 좋게 대해 주니까 그냥!"
노인 얼음상의 얼굴색이 어두워지더니 애원하듯 말했다.
"이보시오, 나를 내보내 주시오. 이젠 나갈 때가 되었잖소오."
"뭐야? 누가 영감을 내보내 준댔어?"
"안내자라면 벌써 보내 줬을 것이오. 그런데 당신이 그 사람 할 일을 못 하게 했잖소."
"혜수몽이?"
설녀는 갑자기 고개를 젖히며 깔깔대며 웃다가 뚝 그쳤다.
"그건 그 작자가 나한테 빠져 제 할 일을 망각한 거지, 왜 내 탓이야?"
노인 얼음상은 설녀의 말에 선뜻 반응이 없다가, 목이 메는 듯이 꿀떡거리는 소리를 내기 시작했다. 그 소리는 질질 끌며 조금씩 커져 갔다. 우는 소리 같았다.
설녀는 그런 소리를 내는 노인 얼음상을 매섭게 노려보다가, 바람을 일으키며 널굴 밖으로 나갔다.

끝없이 펼쳐진 흰 벌판에 외롭게 세워져 있는 정자였다.
정자 마루에는 노인이 책상다리로 앉아 있었고, 옆에 열서너 살쯤 되어 보이는 소년이 서 있었다. 그리고 정자 아래에는 40대 중반쯤 되어 보이는 남자가 무릎을 꿇고 앉아 있었다. 혜수몽이었다.

"그래, 이제 어떡할 것이냐?"

못마땅한 표정으로 헤수몽을 내려다보던 노인이 불쑥 물었다.

"……."

헤수몽은 얼마 동안 침묵을 지키고 있다, 무겁게 입을 열었다.

"예전으로 돌아가야지요."

"어떻게 말이냐? 얼음산은 설녀라는 여자가 지배하고 있어 넌 들어가지도 못한다며, 어떻게 안내 일을 할 수 있느냐?"

"쫓아내야지요."

"방법이 있느냐?"

"찾아봐야지요."

"답답한 소리! 들어 보니 그 여자 보통 악독하지 않은 것 같은데, 네 성정으로 당할 수 있겠느냐?"

"……."

헤수몽은 고개를 숙이며 다시 침묵으로 들어갔다. 설녀 생각을 하고 있었다. 그녀 생각을 하니, 무엇이 아랫도리를 끌어당기는 느낌이 들었다. 그건 그의 몸에 남아 있는 설녀의 힘이었다. 그 힘이 여태까지 헤수몽을 얼음산에 붙잡아 두었고, 빠져나온 지금도 다시 끌어가려는 듯 아랫도리를 당기는 거였다.

"그래도 부딪쳐 봐야지요."

헤수몽은 시무룩해져 말을 꺼냈다.

노인은 그런 헤수몽을 유심히 보더니 고개를 저었다.

"아니야, 넌 아직도 그 여자한테 정신이 가 있어. 그대로 갔다가는 또 잡힐 것이다."

노인은 일어서서 정자를 내려오며, 등 뒤로 말을 흘렸다.

"우선은 쉬면서 생각해 보거라. 무작정 나서서 되는 일은 없으니까."

휘적휘적 흰 땅을 걸어가는 노인 뒤로 소년도 강중거리며 따라갔.

꿇어앉아 고개를 숙인 헤수몽은 노인과 소년이 주먹만큼 작게 보일 정도로 멀어져도 움직이지 않았다.

얼음산 자락과 붉은 땅 사이로 흐르는 내는 끝이 안 보이게 이어져 있었다. 세 사람은 내의 끝까지 가려는 듯 하염없이 내를 따라 걷고 있었다. 장 선생과 배 씨와 무한이었다.

"어디쯤에서 헤어졌어요?"

장 선생은 얼음산 봉우리를 바라보다, 무한에게 시선을 돌렸다.

"……"

말을 못 하는 무한은 천천히 고개만 저을 뿐이었다.

"알 수가 없을 것이우. 보다시피 어디나 똑같으니 원……."

배 씨 말대로 어느 곳이나 풀 한 포기 없이 붉은 땅으로만 펼쳐진 지형이라, 어디가 어딘지 구분이 가지 않았다. 더구나 붉은 땅에는 발자국이 생기지 않아 흔적도 찾을 수가 없었다.

"무한이, 그만 가자구."

맨 뒤에 따라가던 배 씨는 점점 뒤처지더니, 마침내 멈춰 서서 무한을 불러 세웠다.

"왜 가다 말아요?"

장 선생도 걸음을 멈추고는 뒤돌아보았다.

"많이 걸었잖수. 모르긴 해도 아마 무한이 혜수몽과 헤어진 곳을 지나쳤을 것이우. 그렇지 않나, 무한이?"

"……"

두 사람을 따라 걸음을 멈추고 뒤돌아선 무한의 얼굴에는 자신감이 없어 보였다. 무한의 눈에도 어느 곳이나 같아 보였던 것이다. 설녀가 왔던 때처럼 냇물이 얼어 있다면 자신이 얼음에 갇혀 있던 장소라도 찾으련만, 지금은 모두 녹아 물이 흐르고 있으니 흔적을 찾을 수 없었다.

"마냥 이러고 갈 것이 아니라, 생각을 해 보자구. 우리가 혜수몽이 있던 곳을 찾았다 해도, 만나는 건 아니잖수. 그 자리에 그냥 있진 않을 테니까 말이우."

배 씨 말에 장 선생은 고개를 끄덕이고는 입을 열었다.

"맞는 말이오. 그럼, 어디로 갔을 것 같소?"

"그거야……."

배 씨는 잠시 말을 끊었다가 이었다.

"집으로 가지 않았겠수? 오랫동안 나와 있던 사람이니 아무래도……. 참, 무한이 자네 혜수몽의 집에 갔었다고 했지?"

"……."

무한은 무표정한 얼굴로 배 씨를 보다가 고개를 끄덕였다.

"어딘가? 거긴."

무한은 쭈그리고 앉더니 땅바닥에 글씨를 쓰기 시작했다.

소년은 혼자 강중거리며 뛰어놀고 있었다.

그러다 먼 곳을 보고는 멈추더니, 곧바로 정자 쪽으로 뛰었다.

"할아버지! 할아버지이!"

"왜 그러냐아?"

정자에 누워 있던 노인은, 호들갑스럽게 부르는 소년의 부름에 느리게 몸을 일으켰다.

"사람들이 와요! 세 사람이나요!"

"무어시이?"

노인은 곧 시선을 들었다. 먼 곳을 향한 노인의 시선에, 걸어오는 세 사람의 모습이 들어왔다.

"저럴 수가……."

노인의 얼굴에 의아스럽다는 표정이 드러났다. 꿈 세상에 여러 사람이 함께 온 일은 처음이어서였다. 꿈은 혼자 꾸는 것이기 때문이었다.

'어떤 사람들이기에…….'

노인이 이런저런 추측을 하고 있는 사이에, 세 사람은 가까이 왔다.

그중 한 사람이 나서며 노인에게 꾸벅 허리를 굽혔다.

"그대는……."

노인의 머릿속에서 한 기억이 슬그머니 일어섰다.

"맞어! 그대는 며느리가 보낸 사람이구려. 어떻게 된 것인가? 함께 온 사람들은 누구인가?"

무한이었다. 말을 못 하는 무한은 난처한 얼굴이 되어 우물거리다 뒤에 서 있는 배 씨를 보았다.

"저, 어르신……."

무한의 뜻을 눈치챈 배 씨는 앞으로 나서며, 여태까지 일어난 일들을 대충 설명했다.

"어허, 그랬는가. 힘든 일들을 겪었구먼. 그럼, 우리 아들을 만나러 왔나 본데 이걸 어쩌누?"

"왜유? 안내자님이 오지 않았수?"

배 씨는 사방을 둘러보았다. 정자는 4개의 기둥에 지붕만 얹혀 있는 곳이라 구석까지 훤히 보였고, 흰 들판도 평평한 면만 이어져 있어 가려진 곳은 없었다. 그러니 혜수몽이 왔다면 보이지 않을 리가 없었다.

"오기는 했었네. 허나, 조금 전에 떠났다네."

"예? 어디로 갔수?"

"얼음산이라네. 그곳을 지배하고 있는, 설녀라는 여자를 몰아낸다고 가기는 했네만……."

노인은 고개를 들었다. 멀리 바라보는 노인의 눈에는 근심이 가득 담겨 있었다.

"이런! 그럼, 우리와 길이 어긋났구먼. 어디 쪽으로 갔수?"

배 씨의 물음에 노인은 천천히 손을 들어 한 방향을 가리켰다.

"알았수, 안녕히 계슈."

배 씨는 건성으로 인사말을 하고는, 장 선생과 무한에게 손짓을 했다.

세 사람은 곧 한 덩어리가 되어, 노인이 가리킨 방향으로 걷기 시작했다.

얼음산이었다.

세 여자, 긴 머리·노랑머리·묶은 머리는 설녀와 마주 서 있었다.

"너희들 옷 입은 사람들 알지?"

설녀는 고압적인 자세로 세 여자를 둘러보았다.

"누굴 말하는 건지……."

노랑머리가 눈치를 보며 조심스럽게 물었다.

"못 봤어? 젊은 놈 하나와 늙은 놈 둘."

"아, 그 사람들이요."

이어 묶은 머리가 입을 열었다.

"봤어요, 근데 모두 네 사람이던데요?"

"네 사람? 그럼, 안내자도 왔었어?"

"아뇨, 안내자는 아녔어요."

긴 머리의 대답이다.

"그럼, 누구?"

"처음 보는 사람인데 날개가 달렸어요."

"날개?"

설녀는 의아해했다. 얼음산에서만 있어서, 불의 마을과 나방인간의 존재는 모르기 때문이었다.

"그런 사람이 있어?"

"모르세요?"

설녀가 모르는 눈치이자, 묶은 머리가 나서며 말했다.

"가끔 이 근처에 와서 얼쩡거리는 애도 날개가 달렸던데요?"

"뭔 소리야? 이 얼음산에 무슨 애가 있어?"

"여기가 아니고요. 붉은 땅에서 오는 아이가 있어요."

묶은 머리가 하는 말은 상철이에 대해서였다.

"그으래?"

말을 들은 설녀는 양미간을 오므렸다. 생각해 보니, 언젠가 헤수몽에게 악몽의 땅에는 이곳 얼음산 말고도 다른 곳이 있다는 말을 들은 것 같았다. 헤수몽은 몸을 섞으며 살면서도 말이 별로 없는 사람이라, 묻지 않으면 항상 입을 다물고 있었다.

그런 사람이 어느 날 멍하니 앉아 있다,
"거긴 어떻게 됐는지 모르겠네……. 보낼 사람은 보내야 하는데……."
하며 걱정을 내비친 적이 있었다. 해서 설녀는,
"거기라니? 거기가 어딘데요?"
하고 물었으나, 헤수몽은 더 이상 말이 없었다.
"그럼, 걔는 언제쯤 와?"
설녀는 눈을 반짝이며 물었다. 날개 달린 아이를 만나면 배 씨, 장 선생과 함께 왔다는 날개 달린 사람을 만날 것이고, 헤수몽도 찾을 수 있겠다는 계산이 선 것이었다.
"글쎄요? 오는 때가 일정하지 않아서……."
"어디에 나타나는데?"
묶은 머리가 팔을 들어 얼음산 자락의 한쪽을 가리켰다.
"저기까지 와서는 한참 동안 서 있다가 가곤 했어요."
설녀는 묶은 머리의 말이 끝나자마자, 가리킨 곳으로 가서는 꼼짝도 않고 붉은 땅을 바라보았다.
세 여자는 설녀가 그러고 있자, 곧 얼음산 등성이를 넘어 모습을 감췄다. 설녀 가까이에 있다가 괜히 비위를 건드려, 얼음 동굴로 끌려갈까 봐 피한 거였다. 세 여자만이 아니라 주위에 있던 사람들도 설녀가 나타나자, 슬금슬금 다른 곳으로 이동했다.

얼음산 뒤에 흐르는 냇물이다.
붉은 땅 쪽에 있는 헤수몽은 냇가를 따라 오르내리는 행동을 몇 번이나 반복하고 있었다. 자기의 권위를 되찾을 각오로 오기는 했지만, 막상 얼음산에 들어가려 하니 설녀에게 맞설 자신이 없는 거였다. 그 관능적인 몸짓에 별 힘을 못 쓰고 무너질 게 뻔했기 때문이었다.
'그 사람은 어찌 됐을까?'
헤수몽은 함께 탈출하다, 설녀에게 잡혀간 무한이 궁금했다.
'그 여자 성질에 가만 놔두진 않았을 텐데…….'

헤수몽은, 자기에게 복종하지 않는다며 설녀가 얼음산에 있는 사람을 동굴로 데려와 얼려 버린 일을 몇 번이나 본 적이 있었다. 그때마다 그러면 안 된다며 극구 만류했지만, 설녀는 막무가내로 끌고 와 얼음상으로 만들어 버렸었다. 아마 무한도 그렇게 됐을 것 같다는 짐작이 들었다.

'나 때문에 이곳에 오게 된 사람인데……'

헤수몽은 마음이 무거웠다. 자기가 본분을 망각해서 가족에게 걱정을 끼치게 되었고, 그로 인해 아무 잘못도 없는 한 사람이 여기 와서 고통을 받고 있으니 마음이 편할 리 없었다.

'이 일을 어쩐다……'

헤수몽은 설녀의 약점이 무엇일까? 생각했다. 설녀는 워낙 찬 여자라, 그 성격으로 얼음산을 지배할 수 있었다. 그러니까 설녀의 힘은 '냉기'라고 할 수 있었다.

'그렇다면……'

'냉기'를 이길 수 있는 것은 '열기'였다. 즉 불이 설녀를 이길 수 있는 무기가 될 것 같았다.

"그래! 그러면 되겠군!"

헤수몽은 자기도 모르게 외치고는 곧 바쁘게 걷기 시작했다. 얼음산과 반대 방향인 붉은 땅 쪽으로 가고 있었다.

"여긴 우리가 왔던 곳 아닌감?"

"정말 그런데요?"

헤수몽의 아버지가 가리킨 방향대로 간 세 사람, 무한·장 선생·배 씨는 냇물이 흐르는 얼음산 뒤쪽에 도착해 있었다.

"그럼, 뭐여? 혼자 얼음산으로 들어간 겨?"

"그런 것 같소. 근데 안내자가 설녀를 만나서, 당해낼 수 있을지 모르겠소."

"짝짝!"

말을 못 해, 두 사람의 이야기를 듣고만 있던 무한이 손뼉을 쳤다.

무한은 두 사람이 자기를 보고 있지 않자, 손뼉을 쳐 시선을 끌고는 앉아서 땅에 글씨를 쓰기 시작했다.

<해수몽이 간 지 얼마 안 됐으니, 우리도 가서 함께 설녀를 몰아치지요. 그럼, 설녀 혼자 우리를 다 상대할 수 없을 것이니 승산이 있지 않을까요?>

글씨를 읽은 장 선생과 배 씨는 서로 마주 보더니 씁쓸한 웃음을 주고받았다.

"좋은 생각이긴 한데 좀 그렇구먼."

무한은 배 씨를 보며 손바닥을 뒤집어 보였다. 왜 그러냐는 뜻이었다.

"그러잖여, 여자 하나 잡자고 세 남자가 몰려간다는 건 좀……"

무한이 얼른 앉아 땅에 글씨를 썼다.

<무슨 소리를 하는 겁니까? 그 여자는 보통 여자가 아녜요. 그리고 싸움이란 이기는 게 목적인데, 그런 감상적인 생각으로 되겠어요? 더구나 난 혀까지 잘렸단 말예요. 어떡해서든 그 여자를 꺾어야 해요>

글씨를 읽은 배 씨는 고개를 끄덕였다.

"하긴, 자네 입장에선 절박하겠구먼."

"맞소, 무한 씨 때문이라도 설녀는 꼭 응징해야 하오."

"그려, 그렇다면 당장 가야지."

배 씨는 말을 마치자마자 물로 들어갔다. 이어 장 선생과 무한도 들어가 물방울을 튀기며 내를 건너기 시작했다.

소년 나방인간 상철이는 불덩어리 주변을 팔락거리며 날아다니고 있었다. 그렇게 이리저리 날아다니다 높이 솟구쳐 한쪽을 보더니, 갑자기 불덩어리 속으로 들어갔다.

얼마 후, 불덩어리 속에서 두 나방인간이 급한 날갯짓으로 날아나왔다.

"어느 쪽에서 오고 있냐?"

"저기요."

이수근과 상철이었다.

"틀림없이 안내자님 같더냐?"

"그렇다니까요, 어깨까지 늘어진 긴 머리 하며 걷는 모습이 안내자님 맞아요."

"그래?"

이수근은 곧 상철이가 가리킨 쪽으로 날기 시작했다. 상철이도 따라 날았다.

둘은 얼마 날지 않아, 밑으로 내려가기 시작했다. 헤수몽이 눈에 뜨였던 것이다. 긴 머리카락을 뒤로 날리며 꼿꼿한 걸음걸이로 오고 있었다.

헤수몽은 두 나방인간이 자기에게 날아오자 걸음을 멈췄다.

"오, 이수근 씨!"

"오랜만입니다, 안내자님."

이수근은 헤수몽 앞에 내려앉으며, 미지근한 웃음을 보였다.

"안녕하세요!"

뒤쪽에 내려앉은 상철이는 90도가 되도록 허리를 숙였다.

"상철이구나."

헤수몽은 상철이에게 다가가, 어깨를 다독거렸다.

"근데 어떻게 된 겁니까?"

이수근이, 그러는 헤수몽을 보고 있다 물었다.

"무엇이 말이오?"

"실은 내가 얼마 전에 배 씨와 장 선생이라는 사람과 얼음산에 갔었는데요."

"그랬었소?"

헤수몽은 놀라며 물었다.

"그 사람들은 거기서 도망했었는데……? 무슨 일로 갔던 것이오?"

"그게 말입니다."

이수근은 그들의 부탁으로 얼음산에 갔으며, 얼어 있는 무한을 함께 데려와 녹여서 떠나보낸 일을 전했다.

"허어, 그랬군요! 그럼, 그 사람들 어디로 간 것이오?"

"얼음산 뒤로 간다고 합디다. 거기서 무한이 안내자님과 헤어졌다고."

"뭐요? 그렇다면……."

헤수몽은 일이 꼬인 것 같다는 생각이 들었다. 자신과 무한 일행이 얼음산 뒤에서 길이 어긋난 것이었다. 거기서 자신을 만나지 못했으니 그들은 다시 얼음산에 들어갈 것이고, 그러면 또 설녀에게 잡힐 게 뻔했다.

"이수근 씨, 지금 당장 불흙을 가져오겠소?"

헤수몽이 말하는 '불흙'이란 불덩어리 안에 깔려 있는 흙을 가리키는 거였다. 그 흙에는 항상 불이 붙어 있으며, 불덩어리는 그 불흙에서 일어나는 불꽃이었다.

"그건 뭐 하게요?"

"설녀를 제압하려고요. 그 여잔 냉기가 힘이라, 불을 무기로 삼아 상대하면 제압할 수 있을 것이오."

"그래요? 근데 그 뜨거운 걸, 안내자님이 어떻게 가져가려고요?"

"그건 말이오……."

헤수몽은 이수근의 눈치를 보며 조심스럽게 말을 꺼냈다.

"이수근 씨가 같이 가 주었으면……."

"내게 불흙을 갖고 가라고요? 그 추운 델 또요?"

이수근이 못마땅한 태도를 보이자, 헤수몽은 사정 조로 말했다.

"부탁하오. 그 일만 해결하게 도와주면, 이수근 씨를 이 악몽의 땅에서 내보내 주겠소."

"그래요?"

이수근은 그제야 슬그머니 표정이 풀렸다.

"뭐 그렇다면……."

그는 불현듯 이곳 불의 마을에 처음 왔을 때가 생각났다. 이곳으로 끌고 온 헤수몽은, 곧장 불덩어리 속으로 들어가라고 했다. 겁을 먹은 그가 머뭇거리고만 있자, 헤수몽은 불덩어리를 향해 "불!" 하고 소리쳤다. 그러자 나방 날개가 달린 두 사람이 날아와서는, 그를 양쪽에서 붙잡고 불덩어리 속으로 끌고 갔다.
 그때부터 그는 어쩔 수 없이 뜨거운 고통을 겪으며, 이곳 불의 마을에서 살아야 했다. 그러면서 몸에 털이 나고 날개가 돋아나, 나방인간이 된 것이었다.
 그렇게 된 그는 다른 나방인간들과 같이 헤수몽의 말 한마디에 수족처럼 움직였다. 불의 마을에 처음 온 사람이 말을 듣지 않으면 끌고 가 불덩어리 속에 처넣는 일을 서슴없이 하게 된 것이었다.
 그런데 그 주인 같은 존재 헤수몽이 저자세로 자기에게 부탁을 하지 않는가, 기분이 나쁘지는 않았다. 더구나 지긋지긋한 이 악몽의 땅에서 나가게 해 준다니, 괜찮은 거래 같았다.
 "알았소!"
 이수근은 갑자기 푸드덕 날아올랐다. 그러고는 곧장 불덩어리 속으로 날아갔다.
 얼마 후, 불덩어리를 나와 다시 날아오는 이수근의 가슴에는 한 아름의 불꽃이 안겨 일렁거리고 있었다. 두 손에 불흙이 들려 있기 때문이었다.

 얼음산 밑에 모인 세 사람은 봉우리 중간쯤을 올려다보았다. 안개에 가려 보이지 않지만, 널굴 입구가 있는 곳이었다.
 "저기로 조용히 들어가야, 기습을 할 수 있을 텐데……."
 장 선생이 봉우리 벽에 붙어 서며 중얼거렸다.
 "어떻게 그러우, 조금만 올라가도 또 천둥 번개가 쳐댈 텐데."
 배 씨는 올라가기로 마음먹은 듯 한 발을 위쪽으로 내디뎠다.
 무한도 따라 움직이자, 장 선생이 어깨를 잡았다.
 "이보게, 자네 또 얼음상이 되고 싶은가?"
 "……."
 그러자 뒤를 돌아보는 무한의 표정이 굳어 있다.
 "사실이 그렇잖은가. 그 결과가 뻔한 일을 왜 되풀이하나?"

표정으로 무한의 기분을 알아챈 장 선생은 타이르듯 말했다.
"궁리해서 계획을 세워야 하네. 그래야 조금이라도 나은 결과가 나오지."
"……."
무한은 장 선생 말에 생각하는 표정이다가, 이내 고개를 떨어뜨리며 시무룩해졌다.
"저리로 들어가는 길은 하나뿐인데 뭔 방법이 있겠수?"
올라가려다 돌아선 배 씨가 퉁명스럽게 말했다.
"그렇긴 하오만……."
장 선생은 얼음 바닥을 오른쪽 발로 문지르며 생각에 잠기다가 고개를 들었다.
"방법이 하나 있긴 한데……."
"……?"
"우리가 꼭 들어갈 필욘 없잖소?"
"뭔 소리슈? 그럼, 굴 안에 있는 설녀를 어떻게 만난단 말유?"
"설녀를 나오게 하면 되잖소."
"어떻게 말유?"
"천둥소리가 외부인이 오는 것을 설녀에게 알린다면, 천둥소리를 나게 하여 우리가 온 것을 알리는 것이오."
"그래서유?"
"그럼, 우리가 온 걸 알고는 준비하고 기다리겠지. 하지만 우린 굴에 들어가지 않고 계속 천둥 번개가 치게 하는 것이오. 변죽만 울리는 거지. 그럼, 설녀가 무슨 일인가 궁금해져 나와 볼 것 아니오. 그때 우리 셋이 합세해 설녀를 덮치면 되지 않겠소?"
"덮쳐유?"
배 씨는 엉뚱한 곳을 보며, 싱거운 웃음을 흘렸다.
"왜 웃소?"
"어째 좀 야하게 들리우."
"지금 무슨 상상을 하는 것이오?"

"아뉴, 좋은 생각이긴 하우. 그렇게 하려면, 설녀가 나올 때까지 계속 번개를 맞고 있어야 된다는 얘긴데……."

배 씨는 벌써 구름이 올라가고 있는 봉우리 벽을 보며 얼굴을 찌푸렸다. 죽지는 않지만, 그 찌릿거리는 고통을 계속 당할 생각을 하니 벌써부터 경련이 일어나는 것만 같았다.

"어어어어."

옆에 있던 무한이 소리를 내며, 손으로 위를 가리키고는 자기를 가리켰다.

"뭐? 자네가 가겠다고?"

배 씨가 뜻을 알아채고 물었다.

"어어어."

무한은 고개를 끄덕였다.

"하지만 자네 혼자서 어떻게……."

"어어어어!"

무한은 더 크게 소리치며 자기 가슴을 때리고는 위쪽을 가리켰다.

"아, 알았네. 그럼, 자네가 올라가게."

배 씨의 말이 떨어지기 무섭게 무한은 봉우리로 오르기 시작했다.

"우르르르 꽈릉!"

오래지 않아 번쩍, 하는 노란 불빛과 함께 천둥소리가 쏟아졌다.

"꽈릉! 꽈르릉!"

그러나 무한은 서두르지 않았다. 번개가 내리쳐 몸에 꽂힐 때마다 움찔거리면서도 나무늘보처럼 천천히 움직였다.

"이리 오쇼. 우린 숨어 있어야죠."

장 선생은 배 씨의 손목을 잡아끌며 구석으로 뒷걸음질 쳤다.

"아 예……, 근데 저 친구 차암……."

배 씨는 끌려가면서도 안쓰럽다는 듯, 무한에게서 눈을 떼지 못했다.

"꽈르르르르릉!"

천둥소리는 계속 이어졌다.

"우르르르르 콰쾅!"

시간이 꽤 지날 정도로 이어졌으나, 널굴 입구에 설녀의 모습이 나타나지는 않았다.

"콰콰쾅!"

널굴 입구까지 오른 무한은 더 나아가지 않고 벽에 매달려 있었다. 번개에 맞을 때만 움찔할 뿐, 그림자처럼 붙어 있었다.

"어떻게 된 겨? 왜 나타나지 않는 거여?"

아무리 기다려도 설녀가 나오지 않자, 배 씨가 앉아 있던 구석에서 몸을 일으켰다.

"좀 더 있어 보시오."

배 씨 뒤에 엎드려 있던 장 선생은 고개만 들고 위쪽을 보았다.

"삼십 분도 더 지난 것 같은데 조용하잖수."

"아직 모르니 조금만 더 기다려 보자니까요."

"기다리는 거야 얼마든지 기다릴 수 있지만, 저 친구는 1초가 괴로울 텐데 어찌 견딘단 말유?"

배 씨 말대로 무한은 더는 견디기 힘든지, 번개에 맞을 때마다 조금씩 미끄러져 내려오고 있었다.

"콰쾅!"

그러다 제법 굵은 번갯불이 몸에 꽂히자, 마침내 무한은 얼음 틈을 딛고 있던 다리에 힘이 빠졌다.

"무한이!"

"이보게!"

무한이 떨어져 골짜기에 처박히자, 두 사람은 튕기듯 일어났다.

"이런, 이거!"

"괜찮은가?"

허둥지둥 골짜기에 내려온 두 사람은 쓰러져 있는 무한을 흔들었다.

"으으으—."

무한은 신음 소리를 내더니 천천히 일어나 앉았다.

"다치진 않은 겨?"

무한은 두 손으로 머리를 감쌀 뿐 반응이 없었다.
"머리가 아프오?"
장 선생이 허리를 굽혀 무한의 얼굴을 살폈다.
"……."
무한은 표정이 없었다. 덤덤한 얼굴로 머리에 손을 댄 채, 앉아 있을 뿐이었다.
"어떻게 된 거쥬?"
"글쎄요? 피도 안 나니 다친 것 같진 않고……."
"여긴 꿈 세상이라 아무리 크게 다쳐도 피는 안 날 것이우. 그러니까 그 많은 번개에 맞아도 멀쩡하잖수."
"그렇긴 하오만……."
두 사람이 대화를 나누며 무한을 살펴보고 있을 때였다.
"오, 호호호호호호!"
두 사람은 화들짝 놀라며 소리 나는 방향으로 고개를 돌렸다. 설녀였다. 골짜기 아래쪽 언덕에 서서 세 사람을 바라보고 있었다.
"흥, 가소로운 것들. 날 나오게 해서 어떻게 해 보려고?"
싸늘한 설녀의 목소리에 두 사람은 얼어붙은 듯 움직이지도 못했다.
"아니 저저, 저 여자가 왜 저기서 나타난 겨?"
"그, 글쎄 말요. 어떻게 저기에……."
두 사람은 당황하여 어쩔 줄을 몰랐다. 널굴 입구로 나올 것이라고 예상했던 설녀가 골짜기 아래쪽 언덕에 나타나니, 그 능력이 종잡을 수 없이 거대하게 느껴졌던 것이다.
"이, 이거……."
"허……."
"……."
갑자기 사기가 꺾인 세 사람은 슬금슬금 뒷걸음질 쳤다.
"도망가려고?"
그러나 세 발자국도 떼지 못했는데, 설녀는 그들 앞에 와 있었다.
"왜? 왔으니 해 봐야지. 덤벼 봐."

설녀는 배 씨 앞으로 다가섰다.

배 씨는 설녀가 코앞으로 다가서자, 싸늘한 기운이 느껴졌다. 마치 냉장고의 냉동실 문을 열고 그 앞에 선 느낌이었다.

그때였다.

"이!"

앉아 있던 무한이 벌떡 일어서며 설녀에게 달려들었다.

그러나 뻗은 두 손이 설녀의 목을 움켜쥐려는 동작까지만 했을 뿐이었다. 그 순간 설녀의 손끝이 먼저 무한의 몸을 스쳤고, 무한은 그대로 얼어 버린 것이었다. 설녀의 손끝은 곧이어, 엉거주춤 서 있는 장 선생과 배 씨의 몸도 스쳤다.

설녀는 나방인간 상철이를 만나려고 얼음산 자락에 있다가 천둥소리에 온 것이었다.

여기저기에 흩어져 있던 사람들이 한 곳으로 몰려가고 있었다. 얼음산의 벌거벗은 사람들이다.

"불이다!"

"불이야!"

"아, 따뜻해!"

그들은 세 사람의 주위로 몰려들고 있었다. 헤수몽과 상철이와 이수근이었다.

벌거벗은 사람들은, 그중에서도 이수근을 에워싸며 너도나도 손을 내밀었다. 이수근이 안고 있는 불흙에서 일어나는 불꽃의 열기를 쬐기 위해서였다.

"저리들 가!"

헤수몽이 팔을 휘둘러 쫓아 보았지만, 사람들은 꿀을 본 파리처럼 자꾸 모여들 뿐이었다.

"이거 안 되겠네."

헤수몽은 이수근을 돌아보았다.

"수근 씨는 얼음산에서 벗어나 있으시오."

"예? 여길 나가라고요?"

"그렇소, 불 때문에 사람들이 모이니 안 되겠소. 얼음산 밖에서 기다리시오. 필요할 때 상철이를 보내 알릴 테니 바로 날아오시오."

"알겠습니다."

이수근이 뿌연 먼지를 날리며 날개를 퍼덕였다. 그제야 사람들은 물러서며 손을 휘저었다.

잠시 후, 먼지가 옅어지고 이수근은 공중에 떠 있었다. 사람들은 이수근이 얼음산을 벗어나 붉은 땅에 내려설 때까지 멍하니 바라보다가 하나둘 흩어지기 시작했다.

상철이와 봉우리 밑에까지 온 헤수몽은 벽에 붙어 있었다. 골짜기에서는 여전히 안개가 흐르고 있었다. 봉우리를 올라가면, 하늘로 올라가 번개를 만들 구름이었다.

헤수몽은 설녀에게 잡혀 이곳에서 지내 본 까닭에, 번개가 생기지 않게 하는 방법을 알고 있었다.

"상철아, 골짜기로 내려가서, 깔려 있는 안개를 휘저으며 날아다녀라. 그러고 있다가, 내가 널굴로 들어가면 곧바로 이수근 씨와 함께 그리로 오너라."

상철이는 곧 골짜기로 내려가서 휘저으며 날아다녔다. 그러자 골짜기에 깔려 있던 안개가 풀럭풀럭 일어나 이리저리 흩어졌다.

헤수몽은 안개가 흩어지자, 봉우리 벽을 올라가기 시작했다. 이리저리 분산된 안개는 상철이의 날갯짓에 날리며 흩어져 벽을 타고 올라가지 못했다.

상철이는 헤수몽이 널굴로 들어가자, 곧바로 날아올라 붉은 땅 쪽으로 향했다.

"이리 오시오."

이수근이 상철이와 나타나자, 헤수몽은 널굴 안쪽으로 데려갔다. 그러고는 들고 온 불흙을 내려놓고 날갯짓을 하게 해 바람을 일으켰다. 그러자 불흙은 불꽃이 크게 일어나며 널굴 안을 환하게 밝혔다. 아울러 냉랭하던 공기도 데워져 훈훈하게 느껴졌다.

얼마 후, 여기저기에 널려 있던 얼음상들이 조금씩 움직이기 시작하더니, 이윽고 활발하게 움직이며 헤수몽 둘레로 모여들었다. 불흙에서 일어난 불꽃 열기에 해빙이 된 것이었다.

"안내자님."

"고마워요."

"고맙습니다."

얼음상에서 풀려난 사람들은 모두 공손한 태도로 헤수몽에게 감사 인사를 했다.

"아닙니다. 내가 잘못해서 여러분들을 고생시킨 겁니다."

헤수몽은 웃음 띤 얼굴로, 모여든 사람들을 둘러보았다.

그러다 뒤쪽에 있는 두 사람을 보고는 웃음기가 가셨다.

"당신들은……."

"……."

"……."

그 사람들은 헤수몽과 눈이 마주치자, 고개만 꾸벅 숙였다. 장 선생과 배 씨였다.

"역시 설녀에게 잡혔었구려."

헤수몽은 두 사람에게 다가갔다.

"근데 한 사람은 왜 안 보이오?"

두 사람은 얼른 대답이 없다가, 배 씨가 시무룩이 있다가 입을 열었다.

"무한이는 수정굴 안에 있수."

"그렇소? 흐음, 이 여자 또 그 짓으로 뒹굴고 있겠군."

헤수몽은 잠깐 고개를 숙이고는 사람들을 둘러보았다.

"자, 여러분. 모두 밖으로 나가십시오. 곧 불꽃이 튀기는 싸움이 벌어질 것이라, 여기 있으면 다칩니다."

헤수몽의 말에 사람들은 웅성거리다가, 줄을 지어 널굴을 나가기 시작했다.

그러나 장 선생과 배 씨는 헤수몽 곁에서 서성이고만 있었다.

"당신들은 왜 안 가시오?"

두 사람은 서로 마주 보고는 헤수몽에게 말했다.

"우린 안내자님을 돕겠소."

"그렇수. 혼자 상대하는 것보다 우리와 함께 싸우면 낫잖수."

두 사람의 말에 헤수몽은 조용히 웃었다.

"말을 고맙소. 하지만 설녀와의 싸움은 아주 격렬할 것이라, 오히려 방해가 될 것이오."

"뭔 소리슈? 내 비록 나이가 좀 있긴 하지만, 동작은 빠른 편이라우. 보슈."

배 씨가 겅중겅중 뛰어 보이자, 헤수몽은 눈까지 웃고는 입을 열었다.

"알았소. 하지만 당신들은 여기로 잡혀 오면서, 조금의 저항이라도 해 보았소?"

이 말에는 두 사람의 표정이 서늘하게 식었다. 설녀와 맞닥뜨렸을 때 저항은커녕, 손짓 한 번에 꼼짝없이 얼음상이 되어 끌려온 기억이 살아나서였다.

"그거야……."

"뭐……."

두 사람의 표정을 본 헤수몽은 알겠다는 듯, 가만히 고개를 끄덕이고는 말했다.

"나가 있으시오, 내 틀림없이 설녀를 제압하고 무한이란 사람도 구해 내리다."

"……."

"……."

두 사람은 서로 마주 볼 뿐 더 이상 말이 없었다.

헤수몽은 그런 두 사람을 잠시 보다가 옆에 선 상철이에게 명령했다.

"두 분을 모시고 내려가거라."

"저도요?"

"그래, 내려가 있어."

"왜요? 전 날 수 있는 나방인간이잖아요?"
"그래도 넌 어려서 안 돼."
상철이는 시무룩해져 장 선생과 배 씨 옆으로 물러섰다.
헤수몽은 뒤에 있는 이수근에게 돌아섰다.
"불흙을 드시오."
이수근은 헤수몽이 시키는 대로 불흙을 주워 들었다. 불흙에서 일어나는 불꽃은 이수근의 상체를 감쌌으나, 이수근의 표정에는 아무 변화가 없었다. 불 속에 사는 사람이라서, 뜨거운 느낌이 없는 모양이었다.
장 선생과 배 씨는, 이수근이 불덩어리를 안고 헤수몽을 따라가는 모습을 멀거니 바라보다 힘없이 돌아섰다.

세 번째 굴방 안이었다.
얼음 침대 위에 두 사람이 있었다. 설녀가, 누운 무한의 골반을 타고 앉아 있었다. 설녀는 부지런히 하체를 움직였으나, 누운 무한은 시체처럼 미동도 없다.
눈을 게슴츠레 뜨고 입을 살포시 벌린 채, 하체를 상하로 움직이던 설녀가 갑자기 동작을 멈췄다. 풀어진 표정도 어느새 표독스럽게 변했다.
"이것 봐, 이럴 거야?"
설녀는 고양이가 잡은 쥐를 보듯, 무한을 노려보았다.
"……."
무한은 눈과 입을 꽉 닫은 채 아무 반응이 없었다.
"이 남자가 정말……."
설녀의 눈꼬리가 더욱 치켜 올라가며 이가 드러났다.
"그렇게 꼼짝도 하기 싫으면, 아주 움직이지 못하게 해 주지."
설녀는 오른손을 들어 손가락을 뻗었다. 그러자 손끝에서 흰 기체가 새어 나왔다. 기체는 무한의 머리에 내려앉아, 얼굴을 하얗게 덮었다. 이어 가슴과 하체까지 하얗게 변했다. 얼음상이 된 거였다.

"젊은 놈이라 좀 놀아 주려 했더니만 꼴에 자존심은……."

설녀는 싸늘한 미소를 입가로 흘리며 침대에서 내려왔다.

그러고는 횡하니 방을 나서다가,

"이게 뭔……!"

설녀는 놀라움에 입을 딱 벌렸다. 여기저기서 비 오듯 물이 떨어지고 있는 것이었다.

'어떻게 된 거지?'

설녀는 마당굴 천장을 쳐다보았다. 녹고 있었다. 얼음 천장 녹은 물이 쉴 새 없이 떨어지고 있었다. 그뿐 아니라, 벽과 바닥도 녹고 있었다. 얼음 녹은 물이 발등을 덮을 정도로 흐르고 있었다.

"이! 이이!"

설녀는 이를 악무는 소리를 내며, 손을 뻗어 이리저리 휘둘렀다. 그럴 때마다 손끝에서 하얀 기체가 나와 뿌려졌다. 뿌려진 기체가 닿은 부분이 얼기는 했으나, 얼마 안 있어 다시 녹아 물이 흘렀다. 굴 안 온도가 높아서였다.

몸으로도 열기를 느낀 설녀는 수정굴 쪽으로 뛰었다. 발을 내디딜 때마다 철벅거리며 튀어 오른 물방울조차도 미지근하게 느껴질 정도였다.

"저, 저런!"

수정굴 입구까지 뛰어온 설녀는 눈이 휘둥그레지며 멈췄다. 마치 뱀의 혀처럼, 수정굴 입구로 불꽃이 날름거리며 들락거리고 있기 때문이었다.

헤수몽이 꾸민 일이었다. 그는 가져온 불흙을 수정굴 바깥 입구에 놓고는, 이수근에게 날갯짓으로 바람을 일으켜 입구 안으로 보내게 했다. 그렇게 하니 불흙에서 일어난 불꽃이 수정굴을 굴뚝 삼아 타고 마당굴로 들어온 거였다. 그 열기로 마당굴이 녹고 있는 것이었다.

"이, 이것이……."

설녀는 사태를 알아차렸으나, 그렇다고 대처할 방법은 없었다. 입구는 수정굴뿐인데, 굴 입구에서 불이 뿜어져 나오고 있으니 도망갈 수도 없었다.
"이를 어째!"
설녀는 수정굴 입구 언저리에서 종종거리고 있을 따름이었다. 바닥의 물은 점점 불어나 발목을 넘어섰고, 열기에 땀까지 흘렀다.
설녀는 몸이 나른해지며 힘이 빠져나가는 느낌이 들었다. 냉기가 에너지인 그녀가 열기로 데워지고 있으니 당연한 결과였다.
"어쩌지? 어쩌지……?"
설녀는 정신까지 가물가물해지며 금방이라도 쓰러질 것 같았다. 그러나 그 어렴풋한 정신 속에서도 하나의 희망이 떠올랐다. 그녀는 비틀거리면서 굴방 쪽으로 향했다.
셋째 굴방에 들어온 설녀는 숨을 몰아쉬었다. 굴방 안은 아직 열기가 들어오지 않아서 서늘했다. 그 찬 공기를 들이켜니 정신이 맑아지며 힘이 채워지는 것 같았다.
설녀는 침대 머리 쪽 바닥을 살피더니, 무얼 주워 들었다. 숟가락 대가리처럼 생긴 물건이었다. 그 물건을 쥐고, 누운 모습으로 얼음상이 된 무한에게 다가갔다. 그러고는 쥔 물건을 무한의 입속에 밀어 넣었다. 뽑아 버렸던 무한의 혀였다. 무슨 생각인지 혀를 다시 붙여 주고 있었다.
그런 다음 설녀는 손바닥으로 무한의 얼굴을 쓰다듬었다. 그러자 무한의 얼굴은 흰색이 사라지며 혈색이 돌아왔다. 해빙이 된 것이었다.
"일어나!"
설녀는 무한이 눈을 뜨자 옆구리를 발로 툭, 찼다.
"……"
무한은 반응이 없었다. 눈만 멀거니 뜨고 있을 뿐이었다.
"일어나라니까!"
설녀의 목소리가 높아지자 그제야 무한은 천천히 윗몸을 일으켰다.
"나가!"
시무룩한 표정의 무한은 시키는 대로 하려고 침대에서 내려왔다.
"이게 어떻게 된 겁니까?"

굴방을 나선 무한은 놀란 얼굴이 되어, 뒤에 있는 설녀를 돌아보았다. 혀를 붙여 놓아 말이 나왔다.

"그런 일이 있어."

설녀는 낯을 찡그리며 굴방 밖을 흐르는 물에 발을 담갔다. 물은 더욱 불어나 종아리까지 잠겼다. 대신 마당굴은 더 넓어져 있었다. 녹아서 그리된 것이었다.

"무슨 말입니까?"

무한은 떨어지는 물방울을 팔로 가리며 물었다.

"그런 일이 있다니까. 가기나 해!"

설녀는 신경질적으로 내뱉고는 첨벙거리며 걸었다.

무한도 더 묻지 않고 설녀와 나란히 걸었다.

설녀가 무한을 데리고 간 곳은 수정굴 입구였다. 입구는 여전히 불꽃이 날름거리며 들락거리고 있었다. 꽤 불어난 바닥의 물은 수정굴 속으로도 흘러 들어오고 있었는데, 수정굴 위쪽에서는 뿌연 수증기가 뿜어 나오고 있었다.

"저게 뭡니까?"

그 광경을 본 무한은 눈이 휘둥그레졌다.

"그 불길에 대고 소리 질러!"

설녀는 수증기를 피해 뒤로 물러서며 소리쳤다.

"예?"

무한은 설녀가 자기 물음엔 대답 않고 명령만 하니, 더욱 어리둥절한 표정이다.

"소리치라고! 살려 달라 그래!"

"예에?"

"빨리!"

무한은 영문을 알 수 없었지만, 다급하게 재촉하니 우선은 시키는 대로 했다.

"살려 주쇼."

"더 크게!"

"하참, 이거."

무한은 뒤통수를 만지고는 목에 힘을 주었다.

"살려 주쇼!"

그러자 수정굴 입구에 날름거리던 불길이 치워졌다. 따라서 뿜어 나오던 수증기도 금방 약해지더니 사라졌다.

"이것이 대체……."

설녀는 어리둥절해하는 무한에게 재차 명령했다.

"들어가!"

"예?"

"들어가라고, 수정굴로!"

무한은 쭈뼛거리다 수정굴 안으로 머리를 디밀었다.

설녀는 무한이 수정굴 속으로 모습을 감추자 뒤따라 들어갔다.

바깥쪽 수정굴 입구였다.

입구 왼쪽에는 헤수몽이, 오른쪽에는 이수근이 서 있었다. 이수근은 불흙을 안고 있었다. 굴 안에서 무한의 목소리가 들리자, 입구에 넣었던 것을 꺼낸 것이다.

두 사람은 꼼짝도 않은 채, 입구를 주시하고 있었다.

"젊은 사람 목소리지요?"

"맞소, 무한이란 사람이오."

"그 사람 혀가 잘렸다던데 어떻게 된 거지요?"

"붙여 놨으니까 말한 거겠죠."

"그럼, 들여보낸 불흙의 열기를 견디지 못해서 소릴 지른 걸까요?"

"그건 모르겠소. 근데 사실은 설녀가 더 견디기 힘들었을 텐데, 그 여잔 조용한 걸 보면……."

헤수몽은 허리를 굽혀 수정굴 안을 들여다보려다가 흠칫 놀라며 한 걸음 물러섰다. 팔이 불쑥 나와서였다. 이어서 머리와 윗몸이 수정굴 밖으로 나왔다. 무한이었다. 무한은 다리까지 수정굴 안에서 빼내고는 숨을 몰아쉬었다. 온몸이 젖은 채로 물방울이 떨어지고 있었다.

"어떻게 된 것이오?"

헤수몽이 다가서며 물을 때였다. 무한의 그림자처럼 바닥에 드리워져 있던 형상이 갑자기 일어서며 재빠르게 움직였다.

"저건!"

헤수몽이 널굴 입구 쪽으로 이동하는 형상을 손으로 가리키며 소리쳤다.

"불흙을 던지시오! 빨리!"

이수근은 곧 두 팔을 빠르게 뻗었다. 안겨 있던 불흙이 확, 퍼지며 나아갔다. 동시에 화염을 일으키며 형상을 덮었다.

그러나 불흙의 화염은 아무것도 잡지 못한 채, 그대로 바닥에 가라앉았다. 형상이 없어진 거였다.

"이런!"

헤수몽은 널굴 입구 쪽으로 뛰었다. 그러나 내다본 널굴 밖은 별다른 게 없었다. 안개에 덮인 골짜기만 눈에 들어올 뿐, 형상은 보이지 않았다.

"그게 뭐지요?"

이수근이 풀럭, 날아와 물었다.

"설녀라오."

헤수몽은 침통한 표정으로 골짜기를 내려다보았다.

"놓쳐 버렸으니 이걸 어쩌오."

"도망가 봐야 이 얼음산을 벗어나진 못할 것 아닙니까!"

무한이었다. 몹시 화가 난 듯, 거칠게 헤수몽을 밀치고는 널굴 밖으로 나갔다.

"이보오!"

헤수몽이 급히 불렀으나, 무한은 그대로 뛰어내려 골짜기로 내달렸다.

"저 사람, 저!"

헤수몽은 손가락질을 하며 어이없어했다.

"괜찮을까요? 저러다 다치면…….."
옆에서 이수근이 걱정스럽게 내려다보며 물었다.
"그러진 않을 것이오. 여긴 꿈 세상이잖소."
"아, 그렇지요."
이수근은 먼지가 떨어져 헤수몽에게 갈까 봐, 날개를 뒤로 모으고는 말을 이었다.
"근데, 저 사람 되게 열받았나 보군요."
"그런가 보오. 하긴 뭐……."
헤수몽의 입가에 쓴웃음이 스쳤다. 새삼 설녀와의 생활이 떠올랐던 것이다. 지독히 색을 밝히는 설녀는 성이 찰 때까지 몸을 놔주지 않았었는데, 아마 무한에게도 그랬을 것이다. 때문에, 무한이 화가 있는 대로 나서 설녀를 쫓는 것 같았다.
"아무튼 우리도 찾아봅시다."
헤수몽은 널굴을 나가서, 봉우리 벽을 타고 내려가기 시작했다. 이수근은 그러는 헤수몽을 잠시 내려다보다 풀럭풀럭 날아올랐다.

얼음산 골짜기의 낮은 언덕에, 스무 명가량의 사람들이 모여 있었다. 널굴에서 얼음상으로 있다가 풀려난 사람들과 그들을 보러 온 얼음산 사람들이었다. 그들은 이야기를 나누느라 웅성거리고 있었으나, 세 사람만은 묵묵히 봉우리를 주시하고 있었다. 상철이와 배 씨와 장 선생이었다.
"저거 봐요!"
그러다 상철이가 무얼 보고는 소리쳤다.
"뭐어?"
"어디 말이냐?"
그러나 배 씨와 장 선생은 보지 못했는지, 시선을 이리저리 옮겼다. 그럴 것이, 상철이가 본 형상은 빛같이 빠르게 지나갔기 때문이었다.
"저기 봉우리 중간쯤에서 튀어나와 밑으로 떨어졌어요!"
"그려? 그럼, 널굴 입군데?"

"어떻게 생겼더냐?"

"빨라서 잘 보진 못했어요. 그냥 뭐가 휙 떨어졌어요."

그때 봉우리 중간인 널굴 입구에서, 또 한 형상이 튀어나와 떨어졌다. 그것은 그리 빠르지 않았으므로 세 사람 다 목격할 수 있었다.

"저게 무엇이우?"

"사람 같은데요!"

널굴 입구에 두 모습이 더 나타났다. 하나는 봉우리 벽을 타고 내려왔고, 하나는 날개를 펼쳐 날아올랐다.

"이수근 아저씨예요!"

상철이가 바로 알아보고 소리쳤다.

"어, 그렇구먼! 근데 벽을 타고 내려오는 이는 누군 겨?"

"안내자 같군요."

"그럼, 앞서 뛰어내린 사람은?"

세 사람이 몇 마디 나누는 사이에 이수근이 날아와 내려섰다.

"아저씨!"

상철이가 먼저 다가갔다.

그러나 배 씨와 장 선생은 오히려 뒤로 물러섰다. 이수근이 내려서며 날개 가루를 날렸기 때문이었다.

"어떻게 된 것이우?"

"무한 씨는 구했소?"

두 사람은 날개 가루가 어느 정도 가라앉고서야 다가가며 물었다.

"그게 말이오."

이수근은 무한이 설녀를 쫓아, 골짜기로 갔다는 말을 했다.

"혼자 말이우?"

"그러다 또 잡히면 어쩌려고?"

"그래서 안내자가 뒤따라가잖소."

배 씨와 장 선생은 봉우리 쪽으로 시선을 옮겼다. 이수근의 말대로, 봉우리를 내려온 헤수몽은 골짜기로 향하고 있었다.

"그럼, 이수근 씨는?"

"함께 가려고 온 것이오. 당신들만 여기 있다, 설녀가 나타나면 위험하잖소."

이수근은 날개를 퍼덕이더니 다시 날아올랐다.

그러자 상철이가 따라 날았고, 배 씨와 장 선생도 마주 보고는 따라갔다.

나타난 이수근을 보고 다가오던 몇 명의 사람들은, 일행이 가 버리자 멈춰 서서 바라보기만 했다.

이수근 일행이 골짜기 가까이 가자, 혜수몽과 무한이 올라오고 있었다.

"어찌 된 것이우?"

"설녀는 만났소?"

배 씨와 장 선생 물음에 혜수몽은 고개를 저었다.

두어 발자국 뒤에 따라오는 무한은 고개를 약간 떨구고 있었다.

"자네는? 자네도 못 본 겨?"

무한은 고개를 들어 배 씨를 보았다. 시무룩한 표정이었다.

"어째 김빠진 얼굴인 겨? 무슨 일 있었남?"

"일은요. 그 요망한 것이, 어디로 내뺐는지 흔적도 없습디다."

말투도 시무룩했다.

"그려? 그럼, 그게 어디로 갔을까?"

한자리에 모인 일행은 골짜기를 벗어나 위쪽으로 올라갔다.

그러자 얼음산 사람들이 일행 주변으로 모여들었다. 세 여자, 묶은 머리·긴 머리·노랑머리도 다가왔다.

"오랜만이네요."

노랑머리가 말을 걸었다.

"그동안 왜 안 보였어요?"

묶은 머리도 말을 걸었다.

"……"

긴 머리만은 모인 사람들 뒤에 몸을 숨긴 채, 매서운 눈초리로 일행을 바라보고 있었다. 명랑하던 평소와는 다른 모습이었다. 그러나 일행은 그녀의 평소 모습을 몰라, 이상하게 여기지는 않았다.
"윤락녀들 아니오?"
혜수몽이 여자들을 알아보고 대꾸를 했다.
"그대들은 이제 꿈에서 나갈 때가 되지 않았소?"
"보내 줘야 나가죠. 댁이 그 일을 하는 안내자라며요?"
묶은 머리가 나서며 엷은 미소를 지었다.
"아, 그렇구려. 그게……."
혜수몽은 말을 하려다, 갑자기 표정이 굳어지며 목소리가 높아졌다.
"꿈 장부, 내 꿈 장부!"
"꿈 장부라니요?"
옆에 있던 장 선생이 물었다.
"이곳 꿈의 세상에 온 사람들의 명단이라오. 그 명단을 보고 꿈을 깰 사람을 정하는 것인데, 그동안 내가……."
혜수몽은 씁쓸한 미소를 흘리며, 장 선생의 시선을 피했다.
"그 장부가 어디 있는데요?"
"그것이……."
혜수몽이 한쪽 눈을 찡그리며 기억을 더듬었다.
"그때 내가…… 아마 설녀의 방 어딘가에……."
그러다 이수근을 돌아보았다.
"이수근 씨, 나를 들고 봉우리 동굴까지 날아갈 수 있겠소?"
"안내자님을요? 한번 해 보죠."
이수근은 혜수몽의 손목을 잡고 날개를 퍼덕였다. 뿌연 날개 가루를 날리며 날아오르기는 했으나, 금방이라도 떨어질 것같이 위태로워 보였다.
"저도 해 볼게요."
그 모습을 본 상철이도 날아올라, 혜수몽의 다른 쪽 손목을 잡았다. 그제야 혜수몽의 몸은 하늘로 솟구쳤다.
모인 사람들은 나방인간들에 의해 날아가는 혜수몽을 신기한 듯 구경하고 있었다.
 헤수몽과 나방인간들이 봉우리 중간쯤의 굴로 들어가자, 사람들 뒤에 숨어 있던 긴 머리가 슬그머니 무한에게 다가왔다.
 무한은 그 사실을 전혀 눈치채지 못한 채 봉우리를 보고 있었는데, 손목에 차가운 무엇이 닿았다. 고개를 돌리니 긴 머리가 손목을 잡고 있었다.
 무한이 의아해하며 그녀의 눈을 보자, 섬뜩한 느낌이 전해 왔다. 느낌은 한순간, 온몸에 소름을 돋게 했다. 그다음은 자기도 모르게 긴 머리에 의해 끌려가고 있었다.
 헤수몽과 나방인간들이 봉우리굴 속으로 사라지자, 모인 사람들은 흩어지기 시작했다. 배 씨와 장 선생도 봉우리로 향했던 시선을 거두고, 사람들에게 휩쓸려 걸었다. 두 사람의 시선은 이 사람 저 사람으로 옮겨 다녔다. 무한을 찾는 거였다.
 "이 사람 어디 간 겨?"
 "그러게 말이오?"
 두 사람보다 열 발자국 정도 앞에 가는 노랑머리와 묶은 머리도 사방을 두리번거리고 있었다.
 "정자, 어디 갔니?"
 "글쎄? 조금 전까지도 뒤쪽에 있었던 것 같던데?"
 긴 머리를 찾는 거였다.
 "이상하네? 갈 데가 없는데?"
 "꿈에서 나갔나?"
 "혼자 깼단 말야?"
 "그야 모르지. 함께 잠들었다고 함께 깨란 법은 없으니까."
 "그렇다면 잘됐네. 걔가 깨면 우리도 곧 깨울 것 아냐."
 두 여자가 제자리에서 머뭇거리는 사이에, 배 씨와 장 선생이 다가왔다.
 "아가씨들 우리와 같이 다니던 젊은 사람 알쥬?"
 배 씨가 물었다.

"예? 아, 그 마흔쯤 되어 보이는 사람요?"
묶은 머리의 대답이었다.
"그렇수. 못 봤수?"
"왜요? 어디 갔어요?"
"조금 전까지 옆에 있었는데 안 보이는구려."
"예에? 실은 우리 정자도……."
"어머, 이게 어찌 된 일이야?"
두 여자는 동시에 놀라며 입을 벌렸다.
"뭐요? 그럼, 아가씨 일행도 없어졌단 말요?"
장 선생은 주위를 둘러보고 말을 이었다.
"그럼, 그 머리가 긴……."
"맞아요! 우리 정자도 없어졌어요! 조금 전까지 뒤쪽에 있었거든요!"
"그래요……."
장 선생은 호들갑스럽게 말하는 묶은 머리를 보며 안경테를 만졌다. 그의 짐작으로는 긴 머리와 무한이 함께 없어진 것 같았다. 이유가 뭘까? 둘이 눈이 맞아서일까? 아니면 어느 한쪽이 데려간 것일까? 첫째 경우는 아닐 거라는 생각이 들었다. 장 선생이 보기에 무한은 마흔 살이 넘도록 결혼을 안 할 정도로, 여자에게 그다지 관심이 없는 사람 같았다. 더구나 은행원이라는 나쁘지 않은 직업을 가진 그가, 창녀인 긴 머리에게 마음이 끌릴 것 같지 않았다. 실제로도 무한이 여자들에게 눈길을 주는 걸 별로 보지 못했었다.

두 번째 경우라면 긴 머리가 무한을 데려갔을 거라는 생각이 들었다. 무한이 긴 머리를 데려갈 리가 없고, 몰래 그런 짓을 할 사람이 아니기 때문이었다.

여기까지 생각하자, 스스럼없이 말을 걸어 오던 두 여자와는 달리 사람들 뒤에서 머리만 내밀고 있던 긴 머리의 얼굴이 확연히 떠올랐다. 그때는 별로 신경을 쓰지 않았으나, 이제 생각하니 자신들을 보고 있던 그 여자의 눈빛이 예사롭지 않은 것 같았다.

'그렇다면…….'

장 선생은 갑자기 배 씨의 팔을 잡았다.

"왜 그러슈?"

배 씨는 멀뚱히 장 선생을 보았다.

"그 여자요!"

"뭐가 말이우?"

"그 머리 긴 여자가 설녀란 말요!"

"뭣이우? 그게 뭔……."

"설녀가 그 여자의 몸에 들어간 것이오. 그랬다가 우리가 방심한 틈에 무한을 끌고 간 것이오!"

장 선생 말에 표정이 굳어진 배 씨가 급히 사방을 둘러보았다.

"이미 숨었지, 여태 있겠소?"

"대체 뭐여? 그 여잔 왜 자꾸 무한을 잡아가는 겨?"

장 선생은 한쪽 입꼬리로 미소를 지었다.

"왜겠소. 자기 장난감이니 자꾸 데려가는 거지."

"장난감?"

배 씨는 눈을 끔벅이더니 벙벙하게 웃었다.

"하긴 그러겠구먼. 그럼, 어디로 숨었을까? 여긴 봉우리굴 말고는 지낼 곳이 없어 보이는데."

두 사람이 대화를 나누고 있으려니, 봉우리굴 입구에서 이수근과 상철이가 나와 날았다. 두 나방인간 손에는 헤수몽이 매달려 있었다. 그들은 곧바로 배 씨와 장 선생이 있는 곳으로 날아왔다.

"이보오!"

"무한이가 말이우!"

장 선생과 배 씨는 헤수몽이 내려서자마자, 무한이 없어진 사실을 전했다.

"그게 언제쯤이오?"

헤수몽은 몸에 묻은 날개 가루를 털어 내다 멈췄다.

"모르겠소 안내자님이 굴로 들어가는 걸 보고 있다 돌아보니 없어졌소."

"정자라는 여자도 함께 없어졌다는구먼."

"정자라니오?"

"거 있잖수."

배 씨는 세 창녀들에 대해 설명했다.

"아, 그 여자들이요. 그중 하나와 무한 씨가 없어졌단 말입니까?"

"그렇소. 내가 보기에는……."

장 선생이 자기 생각을 말했다.

"뭐요? 어허, 이런!"

헤수몽의 표정에 당황함이 나타났다. 그의 생각에도 충분히 있을 수 있는 일이기 때문이었다.

"그렇다면……."

헤수몽은 얼음산에 대한 기억을 더듬었다. 그의 기억으로는 얼음산에 은신처가 될 만한 곳은 봉우리굴뿐이었다. 다 아는 곳이며, 방금 자기가 갔다 왔으니 거기 숨을 리는 없었다.

'그럼, 어디로 간 걸까……?'

헤수몽은 뒷짐을 지고 서성이다가 고개를 들었다. 저만큼쯤 서 있는 노랑머리와 묶은 머리가 자기를 보고 있었다.

헤수몽은 그 여자들을 향해 걸음을 옮겼다.

"그대들은 주로 어디에서 지내시오?"

두 여자는 헤수몽이 다가와 묻자, 서로 마주 보며 쭈뼛거리다 되물었다.

"왜요?"

"그대들 동료가 우리 일행을 데려갔소. 찾아야 하오."

두 여자는 다시 마주 보며 입을 삐죽이고는 조심스럽게 입을 열었다.

"글쎄요? 저희야 주로 이 근처에서만 지내는데……."

"없어진 동료도 말이오?"

"그렇죠, 항상 같이 있거든요."

"흠……."

헤수몽은 양미간을 찌푸리더니, 늘어진 옷소매 안에서 무얼 꺼냈다. 옛날 제본 형식으로 묶은 책이었다. 그 책을 몇 장 뒤적이다가 물었다.
"꿈 장부를 보니 그대들은 이제 여기서 나갈 때가 되었는데, 가겠소?"
"지금요?"
"그렇소."
"어머!"
"어쩜!"
두 여자는 손을 맞잡으며 뛸 듯이 기뻐하다가 금방 시무룩해졌다.
"그럼, 정자는요?"
"만나 봐야 알겠지만, 우리 일행을 데려간 것이 그 여자 뜻이라면 함께 나가진 못할 것이오."
"예?"
"그럼, 어떡해요?"
"그러니까 그 여자를 찾아야 하오. 어디 짐작 가는 데 없소?"
"글쎄, 우리는 잠시도 떨어진 적이 없었다니까요."
"걔가 혼자 없어진 건 처음이에요."
헤수몽은 시선을 내려 생각에 잠겼다가 다시 물었다.
"어쩌겠소? 지금 가겠소?"
"지금은 좀……."
"조금 기다려 보고요."
"……."
헤수몽은 두 여자를 잠시 바라보다 돌아섰다.
"저, 여보세요!"
"안내자님!"
두 여자는 곧 소리쳐 불렀으나, 헤수몽은 들은 척도 않고 곧장 배 씨 일행을 향해 걸었다.

얼음산 뒤쪽이었다.

언덕에서 다섯 사람이 걸어 내려오고 있었다. 헤수몽과 배 씨와 장 선생, 나방인간 이수근과 상철이었다.

이곳은 약간 경사가 진 언덕과 4m 정도 폭의 내가 흐를 뿐, 별 특징이 없는 지형이었다. 그런데도 헤수몽이 일행을 이끌고 이곳으로 온 이유는, 지난번에 무한과 도주할 때도 설녀가 이곳까지 쫓아왔기 때문이었다.

자신들이 다른 곳으로 도주했으면 그곳으로 쫓아왔겠지만, 은신할 만한 장소가 없으니 와 본 것이었다.

"여기, 뭐가 있다고 온 것이우?"

배 씨는 얼마간 헤수몽을 따라 냇가를 걷다 물었다.

"……."

헤수몽은 흐르는 냇물을 보며 걸을 뿐, 대답이 없었다.

"이보슈."

배 씨는 다시 물으려다 입을 다물었다. 헤수몽이 걸음을 멈추고 한 곳을 들여다보고 있기 때문이었다. 그곳은 냇가 가장자리로, 얼음이 얼어 있었다.

"이상한 점이 있소?"

장 선생이 다가오자, 헤수몽은 쪼그리고 앉았다. 그리고는 얼음을 만지자 부서져 물에 떠내려갔다. 그만큼 얇게 언 얼음이었다.

"여기만 물이 얼어 있잖소. 설녀가 얼마 전까지 있었던 모양이오."

"그래요?"

"어, 정말이구먼."

장 선생과 배 씨도 얼음을 만지려고 냇가에 앉았다.

그때, 이수근의 큰 목소리가 들렸다. 20여m쯤 떨어져 있는 이수근이, 상철이에게 손가락질하며 떠들고 있었다.

"저 사람이……."

헤수몽이 그 모습을 보고는 일어섰다.

"왜 그러오?"

헤수몽은 이수근에게 다가가며 물었다.

이수근은 헤수몽에게 고개를 돌리더니, 상철이의 머리를 쥐어박았다.

"글쎄, 이 녀석이 이제 그만 불의 마을로 가라고 하니 말을 안 듣잖소."

"그래요?"

헤수몽은 상철이에게 다가갔다.

"어른 말을 들어야지."

상철이는 입이 튀어나오더니, 볼멘소리를 뱉었다.

"싫어요! 왜 나만 거길 가야 돼요?"

"녀석, 여기가 시원하니까 좋다 이거지……."

헤수몽은 상철이를 보고 미소 짓더니 옷소매에서 꿈 장부를 꺼내 뒤적였다.

"그래, 넌 더 이상 불의 마을에 가지 않아도 돼. 이제 여기를 나갈 때가 되었거든. 그러니 이만 현실의 세계로 가거라."

그러고는 상철이의 머리를 만졌다.

그러자 등에 달린 날개가 빠지듯 분리되더니 얼음 바닥에 떨어졌다. 이어 원숭이처럼 몸에 난 털들도 뽑혀 떨어지며 흩어졌다. 그런 다음 상철이의 모습이 안개에 가려지듯 점점 흐려지더니 사라졌다.

"녀석, 갔구먼."

그 광경을 옆에서 보고 있던 이수근은 슬픈 듯이 날개를 늘어뜨렸다.

"정이 꽤 든 놈이었는데……."

헤수몽은 그러는 이수근의 어깨에 손을 얹었다.

"현실 세계에 나가서 만나면 되잖소."

"언제 나가서요?"

"이수근 씨는 아직 더 있어야 하지만, 설녀 일만 해결되면 그 공으로 곧 보내 주겠소."

"정말이요?"

"내가 지금 약속했잖소."

"알았수!"

이수근은 갑자기 날개를 활짝 펼쳤다.
"그럼, 빨리 잡아야죠! 갑시다. 당장!"
이수근은 금방이라도 날아오를 것같이 날갯짓을 하다가 멈췄다.
"근데 그 사람들 어디 갔죠?"
"누구 말이오?"
"같이 다니던 사람들 있잖수."
"……!"
헤수몽은 이수근의 말에 뒤돌아보고는 낯빛이 하얗게 변했다. 조금 전까지 냇가에 앉아 있던 배 씨와 장 선생이 보이지 않아서였다.

헤수몽은 냇가를 따라서 뛰었다.
이수근도 날개를 펄럭이며 날아서 쫓아갔다.
"이 사람들 대체 어디로 간 거지?"
헤수몽은 배 씨와 장 선생이 있던 자리를 아무리 살펴도, 단서가 될 만한 흔적은 찾을 수가 없었다. 근처의 냇가 가장자리 얼음이 부서지지 않은 것으로 보아, 물로 들어간 것 같지도 않았다.
"근데 거긴 왜 그리 깨끗하오?"
근처에 내려서 걸어오던 이수근은, 헤수몽이 서 있는 자리를 보고는 물었다.
"무슨 소리요?"
"거기 바닥 얼음 말요. 다른 곳은 뿌연데, 거긴 유리 같잖소."
헤수몽은 다른 곳의 바닥을 본 다음, 자신이 서 있는 바닥을 보았다. 이수근의 말대로 다른 곳은 뿌연 색이었으나, 자신이 서 있는 바닥은 투명할 정도로 깨끗했다.
'그렇다면!'
헤수몽에게 번뜩 스치는 생각이 있었다. 자신이 서 있는 바닥 얼음은 녹았다가 다시 얼었다는 생각이었다.
"이수근 씨! 불흙, 불흙 어디 있소?"
"불흙이오? 아까 봉우리 널굴에 다 뿌렸잖소."

"더 가져오시오! 빨리!"
헤수몽이 거친 몸짓으로 이수근을 밀었다.
"……?"
이수근은 헤수몽의 행동에 어리둥절해하다가 푸덕거리며 날개를 흔들었다.
불의 마을에 도착한 이수근은 불덩어리 바닥을 훑고 다니며 불흙을 모으기 시작했다. 그런데 지난번에 한 아름이나 가져가, 별로 없어서 겨우 세 줌만 모아졌다. 불꽃을 내뿜고 있는 불흙은 굳은 것뿐이었는데, 그건 바위처럼 딱딱해서 긁어낼 수가 없었다.
할 수 없이 전에 무한에게 주었던 죽은 나방인간이 타서 생긴 가루도 모았는데, 불흙에 그 가루를 섞으니 불꽃이 일어나지 않았다.
"좋네! 가져가기 편하게."
이수근은 그걸 나방 날개에 담아, 싸서 들고는 날아올랐다.

"이 양반 어디 갔어?"
이수근이 얼음산에 와 보니 헤수몽은 보이지 않았다.
"어떻게 된 거야? 내가 늦게 와서 다른 데로 갔나?"
이수근은 헤수몽이 있던 자리에 섰다.
'안내자가 여기를 보곤 불흙을 가져오라고 했었지?'
그리고는 쭈그리고 앉아 바닥 얼음에 눈을 가까이 댔다. 투명할 정도로 깨끗한 얼음이긴 했으나, 속이 들여다보이진 않았다.
'왜 여기만 얼음이 깨끗할까?'
이 생각에 이어, 다음 생각이 따라왔다.
'얼음에 흠이 없다면, 언 지 얼마 안 되어서…….'
이어 한 깨달음이 머리를 때렸다.
'그렇군! 여기를 녹여 보려고 그랬던 거구면!'
이수근은 나방 날개로 싼 꾸러미를 펼쳐, 불흙과 섞인 가루를 한 주먹 쥐고 바닥 얼음에 뿌렸다.
"펑!"

그러자 터지는 소리와 함께 불꽃이 생겼다. 불꽃은 허리만큼 일어나 10분쯤 일렁거리더니 한순간에 사라졌다.

불꽃이 타오르던 장소에는 직경 1m 정도의 구덩이가 생겨났다.

"저런, 저!"

구덩이를 들여다본 이수근의 눈이 휘둥그레졌다. 2m 정도 깊이의 구덩이에, 세 사람이 처박혀 있었기 때문이었다. 배 씨와 장 선생, 그 위에 혜수몽이 엎혀 있었다.

"이보오! 정신 차리쇼!"

이수근은 얼른 구덩이에 들어가, 혜수몽을 흔들었다.

엎어져 있던 혜수몽은 곧 몸을 움직였다.

"대체 어떻게 된 거요?"

혜수몽은 천천히 고개를 들더니, 이수근을 보았다. 눈동자가 흐릿하게 풀어져 있었다.

"어떻게 된 거냐니까요?"

혜수몽은 물음을 재차 받고서야 무겁게 입을 열었다.

"나도 모르겠소."

"예? 그게 뭔 소리요?"

"그게 말이오……."

혜수몽이 기운 없는 목소리로 하는 말은 이런 내용이었다.

혜수몽은 이수근을 불의 마을로 보낸 다음, 사방을 살피며 잔뜩 경계를 하고 있었다. 자신도 배 씨와 장 선생같이 사라질지도 모르기 때문이었다.

얼마쯤 그러고 있다가 바닥으로 눈길이 갔다. 투명할 정도로 깨끗한 그 바닥 얼음이었다.

'이 밑에 뭐가 있기에 이렇게 됐을까?'

혜수몽은 바닥 얼음을 내려다보다 조심스럽게 발을 올려놨다.

다음 순간, 올라선 바닥 얼음이 과자처럼 부서지더니, 혜수몽의 몸을 그대로 삼켜 버렸다. 그 바닥은 얇은 얼음으로 덮여 있었던 모양이었다.

헤수몽은 물구덩이에서 빠져나오려고 허우적댔으나, 얼마 안 있어 움직일 수가 없었다. 물구덩이가 얼어 버린 것이었다.

"그럼, 이 구덩이를 만든 정체도 못 봤단 말요?"

"그렇소. 순식간에 빠져서 얼어 버리는 바람에, 이들이 내 밑에 있는 줄도 몰랐소."

"원, 그런……."

두 사람이 대화를 하고 있는 사이, 밑에 있던 배 씨와 장 선생도 움직이기 시작했다.

"이 사람들 깨어나는가 보오."

헤수몽은 장 선생을 일으켜, 구덩이 밖으로 밀어 올렸다.

이수근도 배 씨를 안아 들었다.

구덩이에서 나온 두 사람은 주저앉아 고개를 숙이고 있었다.

"어떻게 된 거요?"

"설녀를 보았소?"

"……."

"……."

이수근과 헤수몽의 물음에 두 사람은 반응이 없었다.

"이보쇼! 안 들리오?"

이수근이 목소리를 높이자, 그제야 배 씨가 천천히 고개를 들었다.

"어쩌다 이리된 거요?"

"뭘 말요……?"

배 씨가 기운 없이 하는 말은 별 내용이 없었다.

두 사람이 나란히 서서 내를 바라보고 있는데, 갑자기 바닥이 물이 되어 빠지더니 얼음에 갇혀 버렸다는 것이었다.

"그랬소?"

헤수몽은 자기의 눈썹을 천천히 문질렀다.

그의 생각으로는 설녀가 얼음 속에 들어가 숨어 있는 것 같았다. 그러고 있다가 일행이 서 있는 얼음을 녹여 빠지게 한 다음, 다시 얼려 가두는 수법을 쓴 모양이었다.

5_슬픈 노인 얼음상 ● 221

'이 일을 어쩐다…….'

헤수몽은 막막했다. 그런 수법을 쓴다면 얼음산을 통째로 녹이기 전까지는 설녀를 찾을 길이 없었다.

"우선 여기를 나갑시다."

얼음산에 머물고 있는 한, 언제 다시 물구덩이에 빠져 갇힐지 모른다는 불안감이 든 헤수몽은 서둘러 내를 건너기 시작했다.

배 씨와 장 선생은 머뭇거리다 헤수몽의 뒤를 따랐다.

이수근만은 무슨 생각인지 날아올라 얼음산 위쪽으로 향했다.

"저 사람 어디 가는 거여?"

"그러게요?"

배 씨와 장 선생 말소리에 헤수몽이 돌아보았다. 헤수몽은 날아가는 이수근의 모습을 잠시 바라보곤, 다시 걸어 붉은 땅으로 올라갔다.

이수근은 얼음산에 닿을 듯이, 또는 아주 높게 솟아올라 이곳저곳을 살폈다. 아마 설녀의 흔적이라도 찾을 생각인 것 같았다. 하지만 어디에도 그런 곳은 없었다.

그렇게 얼마쯤 날아다니고 있으려니, 붉은 땅에서 배 씨·장 선생과 함께 바라보고 있던 헤수몽이 오라고 손짓을 했다.

이수근은 곧 붉은 땅 쪽으로 날았다.

"그렇게 해서 찾겠소?"

헤수몽이, 내려앉은 이수근에게 다가가며 말을 걸었다.

"설녀는 얼음 속에 숨어 있을 것이오. 근데 그렇게 공중에서 보면 알겠소?"

"얼음 속에 숨어 있을 거라고요? 그럼, 어쩌지요?"

"궁리를 해 봅시다."

헤수몽의 시선은 이수근을 지나 얼음산으로 갔다. 그러고는 굳어 버린 듯 움직이지 않았다.

"흐음."

한참이 지나서야 가벼운 신음 소리와 함께 시선을 거두었다.

"암만 생각해도 방법이 없구려."

"그럼, 이대로 말 것이우?"

"그럴 수야 없죠."

헤수몽은 배 씨 얼굴을 보며 쓴웃음을 지었다.

"내 몸을 미끼로 삼아서라도 부딪쳐 봐야지요."

"그러다 또 얼음에 갇히면 어쩌려고요?"

장 선생이 다가오며 물었다.

"그렇게 되지 않게 주의를 해야죠."

헤수몽은 냇물에 발을 담갔다.

장 선생과 배 씨는 헤수몽이 다시 내를 건너자 따라갔다.

이수근은 세 사람이 얼음산에 올라갈 때까지 바라보다 날개를 젓기 시작했다.

6_설녀가 만든 함정

세 사람은 어깨가 거의 붙다시피 한 채, 나란히 걷고 있었다. 옆 사람이 얼음 구덩이에 빠지면 얼른 잡아 주기 위해서였다.
"바닥을 잘 살피며 걸으시오."
오른쪽에서 가고 있는 헤수몽이 조심스럽게 발을 옮기며, 두 사람에게 주의를 주었다.
"걱정 마쇼. 그러잖아도 온 신경을 쓰고 있다오."
장 선생은 한 발 한 발 내디딜 때마다, 앞에 내민 발로 바닥을 눌러 보고는 몸의 중심을 옮겼다.
"어따, 그렇다고 그렇게 걸으면 언제 가우?"
배 씨만은 건들대며 거침없이 걸었다. 그러다 보니 배 씨는 두 사람과 금방 멀어졌다.
10여m나 앞서가던 배 씨가 걸음을 멈추었다. 무엇인가를 보고 있었다. 나란히 솟아 있는 두 개의 얼음 언덕이었다. 그런데 모양이, 인위적으로 만든 것처럼 매끄러운 반구형이었다.
"왜 가다 마쇼?"
장 선생이 다가오며 물었다.
"저기 좀 보우."
배 씨가 언덕을 가리켰다.
"좀 이상하게 생기지 않았수?"
장 선생은 안경테를 만지며 눈을 가늘게 떴다.
"호, 그렇구려. 마치 공을 반으로 잘라서 엎어 놓은 것 같소."
배 씨는 성큼성큼 걸어, 언덕으로 올라갔다.

"거, 묘하게 생겼구먼."

언덕에서 내려다본 지형은 이상한 모양이었다. 두 개의 반구형 언덕 너머에는 3m 정도 길게 둔덕이 져 있고, 그 아래는 Y자로 갈라지며 골짜기가 파여 있었다. 그런데 Y자로 갈라진 부분에서 샘물이 솟아, 골짜기로 흐르고 있었다.

"저건 뭔 물이여?"

배 씨는 샘물이 솟는 곳으로 걸음을 옮겼다.

장 선생도 언덕에 올라서 샘물 쪽으로 가려 하자, 뒤따라온 헤수몽이 손목을 잡았다.

"왜 그러시오?"

장 선생이 돌아보며 물었다.

"이곳 지형이 심상치 않소 보시오, 이 언덕에서부터 저 아래 골짜기까지. 마치 여자가 누워 있는 형상 같지 않소?"

장 선생은 다시 안경테를 만지며 주위를 둘러보았다.

"그렇군요, 마치 인공으로 만든 조각 같소."

두 사람이 언덕에 머물고 있는 사이, 샘물까지 내려간 배 씨는 엎드려 물을 마시고 있었다.

"저 사람 뭐 하는 거야?"

"허어, 저러면!"

배 씨는 두 사람이 자기를 보고 놀라는 것도 모르는 듯, 물만 게걸스럽게 들이켜고 있었다.

두 사람은 곧 배 씨에게 다가갔다.

"이보쇼! 뭔 물을 그리 정신없이 먹소?"

"그만 드시오!"

배 씨는 두 사람 말을 듣고서야, 샘물에서 입을 떼고 머리를 들었다.

"기가 막히우! 꼭 사이다 같구먼!"

세수를 한 것처럼 얼굴이 젖은 배 씨는 아주 행복한 표정이었다.

"정말이오? 그럼, 그거 약수인가 보네?"

장 선생은 호기심이 동하는지 가려고 했으나, 헤수몽이 잡은 손목을 놔주지 않았다.
"이거 놓으시오."
"조금 기다려 봅시다."
"약수 먹는 게 뭐가 어때서 그러시오?"
그래도 혜수몽은 손목을 놓지 않았다.
두 사람이 언덕에서 실랑이를 하고 있는 사이, 배 씨는 아래쪽으로 갔다. 그런데 휘청거리는 것이, 마치 취객 같은 걸음걸이였다.
"저 사람 왜 저래?"
"가만, 혹시?"
두 사람은 그런 배 씨의 모습을 발견하고는 곧바로 쫓아갔다. 배 씨는 눈동자가 풀린 채, 히죽거리고 있었다.
"이보쇼, 배 씨!"
먼저 다가간 장 선생이 배 씨의 어깨를 잡았다.
그러자 배 씨는 걸음을 멈추더니, 장 선생 쪽으로 허물어지듯 쓰러졌다.
"이 사람이?"
장 선생은 얼른 배 씨 옆구리를 잡아 부축했다.
"역시 예사 물이 아니오."
혜수몽이 배 씨의 팔을 잡았다.
"여기서 내려갑시다!"
그러고는 막 끌어당길 때였다.
"오, 호호호호호호!"
갑자기 여자의 날카로운 웃음소리가 터져 나와, 사방에서 울렸다.
"서방님, 어디를 가시려고요?"
설녀의 목소리였다. 웃음소리와 마찬가지로, 사방에서 울리며 들렸다.
"이 목소린!"
놀란 혜수몽은 뛰려고 하였다. 그러나 마음만이지, 몸이 움직이지 않았다. 둔덕에 올라가 있는 혜수몽의 발이 떨어지지 않는 거였다.

"이, 이런!"

당황하며 장 선생을 보았다.

장 선생도 발을 바닥에서 떼지 못하고 허둥대는 모습이, 같은 사정인 것 같았다.

하늘에 떠 있는 이수근은 세 사람 주위를 배회하며 천천히 날고 있었다. 그러다 일행이 긴 둔덕에 올라가 머무르고 있는 것을 보고는 봉우리 쪽으로 날았다. 한자리에만 서 있자, 쉬고 있는 것으로 보였던 것이다.

그러나 한 바퀴 돌고 제자리에 왔을 때, 세 사람은 보이지 않았다.

'어디 간 거야?'

이수근은 둔덕 위를 낮게 날며 살폈으나 아무 흔적이 없었다.

'그새 멀리 가지는 않았을 텐데?'

높이 날아올라 내려다보았다.

'저 형상은?'

그러다 둔덕을 정면에서 보고는 놀라는 표정이 되었다. 가까이서는 잘 몰랐으나, 높은 곳에서 내려다보니 영락없는 여자 몸 형상이었던 것이다.

'그렇다면?'

이수근은 세 사람을 마지막 본 곳이 둔덕이라는 데 생각에 미치자, 불길한 느낌이 들었다. 그렇다면 지금 보고 있는 저 여자 몸 형상의 둔덕은 예사롭지 않은 유형물인 것이다.

'혹시 저것도……?'

이수근은 냇가에서처럼 둔덕이 순식간에 녹아 구덩이를 만들고는 세 사람을 가둔 게 아닌가, 하는 생각이 들었다.

그는 곧 허리춤에서 나방 날개 꾸러미를 꺼내 펼치고, 거기 담긴 가루를 한 주먹 움켜쥐었다. 그러고는 느린 날갯짓으로 천천히 날아내려 와, 둔덕 2m 앞에 이르자 가루 쥔 손을 내밀었다.

그때였다.

"꺄아아악!"

째지는 듯한 비명 소리와 함께 무엇인가가 솟구쳤다. 여자가 머리를 풀어 헤친 모습의 흰 물체가 3m나 솟으며 이수근을 가로막았다.
 이수근은 부딪치지 않으려고 날개를 크게 펼쳐 바람을 잡았으나, 이미 발생한 운동 에너지를 멈출 수는 없었다. 그런데 물체는 그냥 지나갔을 뿐, 아무런 충격도 느껴지지 않았다. 그림자와 같은 허상이었다. 그 바람에 이수근이 쥐고 있던 가루가 공중에 뿌려지고 말았다. 공중에서 펑, 하고 불꽃을 일으키고는 그만 사라지고 말았다.
 "허어!"
 설녀가 만든 허상이라는 걸 깨달았을 때, 이수근의 손은 비어 있었다.
 "당했군."
 이수근은 곧바로 높이 솟아올랐다. 무기가 없어졌으니, 공격을 받으면 속수무책이라 우선은 피해야 했던 것이다.
 불의 마을로 돌아온 이수근은 구석구석을 뒤지며 다녔다. 불흙을 모으기 위해서였다. 그러나 이전에 찌꺼기까지 모두 긁어 간 뒤라 남아 있는 것이 없었다.
 그래도 혹시나 하는 마음에, 뒤진 곳을 또 뒤지고 있을 때였다.
 "뭘 그렇게 찾는 거여?"
 땅딸막하게 생긴 나방인간이 다가왔다.
 "어, 땅군 씨!"
 이수근은 그 나방인간을 보자, 밝게 웃으며 한 손을 번쩍 들었다.
 "마침 잘 만났네."
 이수근이 반기는 나방인간 '땅군'은 날개가 달리기는 했지만 날지를 못했다. 통통한 몸에 비해 날개가 작기 때문이었다. 말하자면 닭과 같은 처지라고 할 수 있었다. 그런 형편이다 보니, 땅군은 땅에서만 지낼 수밖에 없었다. '땅군'이라는 이름도 그래서 붙여졌다. 원래 이름은 '홍진원'이나, 그 이름은 자신도 잊은 지 오래였다.
 땅에서만 지내다 보니, 땅군은 땅에서 일어나는 일은 모르는 게 없었다. 그래서 이수근이, 땅군을 보자 그처럼 반긴 것이었다.

"땅군 씨, 혹시 불흙 있는 데 알아?"
"그건 뭐 하게여?"
땅군의 물음에 이수근은 얼음산에서 일어난 일을 대충 이야기해 줬다.
"그런 일이 있었어여?"
이야기를 듣고 난 땅군은, 금붕어처럼 튀어나온 눈을 뒤룩거렸다.
"그래서 안내자가 안 보였었구먼여."
"그렇다네. 해서 불흙이 꼭 필요해. 불흙만이 설녀를 공격할 수 있는 무기거든."
"그거야 불덩어리 바닥에 있는데……, 수근 씨도 알잖여?"
"지금은 없다네. 내가 다 긁어 갔거든."
"그래여? 그럼, 나도 방법이 없어여."
"그래도 자넨 불의 마을에 대해선 누구보다도 많이 알잖나. 항상 돌아다니니까. 혹시 불흙 못지않은 다른 거 뭐 없을까?"
"다른 거여?"
땅군은 눈알을 뒤룩거리며 주위를 둘러보았다.
"그럼, 저거 주워다 써 봐여."
땅군이 가리킨 것은 해골이었다. 불의 마을에서 살다가 죽은 나방인간들 것으로, 여기저기에 뒹굴고 있었다.
"해골? 저걸로 뭘 하라고?"
"저건 우리 나방인간들 해골이잖여."
"그걸 누가 모르는가?"
"나방인간들은 불 속에서 뜨거운 고통에 시달리며 살잖여. 해서 온 정신이 뜨거운 고통을 참는 데에만 가 있지여. 그렇게 살다가 죽은 해골이어서 열기가 가득할 거여. 때문에 저걸 얼음산에 던지면 아마 큰 구덩이를 만들 정도로 얼음을 녹일 거여."
"그거 그냥 자네 멋대로 지어 낸 생각 아냐?"
"그야, 해 보면 알지여. 안 되면 말고여."
"뭐라고? 그게 말이야 막걸리야? 안 되면 바로 반격을 당할 텐데,

말고 자시고 할 새가 어딨냐?"

"그게 그렇게 되나여?"

땅군은 엉뚱한 곳을 보며 딴청을 피웠다.

"실없는 소리 말고 불흙이나 찾아봐. 그게 있어야 설녀를 상대할 수 있으니까."

"알았어여."

땅군은 곧 뒤뚱거리며 불덩어리 속으로 들어갔다.

얼마 후, 불덩어리를 나온 땅군이 이수근 앞에 섰다.

"이것뿐이 없으여."

땅군이 내미는 나방 날개에는 불흙이 수북이 담겨 있었다.

"어허, 어디서 이렇게 모았냐? 난 아무리 봐도 없던데."

불흙을 받아 든 이수근은 나래를 접어 꾸러미로 만들고는, 곧 날개를 퍼덕였다.

얼음산이었다.

하늘에서 한 물체가 같은 자리를 맴돌고 있었다.

'이상하네? 이 근처였는데?'

이수근이었다. 여자 몸 모양의 둔덕을 찾고 있었다. 불의 마을에서 돌아와 보니, 있던 자리에서 사라진 거였다.

'분명히 여기였었어. 내가 불의 마을에 다녀온 사이, 없어진 게 틀림없어. 그렇다면…… 역시 설녀 짓이 맞기는 한가 본데…….'

이수근은 둔덕이 있었던 곳으로 짐작되는 장소에 내려섰다. 그리고는 자세히 살펴보았으나, 단서가 될 만한 흔적은 없었다.

'이것이 또 어디로 숨은 모양이네…….'

이수근은 막막하게 느껴졌다. 이렇게 되면 혼자만 남은 셈인데, 자기가 굳이 이런 일에 말려들 필요가 있을까? 하는 생각도 들었다.

그러나 한편으로는 설녀만 잡으면 이 악몽의 세상에서 나가게 해 준다는 안내자의 제안도 떨쳐 버릴 수가 없었다.

"그참, 그 여자는 여기서 뭔 낙을 얻겠다고 일을 저질러 여러 사람 고생시키냐?"

이수근은 중얼거리며 앞쪽으로 시선을 들었다. 20여m 떨어진 곳의 얼음산 등성이가 눈에 들어왔다.

'저긴 왜 저래?'

등성이의 한편이 절벽처럼 잘려 있었다.

'인위적으로 저리된 것 같은데?'

급히 날아올라 가까이 갔다. 4m 높이의 벽은 칼로 한 번에 내려친 것같이 매끄러웠다.

'꼭 유리창 같구먼.'

이수근은 벽을 만져 보고 싶었으나, 어떤 위험이 도사리고 있을지 몰라 가까이 가진 못하고 주위만 날아다녔다.

'이것도 설녀와 관계가 있을 거야.'

더 자세히 보려고 3m 정도 앞까지 가서는, 짧은 날갯짓으로 공중에 멈췄다.

가까이서 보니, 잘린 벽에 자신의 모습이 비쳤다. 마치 거울 같았다.

'왜 이런 걸 만들었을까?'

그렇게 얼마 동안 떠 있을 때였다. 벽면에 비쳐진 이수근의 모습이 일그러졌다. 잔잔한 물에 비친 모습이, 물결이 일며 일그러지는 현상과 비슷했다.

일그러지던 형상은 움직임이 작아지더니 멈췄다.

"저건!"

멈춘 벽면을 본 이수근은 놀란 표정이었다. 벽면에 비쳐진 모습은 자기가 아니고 여자의 모습이었던 것이다. 설녀였다. 성에를 옷처럼 입고 있는 그녀는, 이수근을 빤히 마주 보며 비웃는 듯한 웃음을 짓고 있었다. 벽 안에 있는 모양이었다.

"이것이!"

이수근은 들고 있던 나방 날개 꾸러미에서 불흙을 한 줌 꺼내 뿌렸다. 화륵, 하고 일어난 불꽃이 벽면을 덮쳤다. 그러나 벽면의 겉만 훑고는 주르륵 흘러내리고 말았다. 벽면에는 여전히 설녀의 비웃는 모습이 있었다.
"어허, 저!"
이수근은 다시 한 줌의 불흙을 뿌렸다. 마찬가지였다.
"이거 안 되겠네!"
그제야 불흙이 소용없음을 깨달은 이수근은 높이 솟아올랐다. 그대로 있다가는 반격을 당할 게 뻔하기 때문이었다.
'이걸 어쩐다?'
이수근은 잘려진 등성이 위를 맴돌고만 있었다. 그러다 갑자기 내를 건너, 불의 마을 쪽으로 날았다.

얼마 후, 다시 나타난 이수근의 손에는 한 개의 해골이 들려 있었다. 불의 마을에서 주워 온 거였다.
'아직 있군.'
이수근은 등성이 벽면의 3m 앞에 멈추었다.
벽면 안의 설녀는 여전히 비웃는 표정으로 서 있었다. 이수근이 다시 나타나자, 뒤돌아서며 엉덩이를 내밀었다. 놀리는 행동이었다.
"저것이!"
이수근은 가져온 해골을 쳐들었다. 그러나 무슨 생각을 했는지, 이내 팔을 내리고 솟아올랐다. 까마득히 높은 하늘까지 날아오른 이수근은 돌연 날개를 접었다. 그러자 곧바로 떨어지기 시작했다. 가속도가 붙어 점점 빠르게 떨어지는 그의 몸은 누런 덩어리처럼 보였다. 순식간에 등성이 벽면 앞까지 떨어진 그의 몸에서 무엇이 총알처럼 튀어나왔다. 다음 순간 날개가 펴지며, 그의 몸이 하강을 멈추고 옆으로 날았다.
등성이 벽면 가운데에 배구공만 한 물체가 박혀 있었다. 해골이었다. 이수근이 급강하를 하며 던진 것이었다.
벽면 안의 설녀는 두 손으로 얼굴을 감싸고 있었다. 공포가 가득한 눈에 입을 있는 대로 벌린 모습이, 비명을 지르는 것 같았으나 아무 소리도 들리지 않았다.

'왜 저러는 거야?'

이수근은 그러는 설녀를, 벽면과 3m 정도 떨어진 거리의 공중에서 멈춘 채 보고 있었다.

'효과가 있기는 한가 보지?'

설녀가 괴로워하는 모습을 보자 이런 판단이 들긴 했으나, 소리가 들리지 않는 것이 이상했다.

'안에 갇혀 있어 그러나?'

날개바람을 약간 뒤로 보내, 조금 가까이 갔다. 그러고는 조심스럽게 오른손을 뻗었다. 벽면에 박혀 있는 해골을 빼 보려는 거였다.

해골을 막 잡은 순간, 괴로워하던 설녀의 얼굴이 싸늘하게 변하며 눈빛이 번쩍였다.

"엇!"

쉬익, 소리가 나며 팔이 빨려 들어갔다. 해골이 박혔던 구멍이 갑자기 커지며, 손에 쥔 해골과 함께 빨려 들어간 거였다.

"이익!"

이수근은 힘을 썼으나 팔이 빠지지 않았다. 팔이 들어가자마자 구멍이 작아졌기 때문이었다.

"이 교활한!"

이수근은 분통이 터졌으나, 이미 낚싯바늘에 걸린 물고기 꼴이었다. 벽면 안의 설녀는 싸늘한 미소를 지으며 다가왔다. 그러고는 가느다란 팔을 뻗어 왔다.

설녀 손이 이수근의 손목을 잡으려는 순간이었다. 이수근은 왼손에 쥐고 있던 나방 날개 꾸러미를 펴, 벽면에 쏟아부었다. 곧이어 일어난 불꽃은 벽면을 덮고 일렁거렸다.

그러자 얼음이 녹아 팔이 빠졌는데, 팔을 뺀 구멍으로 불꽃이 밀려 들어갔다.

"아악!"

벽면에 다가오던 설녀는 구멍으로 들어온 불꽃이 얼굴에 닿자, 비명을 지르며 황급히 뒤로 물러섰다. 설녀의 오른쪽 뺨이 벌게졌으며,

머리털이 한 줌 정도 타 그슬려 있었다.
"이 —!"
설녀가 와락, 달려들어 뚫린 구멍에 팔을 넣었다. 벽면 밖에 있는 이수근을 잡으려는 행동이었으나, 이수근은 어느새 물러나 있었다.

불의 마을로 돌아온 이수근은 여기저기를 다니며 해골을 주워 모으고 있었다.
"뭔 해골을 그리 많이 모으는 거여?"
땅군이 뒤뚱거리는 걸음으로 다가와 말을 걸었다.
"어, 왔나. 이게 좀 쓸 데가 있더군."
"그랬어여? 그것 봐여, 역시 내 생각이 맞았지여. 그래, 얼음을 얼마큼이나 녹였어여?"
"그게 아니고 돌멩이 대신 썼네."
"뭔 소리여?"
"이걸로 말일세."
이수근은 또 하나의 해골을 주우며, 설녀를 공격했던 상황을 설명했다.
"머여? 그런 용도로 해골을 썼단 말이여?"
땅군은 불쾌하다는 듯, 인상을 찌푸렸다.
"왜애? 뭐가 잘못됐나?"
"그건, 우리 나방인간에 대한 모독이여!"
땅군은 목소리까지 높였다.
"생각해 보여! 해골은 사람의 영혼이 담긴 것인데, 그걸로 얼음을 부쉈단 말이여?"
이수근은 식식거리는 땅군을 멀뚱히 바라보다, 모아 놓은 해골을 주워 들며 중얼거렸다.
"원, 희한한 친굴세. 언제는 해골을 불흙 대신 써 보라고 권하더니만……"
"그래도 해골로 얼음이나 깨는 건 안 돼여!"

"그 뭔 상관인가? 목적만 이루면 됐지."
그러자 땅군은 와락 달려들어 이수근의 팔에 매달렸다.
"안 돼여! 그런 용도라면, 가져가지 말아여!"
그 바람에, 팔에 안았던 3개의 해골이 땅에 떨어졌다.
"이 친구 왜 이래? 해골들이 자네 거야?"
이수근도 목소리를 높였다.
"내 건 아니지만, 나도 언젠간 그 해골처럼 될 거 아니여. 그건 수근 씨도 마찬가지고여. 수근 씨는 자기 해골을 그렇게 얼음이나 깨는 데 쓰면 좋겠어여?"
이수근은 머쓱해져 입을 다물었다. 듣고 보니 옳은 소리긴 했던 것이다.
"그 친구 말은 잘하네."
이수근은 땅군의 눈치를 보며, 넌지시 말을 던졌다.
"자네 말이 맞긴 하지만, 지금은 이 해골이 필요하단 말이네. 그 일만 해결하면 해골로 얼음 깰 일이 있겠나?"
그러고는 떨군 해골 중 두 개를 주워 들었다.
"그러니 이것만 쓰세."
"……"
땅군의 얼굴이 좀 누그러졌으나, 아직 찌그러진 양미간을 펴진 않았다. 이수근의 말에 대해 생각하는 눈치였다.
"그럼, 허락하는 걸로 알고 난 가 보겠네."
이수근은 그 틈을 놓치지 않고 서둘러 날개를 퍼덕였다.
"뭐여? 이, 이봐여! 난 된다고 안 했어여!"
땅군이 당황하며 달려들었으나, 이수근은 이미 공중에 떠오른 뒤였다.
"저, 저것이!"
땅군은 있는 힘을 다해 날개를 저었으나, 겨우 3m 정도만 날았다가 떨어지고 말았다.
"수근이! 너 나중에 만나면 가만 안 둬여!"

그가 할 수 있는 분풀이는 악을 쓰는 것뿐이었다.

돔 모양의 둥근 방이었다. 방 한쪽에는 높이 2m에 가로 1m 정도의 얼음덩어리 4개가 놓여 있었다. 얼음덩어리 안에는 사람이 들어 있었다. 눈도 깜짝 안 하는 것이, 마치 마네킹 같은 모습이었다. 배 씨·장 선생·허무한, 그리고 헤수몽이었다.

우두커니 서서 얼음덩어리들을 보고 있던 설녀는 뒤로 돌아섰다. 뿌연 하늘이 그녀의 눈에 들어왔다. 방의 한쪽은 평면인데, 평면 전체가 투명한 얼음벽으로 되어 있었다. 그 벽으로 내다보이는 하늘이었다.

벽 한 곳에는 구멍이 뚫려 있었다. 직경 20cm 정도의 구멍이었다. 그 구멍에서 1m 정도 아래쪽 바닥에 한 개의 해골이 놓여 있었다. 구멍을 뚫고 들어온 해골이었다.

'그 나방인간은 이걸 어디서 났지?'

설녀는 해골을 주워 들고 들여다보았다. 눈알이 없는 해골의 움푹 파인 눈이 설녀를 마주 보았다.

'깨끗한 걸 보니 땅에 묻혀 있던 것 같진 않은데……'

설녀는 언젠가 TV에서 본 다큐멘터리가 기억났다. 오지의 부족에 관한 내용이었다. 그 부족들은 죽은 사람을 땅에 묻지 않고, 동굴에 뼈를 쌓아 놓는 방식으로 안치하여 조상을 모시고 있었다.

'그럼, 그 나방인간은 그런 해골을 가져와 던졌단 말야?'

이치에 맞지 않는 생각 같았다. 여기는 꿈의 세상 아닌가. 현실 세상에 있는 것을 가져올 리 없다는 생각이 뒤이어 들었기 때문이다.

'그리고 그 검은 가루는 도대체 뭐야?'

설녀는 이수근이 뿌린 불흙에서 일어난 불꽃을 떠올리니, 저절로 인상이 찌푸려졌다.

설녀는 옆쪽 벽으로 가서 손바닥으로 벽면을 문질렀다. 그러자 깨끗해진 벽면은 설녀의 모습을 비추었다. 거기 비친 설녀의 얼굴 오른쪽 이마와 뺨이 벌게져 있었으며, 오른쪽 머리털이 흑인처럼 오그라져 있었다.
'이게 뭐야?'
눈살을 찌푸리며 머리털을 잡고 훑어 내렸으나, 놓자마자 다시 또르르 말려 올라갔다.
"신경질 나!"
설녀는 오른손을 들어, 벽면을 향해 휘둘렀다.
그러자 흰 기체가 생겨나 뿌려지며, 벽면에 만들어진 거울이 뿌옇게 변하며 사라졌다.
"내 이놈을 그냥!"
설녀는 거울을 만들었던 벽면을 손톱으로 마구 긁으며 화풀이를 했다.
그러다 시무룩해져서는, 바깥 벽면 쪽으로 고개를 돌렸다. 뚫어진 구멍에 시선이 고정됐다.
'그놈이 또 올 텐데……'
아무리 생각해도, 그 나방인간을 잡을 방법이 떠오르지 않았다. 보통 사람은 걸어 다니니까 덫을 놓으면 걸려들었으나, 나방인간은 날아다니므로 뾰족한 수가 떠오르지 않았다.
'어쩐다……'
뒤돌아서 얼음덩어리들을 둘러보았다.
'저것들로?'
잡아 놓은 무한 일행을 인질로 쓰면 어떨까? 하는 생각이었다.
"옳지, 그러면 되겠어!"
짝, 소리가 나게 손뼉을 쳤다.
"저것들을 내세워 놓으면, 제까짓 게 어쩌겠어?"
씨익, 웃고는 얼음덩어리 앞으로 갔다.
"이잔 신랑이니 안 되겠고."
맨 오른쪽 얼음덩어리 앞에 서서 중얼거리고는, 한 걸음 옆으로 갔다.
"얘는 애인이니 아깝고."

왼쪽의 두 얼음덩어리 중간에 서서, 둘을 번갈아 보았다.
"그래, 이것들로 하면 되겠어."
배 씨와 장 선생이 들어 있는 얼음덩어리였다.

얼음산 하늘에 한 물체가 떠 있었다. 잦은 날갯짓으로 얼마 동안 한 자리에 머물러 있던 물체는 하강을 시작했다. 이수근이었다.
이수근은 산등성이 끝, 잘려 있는 곳을 지켜보다 접근하고 있었다. 설녀를 공격하려는 것이었다.
"이 요망한 것, 끝장을 내 주지."
해골을 양손에 하나씩 든 그는 날개를 접었다. 그러자 중력에 끌려 곧장 떨어지기 시작했다. 점점 가속도가 붙어 순식간에 벽에 접근한 그는, 막 해골을 던지려다 갑자기 날개를 펼쳐 방향을 틀었다.
60여m쯤 나가서야 겨우 운동 에너지를 죽이고는, 다시 날갯짓을 하여 벽 앞으로 갔다.
"어떻게 된 거야?"
틀림없이 배 씨와 장 선생이었다. 의식이 없어 보이는 두 사람이, 큰 대(大) 자로 얼음벽에 붙어 있는 것이었다.
이수근이 공격을 못 하게 설녀가 해 놓은 짓이었다.
"이런, 교활한!"
이수근은 울화가 치밀었으나, 어찌할 방법이 없었다. 그대로 공격했다간 두 사람이 다칠 게 뻔했다.
"하, 참! 이거!"
답답한 마음에 얼음벽 주위를 이리저리 날아다닐 뿐이었다.
그런 이수근의 모습을, 설녀는 팔짱을 낀 채 바라보고 있었다. 뒷벽에 등을 기댄 채, 입가에 조소를 흘리고 있었다. 혹시 공격을 하더라도 피해를 입지 않기 위해, 멀찍이 떨어져 있는 것이었다.
얼마 동안 목적 없이 날던 이수근이 공중에 정지했다. 잠시 그러고 있더니, 조심스럽게 얼음벽으로 다가갔다. 그러고는 들고 있던 해골로 얼음벽 가장자리를 내리쳤다. 가장자리를 깨서, 배 씨와 장 선생을 구해 내려는 생각이었다. 그러나 내리칠 때마다 쩡쩡, 소리가 나며 얼음 조각이 튈 뿐 깨지질 않았다.
"뭐가 이리 단단해?"
조금 뒤로 갔다가 돌진해 날며, 있는 힘을 다해 내리쳤다. 그러자 40cm 정도의 금이 생겼다.
"옳지! 되는군!"
이수근은 그 부분을 집중해서 연달아 내리쳤다. 금이 두어 줄 더 생기며 길이도 늘어났다.
"됐어! 됐다구!"
양손에 든 해골을 북 치듯 휘둘러 대자, 곧 뚫어질 것처럼 잔금이 이리저리 생겨났다.
그런데 어찌 된 일인지 그렇게 생겨나던 금이, 조금 시간이 지나자 아물어지며 원래 상태로 돌아가는 것이 아닌가!
"뭐야, 이거?"
맥이 빠진 이수근이 해골을 휘두르던 손을 멈추자, 금이 갔던 얼음 벽면이 더욱 맑아지며 얼굴이 나타났다. 설녀였다. 얼음 벽면에 금이 가자, 냉기를 뿌려 다시 얼린 것이었다.
"이!"
싸늘한 웃음을 머금고 있는 설녀를 본 이수근은, 기겁을 하며 급히 뒤로 날았다. 곧장 높이 날아오르더니 어디론가 멀어져 갔다.

불의 마을에 돌아온 이수근이 막 땅에 내려설 때였다.
"너, 거기 있어여!"
보이지 않던 땅군이 갑자기 나타나 달려왔다. 숨어서 이수근이 오기를 기다렸던 모양이었다.
"어어."
이수근은 날개를 펄럭일 틈도 없이, 땅군에게 다리를 붙잡히고 말았다.
"이 친구가 왜 이래? 이거 못 놓는가?"

"못 놔! 또 해골 가려가려고 왔지여?"
이수근은 아이가 매달리듯 다리에 붙어 있는 땅군을 보고, 피식 웃더니 들고 있던 해골 두 개를 내밀었다.
"자, 여기 있네. 자네 애장품."
땅군은 해골을 낚아채듯 받아 들고는, 튀어나온 눈을 끔벅거렸다.
"왜 도로 가져왔어여?"
"필요 없네."
"왜여?"
이수근은 볼멘소리로, 얼음산에서 있었던 일을 설명했다.
"그랬어여?"
말을 듣고 난 땅군은, 받아 든 해골을 슬그머니 놓았다. 땅에 떨어진 해골은 저만큼 굴러가 멈췄다.
"그럼, 우선 그 사람들을 구해 내야겠네여."
"글쎄, 그렇게 해 놓은 걸 어떻게 구하냐고?"
땅군은 눈을 끔벅거리더니 머리를 벅벅 긁어 댔다. 그러자 머리털이 쭈뼛쭈뼛 일어나며, 재 같은 가루가 튀어 올라 사방으로 뿌려졌다.
"뭐야? 더럽게. 저리 가서 하게!"
그 모습을 본 이수근은 눈살을 찌푸리며 뒤로 물러섰다.
"뭐여? 사돈 남말 하네여. 넌 날개 가루 안 떨구여?"
땅군은 머리까지 흔들며 더 긁어 댔다.
"뭐라고? 참 내…… 근데 왜 그렇게 머리를 긁는 거야?"
이수근은 자기에게 날아오는 가루를 손을 휘저어 막았다.
"난 머리를 긁으며 생각을 하여."
"뭐?"
이수근이 어이없다는 얼굴로 물었다.
"무슨 생각을 했는데?"
"설녀라는 여자가 그 사람들을 방패막이로 쓰고 있다며여? 구해 내는 방법이 없나 하고여."
"그랬어? 그래, 좋은 수가 생각났나?"

"……."

땅군은 눈을 끔벅거리더니, 또다시 마구 머리를 긁어 댔다.

"에이, 사람아. 그러다 머리털 다 뽑히겠네."

이수근은 더 심하게 가루가 날아오자, 두어 발자국 뒤로 물러섰다.

"아, 그려! 그러면 되겠어여!"

땅군이 머리 긁는 짓을 딱 멈추더니, 이수근에게 다가갔다.

"애해, 왜 이래? 떨어져 말해!"

이수근은 질겁하며 다시 물러섰으나, 어느새 쫓아온 땅군에게 손을 잡혔다.

"좋은 수가 생각 났다니까여! 이 불의 마을 주위에는 우리들 날개 가루가 쌓여 있잖여. 그걸 가져다, 설녀 집 얼음 창에 뿌리는 거여. 그럼, 창이 뿌예져 안 보일 거 아녀여. 그때, 잡혀 있는 사람들을 구하면 되잖여!"

땅군이 잡은 이수근의 손을 호들갑스럽게 흔들었다.

"뭐? 어떻게?"

이수근은 땅군이 워낙 신나게 말하니, 손을 뿌리치지 못하고 있었다.

"어떻게 하긴여! 그렇게 해 놓고, 얼음벽을 부수면 되지여!"

"뭘로 부수냐고?"

땅군은 갑자기 이수근의 손을 놓더니, 어디론가 뒤뚱거리며 달려갔다.

"아니, 저……."

이수근은 멀어지는 땅군의 모습을 손가락으로 가리키고 있을 뿐이었다.

얼마 후, 다시 나타난 땅군은 한 아름쯤 되는 바구니를 들고 있었다. 바구니 안에는 재가 가득 담겨 있었다.

"그 바구니는 어디서 난 건가?"

이수근은 의아하여 물었다. 불의 마을에 그런 물건이 있을 리 없기 때문이었다.

"내가 만든 거여."
"뭘로?"
불의 마을에는 어떤 식물도 자라지 못하기 때문에 묻는 말이었다.
"잘 봐여. 뭘로 만들었나여."
땅군의 말에 이수근은 바구니를 자세히 살펴보았다.
"아니, 이건!"
그러더니 동공이 커지며 입이 벌어졌다. 바구니를 나방인간의 날개로 만들었기 때문이었다.
"어떻게 날개로 바구니를 만들었지?"
"방법이 있지여."
땅군은 누런 이를 보이며 히죽이 웃었다.
"떠난 나방인간들이 버린 날개를 주워 찢어 보니까, 오징어처럼 한쪽으로만 찢어지더라고여. 그렇게 찢은 날개는 노끈처럼 질기더구먼여. 그래서 그걸로 바구니를 짤 수 있었던 거지여."
"그랬는가? 손재주 좋구먼."
이수근은 바구니를 받아 들고는 날개를 퍼덕였다.
"암튼 잘 쓰겠네."
그러자 땅군이 급히 해골을 하나 주워, 바구니 안에 던져 넣었다.
"재만 가져가서 뭐 하여? 얼음벽을 부술 연장도 있어야지여."
"응? 어, 그렇지."
이수근은 땅군이 못 가져가게 하던 해골을 스스로 던져 주자, 벙벙하게 웃고는 하늘로 솟았다.

설녀는 얼음벽에 붙여 놓은 배 씨와 장 선생 앞에 서 있었다. 이수근이 나타나 두 사람을 떼어 갈까 봐, 지키고 있는 것이었다.
'고 벌레 같은 놈을 어쩌면 좋지?'
설녀는 언젠가 본 영화의 장면처럼 하고 싶은 마음이 간절했다. 그 영화에는 여자가 자기를 괴롭히는 남자를 향해 총을 난사하는 장면이 있었는데, 자기도 그렇게 하고 싶었다. 총이 있으면 그 나방인간을 향해 사정없이 갈겨, 벌집으로 만들어 놓고 싶었다.

'내 손에 잡히기만 해도, 요절을 내 줄 텐데…….'

이런 생각을 하고 있는데, 무슨 이유인지 얼음벽이 흐려지고 있었다.

'뭐지?'

얼음벽을 문질러 보았으나, 점점 더 뿌예졌다. 밖에서 흐려지는 것 같았다.

'뭣 땜에 그래?'

손을 뻗어 얼음벽에 구멍을 뚫고는, 그리로 밖을 내다보았다. 잿빛 가루가 떨어지고 있었다. 그 가루가 얼음벽에 달라붙어, 뿌옇게 흐려 놓는 것이었다.

'뭐야? 눈도 아니고?'

구멍을 더 크게 뚫고서 위쪽을 올려다보았다. 무언지 모를 물체가 하늘을 맴돌고 있었다. 잿빛 가루는 그 물체에서 떨어지고 있었다.

'저거 혹시?'

이수근 같다는 짐작이 들었다. 떨어지는 잿빛 가루에 가려 명확하게 보이지는 않으나, 새같이 날갯짓을 하고 있는 것으로 보아 나방인간이 틀림없었다.

'어쩌겠다는 거야?'

구멍으로 손을 내밀어, 가루를 받았다. 아무렇지도 않은 것으로 보아, 해로운 물질은 아닌 것 같았다.

'이게 뭐지?'

손에 묻은 가루를 손가락으로 문질렀다. 역시 아무 느낌도 없었다.

"웃기는 작자군."

싸늘한 미소를 지은 설녀는 혼잣말로 중얼거렸다.

"혹시 이런 걸 뿌려 분위기를 잡아, 내 마음을 누그러뜨리려는 것 아냐? 내가 풀어지면 동료들을 놔줄 줄 알고."

설녀는 고개를 젖히며 깔깔거렸다.

"그래도 날 여자로 보는 모양이지? 호호호호호호!"

얼마 동안 히스테릭하게 웃어 대다 뚝 그치고는, 뚫어 놓은 얼음벽 구멍을 메웠다. 구멍으로 재가 솔솔 들어왔기 때문이었다.

"저걸 어떻게 잡아들이나?"

설녀는 벽 앞을 서성거렸다. 벽은 점점 더 뿌예지고 있었다. 흐릿하게 보이던 밖의 풍경도 이제는 모두 지워져, 콘크리트 벽같이 잿빛으로만 채워졌다.

"쩡! 쩡!"

갑자기 날카로운 소리가 얼음벽을 울렸다.

"뭐지?"

설녀가 화들짝 놀라며 뒤로 물러섰다.

"쩡! 쩡!"

소리는 벽의 아래쪽 가장자리에서 나고 있었다.

"오호 — !"

설녀는 가만히 고개를 끄덕였다. 어떻게 된 상황인지 짐작이 갔던 것이다.

"이제 보니 밖을 못 보게 해 놓고……. 그렇다면 방법이 또 있지."

입가로 미소를 흘리더니, 얼음벽에 붙여 놓은 배 씨와 장 선생을 떼어 냈다.

얼음벽 아래쪽에 내려앉은 이수근은, 해골로 얼음벽을 연속 내려치고 있었다. 쩡쩡거리는 소리와 함께 얼음 가루가 튀었다. 뚫린 구멍은 얼마 안 있어, 머리가 들어갈 정도로 넓어졌다.

"옳지, 됐군."

조금 더 넓혀 어깨가 들어갈 정도가 되자 재빨리 안으로 들어갔다. 힘으로 설녀를 제압하려는 것이었다. 얼리는 술법을 부려 위험하지만 힘이 약한 여자니까, 술법을 쓰기 전에 달려들어 힘으로 제압하면 별수 없을 거라는 생각이었다.

"어?"

안으로 들어간 이수근은 입이 저절로 벌어졌다. 밖에서 보던 배 씨와 장 선생은 없고, 또 다른 얼음벽이 가로막혀 있기 때문이었다.

"어떻게 된 거야?"

불길한 느낌이 든 이수근은 얼른 뒤로 돌아섰다. 들어왔던 구멍은 어느새 메워져 있었다.

"오호호호호호호호호!"

갑자기 히스테릭한 설녀의 웃음소리가 사방에서 울렸다.

"이, 이런!"

바깥벽과 안벽 사이에 갇혀 버린 것이었다.

"익! 익! 익!"

들고 있는 해골로 미친 듯이 얼음벽을 두들겼다. 꽤 두꺼운지, 패이기만 할 뿐 뚫어지지 않았다.

"쩡! 쩡! 쩡! 쩡!"

이번에는 뚫고 들어온 바깥 얼음벽을 두들겼으나, 역시 패이기만 할 뿐이었다. 어느새 바깥 얼음벽도 두껍게 해 놓은 모양이었다.

"이걸 어쩌지?"

이수근은 거대한 물체가 가슴을 짓누르는 것 같았다. 그리 좁은 공간은 아니나, 갇혔다는 생각에 그런 기분이 들었다.

그렇게 30분쯤 시간이 지났다.

"아니, 이거!"

바깥벽과 안벽 사이를 오가며 서성이던 이수근은, 발자국 수를 세어 보고는 소스라치게 놀랐다. 바깥벽과 안벽 사이의 거리가 줄어들어서였다. 분명 여섯 발자국이던 거리가 다섯 발자국으로 줄어든 거였다.

"이제 보니, 이것이!"

얼음벽이 서서히 좁아지고 있었다.

"이걸 어째!"

꼼짝없이 오징어포가 될 처지라는 걸 깨닫자, 가슴이 더 답답해 왔다.

"이런, 이런……!"

1m, 80cm, 60cm, 30cm, 드디어 얼음벽이 코앞으로 다가왔다.

눈을 감았다. 처음 꿈 세상에 왔을 때가 떠올랐다. 해수몽에 이끌려 불의 마을에 가던 일, 그리하여 뜨거운 고통에 괴로워하던 일, 불의 마을 삶에 익숙해지면서 날개가 돋아나 나방인간이 돼 가던 일들이 주마등처럼 스쳐 갔다.

'이 얼음벽에 눌리면 어떤 고통이 느껴질까?'

언젠가 벽에 못을 박다가 망치에 손을 찧었던 일이 떠올랐다. 그 아리고 쓰린 고통, 그 고통을 온몸으로 받아야 한단 말인가? 갑자기 소름이 돋으며 몸이 굳어지는 것 같았다.

그러나 그 기분도 조금씩 풀어져 갔다. 예상했던 시간이 훨씬 지났는데도 아무런 고통이 없었기 때문이었다. 다만 한기가 조금 심하게 느껴졌으나, 못 견딜 정도는 아니었다.

'어떻게 된 거지?'

시간이 한참 지났는데도 아무 일도 일어나지 않자, 궁금증이 들었다. 해서, 어찌 된 상황인지 보려고 하니…….

'응? 왜 이래?'

눈이 떠지지 않았다. 뿐만 아니라 입도 움직일 수 없었다. 얼음이 온몸을 감싸고 있어서였다.

집채만 한 불꽃이 넘실대고 있는 곳, 불의 마을이다.

'이 인간이 일 처리를 제대로 했을까이?'

땅딸막한 나방인간이 뒷짐을 진 채, 하늘을 쳐다보고 있었다. 땅군이다.

땅군은 시간이 한참이나 지났는데도 이수근이 나타나지 않자, 점점 더 궁금해졌다.

'이것도 잡힌 거 아녀?'

갑자기 서성거리기 시작했다.

'그렇잖으면 여태까지 나타나지 않을 리 없잖여?'

생각이 여기까지 미치자, 어디론가 뒤뚱거리며 걸어가기 시작했다. 그가 간 곳은 불의 마을 북쪽 어귀였다. 그곳에는 허리 높이의

담이 10여m 길이로 쌓여 있었다. 메론만 한 크기의 돌들로 쌓은 담이었다. 그러나 그건 멀리서 보았을 때의 모양이고, 가까이 가보면 돌마다 같은 크기의 구멍이 뚫려 있다. 위쪽에 똑같은 구멍 두 개, 가운데에 하나, 밑에 큰 구멍 하나, 해골인 것이다. 땅군이 여태까지 불의 마을에서 죽은 나방인간들의 해골을 모아 담으로 쌓은 것이었다.

담 중간쯤에는 바구니가 얹혀 있었다. 나방인간 날개로 짠, 땅군이 만든 물건이다.

땅군은 바구니를 들고, 담 한쪽으로 갔다. 그러고는 쌓아 놓은 해골을 들고 손바닥으로 두드렸다. 떨어지는 흰 가루들을 바구니에 담기 시작했다. 가루를 털어 낸 해골은 다시 하나하나 그 옆에 쌓았다. 그러나 나오는 양이 워낙 적어서, 2m의 해골 담을 헐어 받은 가루가 바구니 바닥을 겨우 덮을 정도였다.

설녀는 싸늘한 웃음을 입가로 흘리며, 벽에 기대어 늘어놓은 얼음덩어리들을 둘러보았다. 혜수몽·무한·배 씨·장 선생 그리고 이수근이 들어 있는 얼음덩어리였다.

'너희들이 내게 덤볐었단 말이지.'

그녀는 매우 만족스러웠다. 자기에게 도전했던 사람들을 이렇게 모두 잡아 놓으니, 변비로 고통을 주던 숙변을 뽑아낸 기분이었다.

'이제 이것들을 어떡한다……'

이곳은 그녀가 숨을 목적으로 만든 장소였다. 하지만 이젠 피해야 할 적들을 모두 잡아 놨으니, 이곳에 있어야 할 이유가 없어졌다. 더구나 임시로 만든 곳이라 협소한 데다, 다섯 명의 포로까지 들여놔서 앉아 있을 공간도 없었다.

'아무래도 그리 가야겠군.'

그녀가 생각해 낸 장소는 얼마 전까지 기거하다가 혜수몽과 이수근의 불 공격에, 버리고 도망 나온 봉우리굴이었다.

'근데 이것들을 어떻게……'

그런데 문제는, 잡은 포로들을 어떻게 그곳으로 옮기냐는 거였다. 다섯이나 되는 장정을 혼자 힘으로 옮길 자신이 없었다.

방법은 하나, 이곳 얼음산의 사람들을 부리는 수밖에 없었다.

설녀는 봉우리굴을 꾸밀 때에도 얼음산 사람들을 시켜서 했었다. 그녀는 그때, 얼음산에 온 지 얼마 안 되어 봉우리굴을 발견했었다. 굴에 들어간 그녀는 그곳에서 칩거하고 지냈다. 그러면서 타고난 찬 성격으로 얼음을 얼리는 술법을 터득하게 되었다.

그러고는 그 술법으로 얼음산 사람들을 지배했다. 특히 남자들을 종 부리듯 하였는데, 반반한 남자들은 굴로 데려와 노리개로 삼았다. 그렇잖은 남자들은 노동력을 착취해 굴을 꾸미게 했었다.

'또 몇 마리 잡아 와야겠지?'

그녀에게 남자는 가축과 다름없었다. 필요할 때 잡아 와 쓰다가, 볼일을 다 보고 나면 내보내는 식이었다.

그 가축들을 잡으러 밖으로 나온 설녀는, 사람들이 많이 모이는 얼음산 앞쪽으로 갔다. 냇가에 세 여자가 모여 있는 모습이 보였다. 묶은 머리와 긴 머리, 노랑머리였다.

'저년들은 아직도 있는 거야?'

설녀는 여자들 쪽으로 걸어갔다.

"어머, 설녀 언니!"

"오랜만이에요!"

"보고 싶었어요!"

세 여자는 설녀를 보자, 호들갑스럽게 아부 인사를 했다.

"그랬어?"

설녀는 여자들의 속마음이 빤히 들여다보였지만, 싫지는 않아서 입꼬리를 올렸다.

"근데 무슨 일로……?"

긴 머리가 눈치를 보며, 조심스럽게 물었다. 더욱이 긴 머리는 얼마 전에 설녀가 자기 몸에 들어와, 허무한을 끌고 가서 하는 일을 보았기 때문에 두려웠다.

"남자 데려가려고."

"남자요?"

"남자는 없는데……."

"없다고?"

설녀는 사방을 둘러보았다. 긴 머리의 말대로, 어디에도 남자가 보이지 않았다.

"어떻게 된 거야? 왜 남자가 없어?"

"민호라는 사람이 있었는데, 얼마 전에 안내자님이 잠깐 왔을 때 내보냈어요."

"그럼, 하나도 없단 말야?"

"한 사람 있긴 한데, 늙어서……."

"그래?"

설녀는 눈살을 찌푸리며 물었다.

"어딨는데?"

세 여자가 한 방향을 가리켰다. 여자들이 가리킨 곳은, 산자락에 놓여 있는 얼음 바위였다. 자동차만 한 크기의 바위에는 벌거벗은 남자가 기대앉아 있었다.

설녀는 빠른 걸음으로 다가갔다. 거무스름한 피부의 노인이었다. 뒤통수에만 자라 있는 흰머리에, 굵은 주름이 덮인 깡마른 얼굴이었다. 그러나 다리와 팔에는 비틀어 짠 빨래 같은 근육이 붙어 있어, 힘든 일을 많이 해 본 몸 같았다.

"이봐, 영감!"

설녀가 노인 앞에 섰다. 그러고는 다리를 벌리고 두 손을 허리에 얹은, 고압적인 자세로 내려다보았다.

"뉘슈?"

노인은 흐릿한 눈으로 설녀를 올려다보았다.

"뭐 하던 사람야?"

설녀의 얼굴에 만족스러운 표정이 지어졌다. 노인이긴 하나, 힘깨나 쓸 것 같았던 것이다.

"뭐여?"

노인의 인상이 찌푸려졌다.

"혀가 짤라졌서? 젊은 여자 말투가 왜 그려?"

노인은 제법 거칠게 나왔으나, 바로 매서운 소리를 맞는다.

"묻는 말이나 대답해!"

노인의 입이 씰룩거리더니 눈꼬리가 처졌다. 앞에 나타난 여자가 예사 사람이 아니라는 느낌이 들었던 것이다.

"직업이 뭐야?"

"잡부유."

노인은 주눅이 들어 대답했다.

"잡부?"

설녀의 눈동자가 가운데로 모아졌다. 처음 들어 본 직업이었던 것이다.

"하는 일이 뭔데?"

"일이야 아무거나 시키는 대로 하쥬."

"시키는 대로? 흥신소 해?"

"어따, 그게 아니구. 집 짓는 데 잡일 하는 사람 있잖수. 흔히들 노가다라고 하쥬."

"아!"

설녀는 그제야 알겠다는 듯, 입이 벌어졌다.

"막노동꾼이란 말이군!"

얼굴이 환해지더니, 노인의 팔을 덥석 잡았다.

"딱 필요한 남자네. 따라와!"

"왜, 왜 이러슈?"

노인은 설녀가 다짜고짜 잡아끌자 당황하며 팔을 빼려고 했다. 그러나 그렇게 하자, 잡힌 팔로 시린 느낌이 전해 오며 온몸의 기운이 빠졌다. 그대로 끌려가는 수밖에 없었다.

땅딸막한 체격의 나방인간이 얼음산으로 들어가는 내를 건너고 있었다. 땅군이었다. 땅군은 흰 가루가 약간 담긴 바구니를 들고 있었다. 해골을 털어 모은 가루였다.

땅군이 이 가루를 가져온 이유는 불흙과 같이 불을 일으키는 물질이기 때문이다. 폭발을 일으킬 정도라, 불흙보다 훨씬 화력이 센 물질이었다.

'어쩌지?'

땅군은 머리가 복잡했다. 이수근을 구할 목적으로, 이곳 얼음산에 오기는 했으나 걱정이 되었다. 자기는 다른 나방인간처럼 날지도 못하는 데다, 행동도 빠른 편이 못 되니 자신이 없었다. 화력이 센 해골 가루를 무기로 가져오기는 했으나, 한순간에 얼려 버린다는 설녀를 만나서 가루를 제대로 뿌릴 수 있을지도 의문이었다.

'나까지 얼음상이 되는 거 아녀?'

이런저런 생각으로 아래만 보며, 막 내를 건넜을 때였다.

"어이, 거기!"

날카로운 목소리에 화들짝 놀라며 고개를 들었다.

여자였다. 차가운 인상의 여자가, 헙수룩한 모습의 노인과 함께 앞에 서 있었다.

"어디서 온 작자야?"

여자는 땅군을 아래부터 훑어보더니, 등 쪽을 보곤 눈이 커졌다.

"날개가 달렸네? 너도 나방인간야?"

표정이 굳어진 땅군은, 바구니를 쥔 손을 떨고 있었다. 나타난 여자가 설녀라는 걸 직감으로 안 그는, 오금이 저릴 정도로 겁을 먹은 것이다. 때문에 설녀가 눈앞에 있어도, 해골 가루를 뿌릴 생각을 감히 할 수 없었다.

"왜 대답이 없어?"

땅군이 멍하게 서 있기만 하자, 설녀가 목소리를 높였다.

"예? 예에!"

땅군은 마치 졸병이 신고식을 하는 것처럼, 차렷 자세로 대답했다. 땅군이 자기에게 겁먹은 것을 눈치챈 설녀는 피식, 웃고는 물었다.

"근데 왜 날지 않고 걸어 다녀?"

"저, 전 날지를 모 못……."

"못 날아?"

설녀는 땅군의 등을 다시 보았다.

"흐음, 이제 보니 날개가 작네? 그러니까 닭이란 말이군."

설녀는 고개를 끄덕이더니 휙, 돌아섰다.

"어쨌든 따라와!"

설녀가 10여m쯤 갈 때까지도 어정쩡히 서 있기만 하자, 다시 날카로운 목소리가 날아와 땅군의 귀에 꽂혔다.

"뭐 해? 빨리 오잖고!"

그제야 땅군은 설녀를 따라가는 노인의 뒤를 향해 걸음을 옮겼다.

설녀는 두 남자를 얼음벽으로 데려가서는, 포로를 가둔 얼음덩어리들을 옮기게 했다. 봉우리굴로 옮기게 한 것이다.

땅군은 얼음덩어리에 든 사람들, 특히 아는 사람인 해수몽과 이수근을 보고는 설녀가 더욱 무섭게 느껴졌다. 해서 그는 가져온 해골가루가 담긴 바구니를 설녀 모르게 버리고 말았다. 이수근을 구하러 왔다는 일이 들통나, 자기도 그 꼴이 될까 봐 두려웠던 것이다.

"꾼, 저것 치워!"

설녀는 구석에 널려 있는 잡동사니를 가리키며 땅군에게 명령했다. 오랫동안 비워 두었던 마당굴과 굴방을 정리하는 중이었다.

"쓰벌, 왜 나만 시키는 거여?"

땅군은 구시렁대면서도 설녀가 시키는 대로, 널려 있는 잡동사니를 주워 모았다.

설녀는 땅군을 데려와서는 머슴처럼 부리고 있었다. 노인도 부리기는 했으나, 주로 땅군을 시키는 편이었다. 늙어 굼뜬 노인보다는 땅군이 부려 먹기 편했던 것이다.

"저기 말이여."

어느새 잡동사니를 치운 땅군은, 조심스럽게 설녀를 불렀다.

"뭐야?"

설녀가 매서운 눈으로 쏘아보았다.

땅군은 그 눈빛에 찔끔 움츠러들었다가, 다시 조심스럽게 말을 꺼냈다.

"죄송한데여. 웬만하면 제 이름을 불러 주셨으면……."

"이름? 언제 니 이름 안 불렀어?"

"제 이름은 땅군이라여."

"그래, 땅군. 줄여서 꾼. 뭐가 잘못됐어?"

"저……, 꾼이 아니고 땅군이라고……."

"줄여서라고 했잖아. 그래서? 그렇게 부르면 못 알아들어?"

"그런 건 아니지만……."

"그럼, 됐지. 뭐가 어떻다고 그래?"

설녀의 목소리가 높아지자, 땅군은 더 이상 말을 못 하고 고개를 숙였다.

"짜리몽땅해 가지고, 자존심은 있네?"

설녀는 피식 웃음을 날리곤 횡하니 밖으로 나갔다.

"엥이!"

설녀가 안 보이자 땅군은, 정리해 놓은 물건을 걷어찼다. 물건들은 이리저리 흩어지며 바닥을 어지럽혔다.

"날 뭐로 보고이!"

쓰러져 있는 물건을 다시 걷어찼다. 물건은 멀리 굴러가, 벽에 부딪치고는 멈추었다.

땅군은 무슨 일이라도 저지를 것같이 식식거리더니 시무룩해졌다. 한동안 바닥만 내려다보고 있다가, 어질러진 물건들을 주워 정리하기 시작했다.

멀리 굴러간 물건을 줍기 위해 걸어갔다. 벽까지 간 땅군은, 바닥에 있는 물건을 줍지는 않고 멍하니 서 있었다. 여섯 번째 굴방 앞이었다. 그 굴방은 다른 굴방과는 달리, 들어갈 수 없게 얼음으로 막혀 있었다. 설녀의 짓이었다.

땅군은 그 굴방에 무엇이 들어 있는지 알고 있었다. 그 굴방에 든 물건들은 노인과 함께 운반해 온 것들이기 때문이었다. 이수근과 헤수몽, 무한 일행이 든 얼음덩어리들이었다.

'이 사람들을 어떻게 구해 내지?'

땅군은 미리 겁을 집어먹고, 해골 가루를 버린 일이 후회됐다. 그 가루만 있으면 지금같이 설녀가 출타를 했을 때 어떻게 해 볼 수 있을 텐데, 가져오지 않은 게 너무 아쉬웠다.

'지금이라도 가져올까?'

해골 가루가 든 바구니는 얼음벽의 안쪽 구석에 감춰 두었었다. 그때는 설녀에게 겁을 먹기도 했지만, 얼음덩어리들을 날라야 했기 때문에 바구니를 들고 다닐 수가 없어서 그렇게 할 수밖에 없었다.

'설녀가 언제쯤 돌아올까?'

이곳 봉우리굴에 처음 올 때가 생각났다. 설녀가 이끄는 대로 노인과 함께 얼음덩어리를 메고 봉우리 밑에 오니, 골짜기의 안개가 봉우리 벽을 타고 하늘로 올라갔다. 그렇게 올라간 안개는 공중으로 뻗어 나가 서로 부딪치더니, 천둥소리를 내며 번개를 뿌려 댔다.

그러나 땅군과 노인은 한 줄기의 번개도 맞지 않았다. 설녀가 번개를 가까이 오지 못하게 했기 때문이었다. 설녀는 앞에 서서 손을 들어 휘저었는데, 그렇게 하니 번개가 다가오다가도 휘어져 다른 곳으로 떨어졌다.

'나가면 번개가 또 내리칠 텐데…….'

땅군이 여섯 번째 굴방 앞에만 서 있는데, 네 번째 굴방에서 구부정한 물체가 나왔다. 얼음덩어리를 함께 날랐던 노인이었다.

노인은 흔들거리는 걸음으로, 땅군에게 다가와 말을 걸었다.

"뭘 하우?"

땅군은 천천히 노인에게 시선을 옮겼다.

"일으났으여?"

노인은 대답 대신 하품을 하며 손을 입에 가져갔다.

"노인장은 좋겠어여. 만날 잠만 자구여."

"좋기는, 나도 지겹다우."

설녀는 얼음덩어리를 날라 오게 한 후로는 노인에게 시키는 일이 거의 없었다. 행동이 굼뜨고 말귀도 잘 알아듣지 못해서였다. 때문에 노인이 하는 일이란, 자기 방에 처박혀 잠만 자는 게 전부였다.

"그럼, 차라리 보내 달라고 하지 그러여?"

"그 생각을 안 한 건 아니지만, 여자가 워낙 쌀쌀맞아 말 붙이기가 좀 뭐하구먼."

"그래도 말은 해 봐야지여."

"글쎄 뭐……"

"……"

땅군은 생각하는 표정인 노인을 멀뚱히 보고 있다, 갑자기 높은 목소리를 냈다.

"한번 해 보여! 꼭 해야 되여!"

노인은 별안간 흥분하는 땅군을 의아한 듯 보며 물었다.

"왜 그러우?"

"영감님이 내게 해 줄 일이 있어 그래여."

땅군은 노인에게 자기의 생각을 말했다. 노인이 굴을 나가면, 자기가 얼음벽 안에 숨겨 놓은 바구니를 갖다 달라는 말이었다.

"그게 뭔데 그러우?"

"꼭 필요한 거여. 그게 있어야, 이 방에 갇힌 사람들을 구할 수 있거든여."

"그러우? 근데 그걸 내가 가져온다 해도, 이곳 근처만 와도 번개가 쳐 대는데 어떻게 전해 준단 말이우?"

"봉우리 밑에까지만 와서 소리를 쳐여. 그럼, 끈을 내려 줄 테니 바구니를 묶어 주셔여. 그러면 끌어 올리면 되여."

"오, 좋은 생각이구먼. 근데 끈을 뭘로 만들 것이우? 여긴 그럴 만한 물건이 없잖우?"

땅군의 표정이 굳어졌다. 노인의 말대로 이곳은 온통 얼음뿐이어서, 끈을 만들 재료가 없었다.

"방법이 있을 거예여."

"뭔 방법이……?"

노인은 더 물으려고 입을 열었다가 다물더니 다시 열었다.

"알겠우, 그 여자가 오면 얘기해 보겠우."

어찌 되었든 이곳을 나가고는 싶었으니, 말을 해 보기로 작정한 것이었다.

대여섯 시간쯤 지나자, 설녀가 돌아왔다.

"저, 색시."

노인은 자기 방으로 들어가려는 설녀를 조심스럽게 불러 세웠다.

"왜 그래, 영감?"

설녀의 매서운 눈초리가, 노인의 얼굴에 꽂혔다.

노인은 움찔하는 반응을 보였다가, 조심스럽게 말을 꺼냈다.

"저……, 이젠 내가 여기 없어도 될 것 같아서……."

"그래서?"

"여기서 내보내 주시면……."

설녀는 노인을 잠시 쏘아보고는 짧게 내뱉었다.

"알았어."

설녀가 휙 뒤돌아서 밖으로 나가자, 노인은 어리둥절한 눈으로 옆에 선 땅군을 보았다.

"따라가여, 보내 주려나 봐여."

땅군이 귓속말을 해 주자, 그제야 노인은 주춤주춤 몇 걸음 옮기다 다시 땅군을 돌아보았다.

"근데 내가 그걸 가져오면 어떻게 알려야 하우? 올라올 수가 없잖수."

땅군은 눈을 끔벅이다 빠르게 말했다.

"밑에서 노래를 불러여. 그럼, 노인장이 온 줄 알 거여."

노인은 고개를 끄덕이고는, 벌써 저만큼 간 설녀를 허둥대며 따라갔다.

며칠이 지난 날, 밤이었다.

"꾼!"

땅군이 자기 거처인 다섯째 굴방에서 자고 있는데, 설녀의 목소리가 들렸다.

"꾼, 나와!"

잠이 깨면서, 목소리는 더 크게 들렸다.

"뭐여, 이 밤중에. 잠도 안 자는 거여?"

땅군은 투덜대며 일어났다. 하루 종일 붙어 다니며 청소를 시키고는 밤에도 불러내니 짜증이 난 것이다.

"에이……."

눈을 비비며 굴방을 나서자, 설녀가 옆 굴방인 여섯째 굴방 앞에 서 있었다.

"뒤에 서!"

땅군은 설녀를 보자, 금방 기가 죽어서는 시키는 대로 했다.

설녀는 땅군이 자기 뒤에 서자, 막아 놓은 여섯째 굴방의 얼음에 두 손을 대었다. 그러자 얼음에서 물이 흐르기 시작했다. 얼음이 녹는 거였다. 물이 점점 심하게 흐르더니, 얼음에 구멍이 생겼다. 구멍은 금방금방 커지더니 얼마 안 있어, 막아 놓은 얼음이 사라졌다.

"들어와."

땅군은 설녀를 따라 굴방으로 들어갔다. 굴방 안에는 자신과 노인이 옮겨다 놓은, 길쭉한 모양의 얼음덩어리들이 벽에 기대어져 있었다.

"저거 들어."

설녀가 왼쪽을 가리켰다. 무한이 들어 있는 얼음덩어리였다.

땅군은 시키는 대로 그 얼음덩어리를 등에 업고, 방을 나가는 설녀 뒤를 따라갔다.

불그스름한 빛으로 채워진 설녀의 굴방이었다. 침대에 설녀가 걸터 앉아 있고, 한 발자국 떨어진 옆에 무한이 앉아 있었다. 얼음덩어리에서 풀어놓은 것이다.

"오늘은 널 겁탈하지 않겠어. 대신 너 스스로 날 안아 봐. 그럼, 자유롭게 해 줄게."

"……."

무한은 앞만 바라보며, 멍한 표정으로 설녀의 말을 듣고 있었다.

"어때? 해 보겠어?"

설녀는 무한의 반응이 없자, 눈꼬리가 올라갔다.

"내 말을 듣고 있는 거야?"

그래도 말이 없자 오른손을 쳐들었다. 이어 손바닥에서 하얀 기체가 나오기 시작했다. 다시 얼리려는 모양이었다.

기체가 공간을 건너, 무한의 몸에 막 닿으려는 순간이었다.

"그럼, 나는 앞으로 어떻게 됩니까?"

설녀의 손바닥에서 나오던 기체가 그쳤다. 그러자 이미 나온 기체도 추진력을 잃고 흩어졌다.

"어떻게 되긴, 나와 재미나게 사는 거지."

설녀의 얼굴에 미소가 번졌다.

"현실 세계에 있는 내 육체는요?"

"니 몸?"

설녀는 피식, 웃고는 말을 이었다.

"몸은 옷과 같은 거야. 그까짓 거 버려두면 어때서?"

"뭐요?"

무한의 양미간에 주름이 접혔다. 무한은 따귀라도 올려붙이고 싶은 마음이 불쑥 솟았으나, 눌러 참았다. 그랬다가는 곧바로 얼음에 갇히게 될 게 뻔하기 때문이었다.

"저, 설녀님."

무한은 잠시 생각에 잠겼다가, 공손하게 입을 열었다.

"응? 그래."

설녀는 무한이 '님'이라는 존칭을 붙여 자기를 부르자, 표정이 부드러워졌다.

"설녀님이 원하는 대로 하겠습니다. 대신 부탁이 있는데요."

"뭔데?"
설녀의 얼굴에 기쁨이 확, 드러났다.
"우리 일행을 풀어 주십시오. 그들을 잡아 둘 이유가 없잖습니까?"
"네 일행? 장 선생과 배 씨라는 노인네?"
"그들 말고도 안내자와 이수근이란 사람도요."
"헤수몽과 나방인간?"
무한은 고개를 끄덕였다.
"좋아, 그까짓 것들 쓸 데도 없는데 뭐."
설녀는 갑자기 무한의 품을 향해 몸을 던졌다.
"자, 이젠 안아 봐."
떨떠름한 표정의 무한은 마지못한 듯, 설녀의 등에 팔을 둘렀다.

7_연합 반격

이튿날 아침이었다.
땅군이 여느 때처럼 마당굴을 비로 쓸고 있었다.
"저 사람은!"
그러다 설녀의 굴방 쪽을 보고는 눈이 커졌다. 무한이 설녀의 방에서 나와서였다.
"여섯째 굴방에 갖다 놓은 얼음 속 사람이잖여!"
땅군의 짧은 다리가 빠르게 움직였다.
"이보여! 나 좀 봐여!"
무한은 자기에게 다가오는 땅군을 보자, 놀란 얼굴이 되었다.
"당신은 누구요?"
"혹시⋯⋯."
땅군은 무한을 아래위로 훑어보고는 물었다.
"허무한 씨 아니여?"
"예? 나를 압니까?"
"이수근에게 들었어여."
"아, 그 나방인간이요."
무한은 그제야 땅군의 등을 보았다.
"그럼, 당신도⋯⋯."
"그래여, 나도 나방인간여. 날지는 못하지만."
"못 날아요? 아, 예⋯⋯."
다시 등을 본 무한은 슬쩍 웃음을 흘렸다.
"근데 왜 여기에 있습니까?"

"그게 말여."

땅군은 이수근이 돌아오지 않아 찾으러 얼음산에 왔다가, 설녀에게 끌려와 이곳에 있게 된 사연을 말했다.

"그랬군요."

무한은 고개를 끄덕이고는 말을 이었다.

"그 일이라면 해결이 됐습니다."

"정말이여? 어떻게여?"

땅군이 눈을 동그랗게 뜨며 되물었다.

"설녀가 보내 주기로 했거든요."

"그 여자가 무슨 맘으로 그런다는 거여?"

"이유가 있답니다."

무한의 입가로 씁쓸한 미소가 지어졌다.

"뭔 이유여?"

"그건 말할 수가 없군요."

무한은 땅군의 눈을 피해, 허공에 시선을 두었다.

땅군은 슬픈 듯한 무한의 얼굴을 멀거니 바라볼 뿐, 더 이상 묻지 않았다.

세 여자, 긴 머리·노랑머리·묶은 머리는 멀찍이 서 있는 사람을 바라보며 저희끼리 속닥이고 있었다.

"저 사람이 설녀 새 서방이라며?"

"그렇대, 얘."

"그럼, 안내자는?"

"갔잖아, 너 못 봤어?"

"앤 그때 머리 감는다고 냇가에 갔었잖아."

노랑머리가 긴 머리 대신 대답했다.

"그럼, 그저께?"

"그래, 그날 안내인이 나방인간과 두 사람을 데리고 갔었어."

"그랬니?"

여자들이 보며, 화제로 삼고 있는 사람은 무한이었다.

낮에는 무한이 얼음산 자락에 내려와 시간을 보냈다. 그러나 항상 멀찍이 서서 사람들을 구경할 뿐, 어울리지는 않았다.

'저 여자들은 무슨 이야기를 하고 있을까?'

무한의 입에 씁쓸한 미소가 지어졌다. 자기가 낮에만 나오고 밤에는 설녀가 사는 봉우리굴로 돌아가므로, 설녀와 연관된 이야기일 거라는 생각이 든 것이다.

'왜 저러지?'

여자들이 갑자기 무한에게서 시선을 거두고, 아래쪽으로 걸어갔다. 여자들뿐만 아니라 다른 사람들도 같은 방향으로 몰려가고 있었다.

'무슨 일 있나?'

궁금증이 든 무한은 따라가지 않을 수가 없었다.

사람들이 몰려간 이유는, 붉은 땅에서 건너온 두 사람 때문이었다. 헤수몽이었다. 얼음산에서 악몽을 꿀 사람을 데려온 것이었다.

"안내자님!"

무한은 모여 선 사람들을 헤치고 앞으로 나갔다.

"오, 허무한 씨!"

헤수몽도 무한을 보자, 손을 잡으며 반겼다.

"덕분에 풀려나 정말 고맙소."

"무얼요, 저도 어쩔 수 없는 선택이었는걸요."

무한은 어두운 미소를 지으며 물었다.

"근데 난 언제까지 여기 있어야 합니까? 이젠 이 꿈의 세상을 나가면 안 됩니까?"

"조금만 기다리시오."

헤수몽은 무한의 귀에 입을 대고 나직이 말했다.

"지금 당신이 없어지면, 난 여기에 올 수가 없다오. 설녀가 다시 날 잡아 두려고 할 게 뻔하니까요. 그럼, 이곳에서의 내 일을 못 하게 되지요. 그러니 좀만 더 기다려 주시오. 아내가 해결할 일을 준비 중이라오."

"예? 무슨 일인데요?"

무한의 물음에 혜수몽은 입에 손가락만 댈 뿐, 더 이상 말을 하지 않았다. 그는 데려온 사람에게, 다른 사람들처럼 옷을 벗게 하고는 곧바로 돌아갔다.

여느 때와 달리, 일찍이 돌아온 무한은 자기 굴방에 들어가 있었다. 한참이 지났는데도 나오지 않자, 땅군이 들어가 말을 걸었다.
"뭐 하여?"
침대에 걸터앉아 있던 무한이 고개를 들었다.
"고민 있으여?"
무한은 희미한 미소를 지으며 말을 꺼냈다.
"고민은요."
"그럼, 뭔 생각을 그렇게 하여?"
"생각이야 혼자 있으면 하는 거죠, 뭐."
"아니여, 오늘은 여느 때와 다르게 보이여."
"그래요?"
무한은 문 쪽을 살피고는, 가까이 오라고 손짓을 했다.
"……?"
땅군이 어리둥절한 표정으로 옆에 앉자, 나지막이 물었다.
"땅군 씨는 여길 나가고 싶지 않습니까?"
"뭔 말이여? 여기 있고 싶은 사람이 어딨으여?"
"그래요? 그럼, 먼젓번에 다른 사람들 갈 때 함께 갈 걸 그랬나요?"
"그러잖아도 그때 설녀에게, 나도 가겠다고 했어여. 근데 안 된다는 거여."
"왜요? 노인장은 보냈잖아요."
"그 영감이야 일을 못 하니, 쓸데가 없어 보낸 거구여."
"예……."
무한은 고개를 끄덕이고는 목소리를 더욱 낮췄다.
"어쩌면 이곳에서 설녀의 권세가 끝날지도 모릅니다."
"뭐여? 어떻게 말여?"

땅군의 큰 목소리에, 무한이 얼른 손가락을 입에 대고는 말을 이었다.
"자세한 건 모르나, 안내자가 부인과 일을 계획 중인가 봐요."
"그래여……."
"그러니 땅군 씨도 마음의 준비를 하고 있어요. 우리가 도와야 할 일이 있을지도 모르니까."
"알았어여."
땅군은 눈을 빛내며 무한의 손을 잡았다.

이튿날이었다.
무한이 아침 늦게까지 침대에 누워 있는데, 땅군이 들어왔다.
"무슨 일입니까?"
무한이 몸을 일으키며 물었다.
"아직도 자는 거여?"
"잠을 못 잤거든요."
"왜여? 그 일 때문에 고민이 돼서여?"
"그게 아니고……."
무한은 쓸쓸한 웃음을 흘리고는 말을 이었다.
"어젯밤에 의무 방어전을 치렀거든요."
"뭔 소리여?"
"설녀와요."
땅군은 그제야 알겠다는 듯, 입이 벌어지며 눈이 감겼다.
"좋았겠어여!"
"좋긴요, 고문이에요. 시작했다 하면 얼마나 집요하게 탐하는지, 진이 다 빠져 버린다니까요."
"난 한 번만이라도 그래 봤으면 좋겠어여. 난 생긴 게 이래서 여자에게 인기가 없거든여."
땅군은 맛있는 과자를 상상하는 아이 같은 표정으로 침을 삼켰다.
무한은 그러는 땅군을, 웃음 띤 눈으로 보다가 물었다.

"근데 무슨 일로 왔습니까?"

"아, 내 정신 봐여."

땅군은 돌아서서, 등을 무한에게 보였다.

"내 날개 좀 떼어 줘여."

"예? 왜요?"

"쓸 데가 있어여."

"뭔 일에 쓰려는데 날개를 잘라요?"

"마음의 준비를 하라며여. 그래서 그러는 거여."

"예?"

땅군은 어리둥절해하는 무한에게 등을 더 들이밀었다.

"날지도 못하는 거, 어차피 필요도 없어여. 어서 잘라 줘여."

"아니, 마음의 준비가 날개 떼는 것과 무슨 상관이 있다고······."

"있어여."

"무슨······?"

"날개로 말여."

땅군은 날개를 찢어서 끈을 만든다는 거였다. 그렇게 준비해 놓은 끈은, 먼젓번에 나간 노인이 해골 가루가 든 자기의 바구니를 가져오면 굴로 끌어 올리는 데 쓴다는 말이었다.

"난 또······."

무한은 어이없다는 듯이 웃고는 말했다.

"내가 밖에 나다니는데, 그럴 필요가 있습니까?"

"어, 그렇지여!"

"땅군 씨도 참. 근데 그 노인은 어떻게 생겼습니까? 나이 든 사람은 보질 못했는데?"

"그래여? 그럼, 혹시······?"

땅군은 노인이 얼음벽에 있을지도 모른다는 말을 했다.

"얼음벽이요? 거긴 어딥니까?"

"무한 씨가 거기 있었는데 몰라여?"

땅군은 말을 꺼내 놓고는, 곧 고개를 끄덕였다.

"하긴 그땐 얼음 속에 있었으니……."
땅군은 무한 일행이 얼음 동상이 되어 얼음벽에 갇혀 있었다고 말했다.
"그랬었군요. 거기가 어디쯤이죠? 당장 가 보게요."
"그럴래여?"
땅군은 얼음벽 위치를 설명하기 시작했다.

얼음산 뒤였다.
무한은 유리창같이 매끄러운 얼음벽을 보고 있었다.
'저 안에, 나와 우리 일행이 얼음덩어리로 갇혀 있었다고?'
얼음벽 안으로 들어가는 길이 어디인가? 살피고 있는데 한 사람이 아래에서 올라왔다. 40대로 보이는, 뚱뚱한 체격의 남자였다. 남자는 평평한 곳까지 올라오자, 왼쪽으로 방향을 틀었다.
"이보시오!"
무한이 불러 세웠다.
남자는 돌아보더니, 놀라는 눈치였다. 무한이 이곳에 있는 다른 사람들과 달리 옷을 입고 있어서 그러는 것 같았다.
"당신은 누구요?"
말투에서도 놀라움이 밴 남자를 본 무한은 짧은 웃음을 흘렸다. 까닭이 짐작됐기 때문이었다.
"당신도 안내자요?"
"아, 아닙니다."
"그럼, 왜 옷을 입고 있소?"
"그럴 사정이 있습니다. 그보다요."
무한은 남자에게 노인에 대해 물었다.
"아, 그 노인네요."
"압니까? 어디로 가면 만날 수 있습니까?"
"지금은 없지요."
"예?"

남자는 노인에 대해 말했다.

얼음산에 온 지 얼마 안 된 남자는, 노인을 이곳 얼음벽에서 만났다고 했다. 이웃집 여자와 바람을 피우다 들켜 가정이 파탄 나고 이곳에 오게 된 남자는, 얼음산을 돌아다니다가 얼음벽에서 노인을 보게 된 것이었다.

얼음벽 안 설녀가 숨어 있던 방에서 기거하는 노인은 남자에게 함께 있자고 했고, 모두 여자들뿐이라 머물 곳이 마땅치 않았던 남자는 노인과 얼음벽 방에서 함께 지내게 되었다고 한다. 그러다 얼마 안 있어, 노인의 악몽이 풀려 꿈의 세상에서 나갔다는 것이었다.

"그랬어요? 그럼, 혹시 노인과 함께 살면서 무슨 바구니 같은 얘기를 들은 적 없습니까?"

"아, 그거요."

남자는 배를 득득 긁고는 말을 이었다.

"있어요, 얼음벽 방에. 노인네가 그걸 땅군이라는 나방인간에게 갖다줘야 한다고, 혼잣말처럼 중얼거리는 걸 몇 번 들었죠. 근데 설녀가 나타나, 다시 잡혀갈까 봐 못 가겠다고 하더군요."

"그거 지금 주십시오. 그 사람 부탁으로 왔거든요."

"그래요?"

남자는 무한을 멀뚱히 보다가, 얼음벽 왼쪽 아래에 나 있는 구멍으로 기어 들어갔다.

"꾼!"

땅군은 마당굴 구석에 앉아 졸다가 벌떡 일어났다.

"이리 와 봐!"

설녀가 자기 굴방 앞에 서 있었다. 양손을 허리에 얹고 있는 모습이, 심사가 뒤틀려 있는 것 같았다.

"무한이 어디 갔어?"

땅군이 뒤뚱거리며 달려와 서자, 신경질적으로 물었다.

"아까 나갔는데여."

땅군은 눈치를 보며 조심스럽게 대답했다.
"뭐야? 이 인간이 눈만 뜨면 기어 나가네?"
설녀는 눈꼬리가 치켜 올라가더니 수정굴 쪽으로 빠르게 걸었다.

바구니를 든 무한이 봉우리 쪽으로 가고 있었다.
'이게 불흙만큼 위력이 있을까?'
걸으면서, 바구니에 담긴 해골 가루를 만졌다. 부드러운 감촉이 마치 석회 가루 같았다.
'별 위력이 없다면, 뿌렸다가 되레 당할 텐데…….'
만약에 설녀를 제압하려고 덤볐다가, 실패하면 어떤 보복을 당할까? 상상해 보았다.
'얼음상으로 만들어, 굴방에 가두어 놓겠지. 꿈 세상이라 죽이진 못할 테니까.'
이런저런 생각을 하며 봉우리 밑에까지 오니, 골짜기 안개가 벽을 타고 올라가기 시작했다. 번개를 치기 위해 일어나는 현상이었다.
그 현상을 본 무한은 안주머니에서 무얼 꺼냈다. 고드름같이 생긴 얼음 막대기였다. 쳐들고 봉우리를 올라가면 번개가 피해 가는 물건으로, 설녀가 준 것이었다.
"꽈릉!"
드디어 양쪽 봉우리에서 뻗어 나온 구름이 부딪치며, 한 줄기의 번개가 생겼다.
"으읏!"
그런데 그 번개는 피해 가는 게 아니라, 곧바로 무한의 등에 꽂히는 것이 아닌가!
"으으으."
무한은 경련을 일으키며, 미끄러져 떨어졌다.
"어떻게 된 거야?"
곧 일어난 그는 위를 올려다보았다.
널굴 입구에 흰 물체가 나타났다. 성에 옷을 입고 있는 설녀였다.

"왜 그러는 겁니까?"
설녀의 짓이라는 걸 눈치챈 무한은 소리 질러 물었다.
"……."
설녀는 대답이 없었다. 차가운 미소만 입가로 흘리며 내려다보고 있었다.
얼마 동안 그러고 있다가, 널굴 밖으로 발을 내디디며 풍선 떨어지듯 서서히 떨어졌다. 설녀는 그렇게 중력을 다스리는 술법도 쓸 줄 알았다.
내려오는 설녀를 보고 있던 무한은, 들고 있던 바구니에 슬그머니 손을 넣어 해골 가루를 한 움큼 쥐었다.
"어디 갔었어?"
무한 앞에 내려선 설녀는 손을 무한의 어깨에 얹으며 콧소리를 냈다.
"또 그 창녀들 보러 갔었지?"
무한은 주먹을 쥔 오른손을 허리 뒤에 감추고 있었다.
"그 썩은 물건들 뭣 하러 보러 가? 자긴 나 하나로 만족 못 해?"
설녀의 팔이 뱀처럼 목에 감겨 왔다. 이어서 하체가 무한의 아랫도리에 밀착되자, 온몸에 힘이 빠져나가는 것 같았다. 주먹을 쥔 오른손도 힘이 빠져 펼쳐졌다. 쥐고 있던 해골 가루가 쏟아졌다.
쏟아진 해골 가루가 얼음 바닥에 닿는 순간이었다.
"펑!"
굉음과 함께 불기둥이 일어났다. 불기둥은 10여m나 솟았다가 떨어지기 시작했다. 떨어지는 것은 불이 아니고 물이었다. 녹은 얼음의 뜨거운 물이었다. 뜨거운 물을 뒤집어쓴 두 사람은, 넋이 나간 듯 멍하니 서 있었다.
설녀는 알몸이 반쯤 드러나 있었다. 뜨거운 물에 성에 옷이 반쯤 녹은 것이다.
"뭐야? 무슨 짓 했어?"
설녀의 눈꼬리가 치켜 올라갔다.

"아니, 뭐……."

무한은 찌를 듯이 쏘아보는 설녀의 눈빛을 피하며, 들고 있던 바구니를 슬그머니 내려놓았다.

"무슨 짓 했냐고!"

설녀가 와락 달려들어 멱살을 움켜쥐었다.

"난 아무 짓도……."

무한은 그런 상황에서도, 내려놓은 바구니를 감추려고 발로 밀었다. 그러다 바구니가 쓰러지고 말았다.

"퍼펑!"

그러자 다시 불기둥이 솟았다. 이번에는 서너 배나 큰 불기둥이었다. 바구니에 든 해골 가루가 모두 엎질러진 것이었다.

뜨거운 물이 소나기처럼 쏟아졌다. 증기와 쏟아지는 물로 인해, 아무것도 보이지 않았다.

"너! 죽고 싶어!"

그러나 설녀가 악을 쓰는 소리가, 쏟아지는 물소리를 뚫고 무한의 귀에 꽂혔다.

'안 되겠군!'

회복할 수 없는 상황까지 왔다는 걸 느낀 무한은, 우선 피하고 보자는 생각에 무조건 달렸다.

"거기 안 서!"

설녀의 목소리가 재차 들렸다.

그 소리에, 무한은 채찍에 얻어맞은 말처럼 더 빨리 뛰었다.

"또 얼음에 갇히고 싶어!"

하지만 설녀는 소리만 지를 뿐, 쫓아오지 않았다. 뒤집어쓴 뜨거운 물에, 성에 옷이 다 녹아 버렸기 때문이었다. 이곳 얼음산에서는 모두 벌거벗고 있지만, 다른 사람에게 자기의 알몸을 보이기는 싫었던 것이다.

끝없이 펼쳐진 붉은 땅에 한 사람이 걸어가고 있었다. 무한이었다.

"어, 홀가분해."

무한은 발걸음이 가벼웠다. 어쨌거나 카페 '꿈의 세상' 마담이 부탁한 일은 이루어졌으니, 이곳에서의 짐은 내려놓은 셈이었기 때문이었다. 헤수몽이 설녀를 제압할 때까지 얼음산에 있어 달라고 했지만, 그건 책임질 일도 아니고 더 지낼 수 없는 상황이 됐으니 어쩔 수 없는 일 아닌가.

"그래, 이젠 집에 가는 거야."

이곳 꿈 세상에 온 지 꽤 여러 날이 된 것 같았다. 그럼, 현실 세상에서는 며칠이나 지났을까? 황금 도시에 갔을 때 꿈 세상 시간은 현실 세상 시간보다 짧다고는 했지만, 많은 날을 보냈으니 현실 세상에서도 적지 않은 시간이 흘렀을 것이다.

'만약에 이틀이 지났으면 어떡하지?'

이틀이 지나면 월요일을 넘긴다는 말이었다. 그렇게 되면 무단결근을 하게 되니, 회사에서 난리가 날 게 뻔했다.

'그럼, 안 되는데…….'

이런저런 생각을 하며 걷다 보니, 앞쪽이 훤해지며 불빛이 보이기 시작했다. 불의 마을이었다.

'저기를 들러야 하나?'

불의 마을을 보니, 봉우리굴에 남겨진 나방인간 땅군이 생각났다. 불의 마을에 가면 나방인간 이수근을 만날 것이고, 땅군에 대해 물어 올 게 뻔했다. 그러면 혼자 나오게 된 데 대하여 궁색한 변명을 늘어놓아야 되고, 어쩌면 땅군을 데리러 가자고 할 수도 있을 것이다. 그렇게 되면 또 여러 일들이 생길 것이고, 이 꿈 세상에 더 있어야 한다.

'아냐, 더 이상은 여기 있을 수 없어.'

무한은 왼쪽으로 발길을 틀었다. 돌아가더라도 불의 마을은 지나가지 않기로 마음먹은 것이다. 곧바로 헤수몽의 집에 가서 카페 마담인 그의 부인에게 약속을 지켰으니, 현실 세상으로 보내 달라고 요구할 작정이었다.

'아무리 안 되도 하루는 지났을 거야. 그럼, 24시간 이상을 굶었다는 얘기겠지. 깨면 배가 몹시 고플 텐데, 뭘로 배를 채우나?'

기억을 더듬으며, 집에 있는 식품들을 뒤적여 본다. 그런데 오랜 여행에서 돌아와, 집 안살림들을 보는 것처럼 가물거린다.

'남은 밥이 있던가? 김치는? 지난주에 산 소시지는 몇 개 남았었지?'

그렇게 현실 세상의 기억을 더듬느라, 땅만 보며 가고 있을 때였다.

"허무한 씨 아니오?"

귀에 익은 목소리에 고개를 들었다.

"당신들은!"

헤수몽과 그의 부인인 카페 마담이었다.

"마침 잘 만났소!"

격양된 무한의 목소리에, 마담은 손가락을 입에 대며 살짝 웃어 보였다.

"알고 있어요, 곧 보내 드릴게요."

그러고는 살며시 다가와 무한의 손을 잡았다.

"고마워요, 제 남편을 구해 주셔서."

무한은 온몸이 따뜻해지는 느낌이 들었다. 그녀가 잡은 손으로, 그런 느낌을 전해 주는 것 같았다.

"우린 지금 불의 마을에 가는 중이에요. 같이 안 가실래요?"

"거긴 왜……?"

무한의 목소리는 어느새 누그러져 있었다.

"얼음산에서 설녀를 없앨 계획을 세우려고요. 그 일만 끝내면, 바로 현실 세상으로 보내 드릴게요."

"예……."

그녀의 나긋나긋한 목소리에, 무한은 더 이상 항거할 수가 없었다.

공터 한가운데에 집채만 한 불꽃이 일렁거리고 있는 곳이 바로 불의 마을이었다. 나방인간들은 시합이라도 하듯, 불꽃 속을 들락거리며 날아다니고 있었다.

그러나 이수근만은 불꽃에서 10여m 떨어진 곳에서, 세 사람과 이야기를 하고 있었다.

"안내자님 부인께서는 얼음산에 들어갈 수가 없다고요?"

"그래요, 난 추위에 약하거든요. 때문에 억지로 얼음산에 간다 해도, 힘을 쓸 수가 없으니 설녀를 상대하기 어려울 거예요."

"그럼, 부인은 설녀와 싸울 수 없다는 얘기 아닙니까?"

"그래서 여기에 온 것이오."

헤수몽과 그의 부인, 그리고 무한이었다.

헤수몽이 이수근을 찾아온 이유는, 부인을 얼음산에 들여보낼 수 있는 방법을 의논하기 위해서였다. 그래서 이야기를 나누고 있는 중이었다.

"이곳의 불을 가져갈 수 없을까요? 그럼, 제가 얼음산에서 견딜 수 있을 것 같은데……?"

"불이란 연소할 물질이 있어야 일어나는 것인데, 어떻게 불만 가져가요?"

"그럼, 불을 일으키는 흙을 담아 가면 어떨까요?"

"불흙이요? 없어요, 지난번에 다 긁어 갔거든요."

"없다뇨? 지금도 불꽃이 타오르고 있잖아요?"

"저건 굳어 있는 불흙에서 일어나는 거지요. 그건 가져갈 수가 없어요."

서성거리던 이수근은, 부인 앞에 서서는 날개를 크게 한 번 퍼덕였다.

"그보다는 설녀를 얼음산에서 나오게 하는 게 어떨까요?"

부인은 날개 가루가 뿌옇게 날리자, 얼굴을 찡그리며 코를 쥐었다.

"어떻게 그렇게 하오? 그 여잔 얼음산에서 한 발자국도 벗어나지 않는데."

그 모습을 본 헤수몽은, 얼른 부인을 막아서며 손을 휘저었다.

그러자 이수근은 미안한지, 머쓱해져서는 한 발자국 물러섰다. 잠시 침묵이 흘렀다.

뒤쪽에서 말없이 서 있던 무한이 헤수몽 곁으로 다가섰다.
"수가 있긴 합니다."
낮은 무한의 목소리에 헤수몽도 낮게 물었다.
"어떻게 말이오?"
무한은 서너 발자국 떨어져 있는 부인을 슬쩍 살피고는, 헤수몽의 귀에 입을 가까이 댔다.
"나와 안내자님이 미끼가 되는 거지요. 우린 설녀에게 특별한 존재잖습니까."
말을 듣자 헤수몽도 슬그머니 부인의 얼굴을 살폈다.
"무슨 말인데 그렇게 조용히 해요?"
두 사람이 자기 눈치를 보고 있다는 걸 알아챈 부인은 다가오며 물었다.
"아, 부인. 그건……."
"왜요? 죄지은 일 있어요?"
"부인도 참, 내가 무슨……."
부인은 헤수몽이 말을 얼버무리자, 눈빛이 날카로워지며 목소리를 깔았다.
"속일 생각 마세요. 당신이 그 설녀라는 여자에게 잡혀 있는 동안, 어떤 일이 있었는지는 짐작이 가니까요. 그거야 뻔한 일 아녜요?"
헤수몽은 야릇한 미소를 머금고, 자기를 빤히 보고 있는 부인 얼굴을 피하려고 애를 쓰다가 고개를 떨어뜨렸다.
"미안하오, 내가 분별력이 없었소."
"됐어요., 내 연장 잠깐 남 빌려준 셈 치죠, 뭐. 건 그렇고 허무한 씨, 무슨 수가 생각났기에 남편한테만 귓속말을 했지요?"
부인의 통 큰 말에, 무한은 벙벙히 웃으며 솔직히 털어놓았다. 자신과 헤수몽은 설녀의 정부였기 때문에, 마주치면 자기 영역 밖일지라도 잡으려고 쫓아올 것이라는 말이었다.
"그래요……, 좋은 생각이긴 하네요."
부인은 가만히 고개를 끄덕이고는, 무한과 헤수몽을 번갈아 보았다.

"그러니까 두 사람은 구멍 동서인 셈이군요?"
 헤수몽과 무한은 고개를 돌리며 씁쓸한 웃음을 지었다.
 "어쨌든 좋아요. 그 생각대로 두 사람이 미끼가 되든 낚싯밥이 되든, 그 여자를 얼음산에서 나오게만 해요. 그럼, 내가 요절을 낼 테니까요."
 말을 마친 부인은 바람 소리가 나게 돌아섰다.
 무표정하게 서 있던 헤수몽과 무한은, 벌써 저만큼 가고 있는 부인을 급하게 따라갔다.
 이수근은 불의 마을을 나가는 세 사람을 멀거니 보고 있다, 풀럭풀럭 날아올라 불꽃 속으로 사라졌다.

 두 사람이 냇가에 서서 얼음산을 바라보고 있었다.
 "언제까지 기다려야 합니까?"
 무한이 헤수몽을 돌아보며 물었다.
 "설녀가 우릴 볼 때까지 기다려야지, 어쩌겠소."
 헤수몽은 동상이 된 것처럼 꼼짝 않고 서 있었다.
 "안 나타나면요?"
 "올 거요. 저기 세 창녀도 우릴 보고는 손가락질을 하고 있잖소. 곧 말이 들어가겠죠."
 헤수몽의 말대로, 묶은 머리·긴 머리·노랑머리가 붉은 땅 쪽 냇가에 서 있는 두 사람을 보며 저희끼리 숙덕거리고 있었다.
 그러나 반나절이 지났는데도, 설녀는 나타나지 않았다.
 "어떻게 된 거예요?"
 어디서 부인의 목소리가 들렸다.
 "계속 이러고 있어야 해요?"
 헤수몽 뒤에서 나는 목소리였다. 은폐물이 없는 벌판이라, 헤수몽 뒤에 붙어 숨어 있는 것이었다. 그래서 헤수몽이 꼼짝 않고 서 있는 것이었는데, 숨어 있는 부인도 같은 자세로 있어야 하므로 힘이 들었던 것이다.

"더 이상 못 견디겠어요."
듬직한 헤수몽의 몸 뒤로 부인의 얼굴이 나타났다.
"안 돼요, 조금 더 참으시오!"
헤수몽은 황급히, 부인이 움직이는 대로 몸을 움직였다.
"내가 당신 그림자도 아니고, 다리가 저려서 더 이상 못 하겠어요."
"그래도 그렇지, 설녀가 나타나면 우리 계획이 모두 수포로 돌아가지 않겠소."
"생각해 보니 이럴 필요가 없겠어요. 그 여잔 아직 내 힘을 모르잖아요. 그러니 내가 여기 있다고 겁내겠어요?"
부인은 기어코 헤수몽의 몸에서 벗어나 모습을 드러냈다.
그러자 이쪽을 보고 있던 세 여자가 더 호들갑스럽게 손가락질을 하며 떠들었다.
무한은 여자들을 바라보며, 저들이 무슨 이야기를 하고 있을까? 상상해 보았다. 그는 고등학교 2학년 때, 소설을 쓰기 위해 문학 공부를 한 적이 있었다. 그때부터 사람들이 대화하는 모습을 보면, 무슨 말을 할까? 궁금해하며 상상하여 대화를 만들어 내는 버릇이 생겼다.
그 버릇대로 세 여자의 대화를 만들어 보았다.
"어머, 저 여자 누구야?"
"이 얼음산에 악몽을 꾸러 오는 여잔가?"
"근데, 왜 안 오고 저기에만 있지?"
"더구나 안내자와 붙어 있잖아."
"그럼, 누구야? 부인인가?"
"부인이 여길 왜 와?"
이런 상상을 하고 있던 무한의 눈이 갑자기 커다래졌다. 여자들이 세 명에서 네 명으로 늘어났기 때문이었다.
세 여자는 새로 나타난 여자에게 고개를 숙여 인사했다. 그 여자를 어려워하는 모습이었다. 그 여자도 다른 사람들처럼 벌거벗은 몸이었으나, 온몸이 하얀색이었다. 바로, 설녀였다. 몸에 성에가 덮여 있어서 하얗게 보이는 것이었다.
"왔어요!"
무한은 급히 혜수몽과 부인을 돌아보았다.
"그래요? 어디, 누군데요?"
부인은 무한 곁으로 가며, 냇물 건너를 바라보았다.
"저기 몸이 하얀 여자가 보이잖습니까. 바로 설녑니다."
그때였다. 무한이 서 있는 앞쪽 냇물이 하얗게 변하며 얼기 시작했다.
얼음이 얼자마자, 설녀가 빙판이 된 내로 걸어오기 시작했다.
"당신 누구야? 누군데 이 남자들과 같이 있지?"
설녀는 곧바로 부인 앞에 서서는, 도발적인 눈빛을 쏘았다.
부인은 그런 설녀를, 잔잔한 웃음을 머금고 바라보다 손을 내밀었다.
"그대가 설녀예요? 반가워요."
"……!"
설녀는 더욱 매서운 눈빛으로, 부인을 찌를 듯이 쏘아보고 있을 뿐이었다.
"나, 이 양반 아내예요. 그동안 그대가 이 양반을 보호하고 있었다며요?"
설녀의 입술이 일그러지더니, 흰 이가 살짝 드러났다.
"그래서? 따지러 온 거야?"
부인은 곧 덤벼들 것같이 으르렁대는 설녀를 온화한 표정으로 보며 말했다.
"따지러 오다뇨? 고맙다고 인사하러 온 거죠."
"뭐라고?"
설녀의 눈빛이 약간 누그러졌으나, 경계는 풀지 않았다.
부인은 스라소니 같은 눈빛으로 자신을 보고 있는 설녀에게 다시 손을 내밀었다.
"반가워요, 미인이시네요. 몸매도 예쁘고."

"오호, 그래요? 그거야 뭐……."

설녀는 그제야 조심스럽게 팔을 뻗어 부인의 손을 잡았다.

"……!"

다음 순간, 설녀의 눈동자가 갑자기 커지며 입이 벌어졌다. 뒤이어, 잡은 손에서부터 흰빛이 사라지며 살색으로 변하기 시작했다. 설녀의 몸을 덮고 있는 성에가 녹기 시작한 것이었다.

"놔, 놔아!"

설녀는 악을 쓰며 몸부림을 쳤으나, 부인에게 잡힌 손이 빠지지 않았다.

부인은 잡은 손으로 열기를 보내고 있었다. 냉기가 에너지인 설녀는 열기로 인해 힘을 잃어 갔다.

"이, 이익!"

설녀가 이를 악물며 용을 썼다. 그러자 가슴까지 녹았던 성에가 다시 생겨나기 시작했다. 그러나 잡힌 손의 팔꿈치까지뿐이었다. 아무리 힘을 써도 손에서 팔꿈치까지 들어와 있는 열기를 몰아낼 수가 없었다.

"이아악!"

설녀가 기합을 주듯 소리치며 몸을 뒤틀었다. 그러자 팔꿈치 부분이 툭, 소리가 나며 끊어졌다. 마치 고드름처럼 부러진 것이었다. 절단된 면도 얼음같이 매끄러웠다.

"저런, 독한!"

부인은 자기 팔을 스스로 잘라 내고, 놀란 사슴처럼 도망가는 설녀를 어이없다는 듯이 보고만 있었다.

"어디 좀 봅시다."

부인에게서 설녀의 팔을 넘겨받은 헤수몽은 자세히 살펴보았다. 얼음같이 잘린 면은 가운데가 흰색이고 둘레가 붉은색이었다. 붉은 부분은 살이고, 흰 부분은 뼈인 것 같았다.

"어떻게 이럴 수 있지?"

"그러게요, 꼭 도마뱀 같네요."

냇가에 있던 무한이, 설녀의 팔을 들여다보는 두 사람 곁으로 다가왔다.

"이제 어떡할 겁니까? 설녀가 저렇게 내뺐으니, 다신 오지 않을 텐데요?"

"그러게 말이오. 이렇게 됐으니, 우리 둘이서 얼음산으로 들어가 해결하는 수밖에 없다는 얘긴데……."

헤수몽은 그렇게 말을 하면서, 무한의 표정을 살폈다.

무한의 얼굴이 굳어지더니, 볼멘소리를 냈다.

"나더러 저길 또 가자고요?"

"미안하오. 하지만 지금 날 도와줄 사람은 무한 씨뿐이잖소?"

"안내자님 사정은 알겠지만, 그래도 이건 너무하잖습니까? 내가 왜 이렇게까지 안내자님 일에 끌려다녀야 하죠?"

헤수몽은 무한의 손을 잡으며 멋쩍은 웃음을 보였다.

"잘 알고 있소. 나 때문에 아무런 잘못도 없이 이 악몽의 땅에 온 것을, 대신 설녀의 일이 해결되면 미래의 꿈을 꾸게 해 주겠소."

"그게 뭔 말입니까?"

"말 그대로 미래의 꿈이죠. 앞으로 일어날 일을 꿈으로 보여 주겠다는 것이지요."

무한의 눈이 고부라지며, 입이 반달처럼 벌어졌다.

"그렇다면 그건…… 주식 시세나 복권 당첨 번호도 미리 알 수 있다는……."

"그렇소."

되레 무한은 자신의 손을 잡고 있는 헤수몽의 손을 잡아끌었다.

"갑시다. 당장!"

갑작스러운 무한의 행동에, 헤수몽은 어이가 없다는 표정이었다.

"가는 거예요? 나는요?"

부인이 무한과 가는 헤수몽에게 물었다.

"불의 마을에 가 있으시오. 거기서 지내다가 오랫동안 소식이 없으면, 나방인간 이수근과 상의하시오."

두 사람은 어느새 얼어 있는 내를 건너고 있었다.

"꾼! 꾸운! 이리 와! 빨리 와아!"
설녀는 마당굴에 돌아오자마자, 미친 듯이 소리를 질러 댔다.
"왜 그러여? 나 여기 있어여!"
마당굴 구석에 앉아 졸고 있던 땅군은 화들짝 놀라며 일어나서는 뒤뚱대며 달려왔다.
"너, 수정굴 입구를 지키고 있어! 아무도 못 들어오게 해!"
"수정굴이여? 누가 와여?"
땅군은 의아해하며 설녀를 바라보다, 눈이 휘둥그레졌다.
"어떻게 된 거여? 왜 오른쪽 팔이 없어여?"
설녀는 샐쭉해지더니 소리를 꽥 질렀다.
"알 것 없어! 가서 시키는 거나 해!"
"아니 저……."
그 서슬에 더 묻지 못하고 어정쩡히 있는 사이에, 설녀는 자기 굴방으로 바람 소리가 나게 들어갔다.
"거참, 뭔 일이여? 말 좀 해 주면 어디가 덧나는 거여?"
땅군은 구시렁대다가, 수정굴 쪽으로 뒤뚱거리며 걸었다.
그렇게 수정굴에 거의 다 왔을 때, 설녀가 급히 다가와 무언가를 내밀었다.
"천둥소리가 들리거든, 이걸 굴 안에 뿌려!"
"뭔데여?"
땅군은 설녀가 내미는 물건을 받았다. 세숫대야만 한 얼음 그릇이었다. 그 안에는 싸라기눈 같은 가루가 수북이 담겨 있었다.
"이걸 왜 뿌리는 거여?"
땅군은 그 가루를 들여다보다 고개를 드니, 눈앞에 있던 설녀가 없었다. 어느새 자기 굴방으로 들어가고 있었다.
"동작 빠르네여."
땅군은 그릇에 손을 넣어, 가루를 만져 보았다. 손이 시릴 정도로 매우 차가웠다.
"웃, 차가워!"
땅군은 얼른 뺀 손을, 몸에 난 털에 문질렀다.
"어따, 손이 끊어지는 것 같네여."
팽개치듯 얼음 그릇을 옆에 내려놓은 다음, 쭈그리고 앉았다. 무릎에 턱을 올려놓고는 무료하게 시간을 보내고 있을 때였다.
"꽈릉, 꽈르릉!"
천둥소리가 들리기 시작했다.
"꽈르르릉! 꽈릉 꽈르릉!"
연속해서 들렸다.
"누가 오는 거여?"
땅군은 반쯤 일어나 수정굴 안을 들여다보았다. 줄지어 돋아난 수정뿐, 아무것도 보이지 않았다.
"꽈르릉! 꽈르르르릉!"
천둥소리는 더 크게 들렸다. 내리치는 번개를 맞으며, 누군가 올라오는 것 같았다.
"누군데 여길 올라오는 거여?"
땅군은 설녀가 시키는 대로 하려고 얼음 그릇을 끌어당겼다.
그때 한 사람이 수정굴 안으로 머리를 들이밀며 들어왔다. 이어 또 한 사람이 들어왔다.
"얼래리? 저 사람들은!"
헤수몽과 무한이었다.
"이보쇼들! 어찌 된 거여?"
땅군은 반가움에 겨운 나머지, 소리쳐 말을 걸었다.
그러고는 수정굴로 들어가려다, 갑자기 고꾸라지고 말았다.
"뭐 하는 거야!"
설녀였다. 천둥소리가 연속해 들려서 나와 보니, 시키는 대로 하지 않고 땅군이 오히려 맞아들이려고 하니 걷어찬 것이었다.
"비켜!"

설녀는 주저앉아 있는 땅군을 발로 밀어 버리고는 얼음 그릇을 들었다. 이어 그대로 수정굴 안으로 던졌다. 얼음 그릇이 깨지며, 담긴 가루가 굴 안으로 쏟아졌다.

바닥에 뿌려진 가루는, 흡사 살아 있는 것처럼 튀어 오르기 시작했다. 처음에는 한두 뼘 정도 튀어 오르더니, 차츰 더 높이 튀었다. 그러다 수정굴 천장까지 닿고서는 반대로 튀었다. 그렇게 사방으로 튀는 가루는 수정굴 안을 가득 채운 것처럼 보였다. 마치 성난 벌 떼들이 아우성치며 날아다니는 것 같았다.

"이게 무엇이오?"

"난들 압니까!"

혜수몽과 무한은 갑자기 생겨난 현상에 어쩔 줄을 몰랐다. 가루는 두 사람의 몸에도 부딪쳐 왔는데, 강풍에 날아온 모래에 맞은 것처럼 따가운 통증이 느껴졌다.

"눈을 뜰 수가 없어요!"

"안 되겠소! 나갑시다!"

두 사람은 뒤로 돌아 입구를 더듬었다. 하지만 바위처럼 거친 면만이 만져질 뿐, 입구를 찾을 수가 없었다.

"어떻게 된 거죠? 도무지 찾을 수가 없어요!"

"막힌 것 같소! 아마, 뿌려진 가루가 쌓였나 보오!"

두 사람은 입구에 쌓인 가루를 손으로 헤집었다. 눈처럼 쉽게 헤쳐지긴 했으나, 그보다 더 빨리 가루가 쌓이므로 별로 소용이 없었다. 더욱이 가루는 두 사람의 몸에도 달라붙어 움직임을 둔하게 했다. 털어 내려고 버둥거렸으나, 연속해서 부딪쳐 오니 피할 방법이 없었다. 둘은 차츰 그렇게 눈사람 같은 꼴이 되어 갈 수밖에 없었다.

땅군은 네 번째 굴방 앞에 서 있었다. 설녀가 지키라고 시킨 일이었다.

"쓰벌, 이젠 보초 노릇까지 해야 되여?"

투덜대며 서성이던 그는 슬쩍, 굴방 안을 들여다보았다. 수정굴 안에서 끌어내 온 두 개의 물체가 여전히 침대에 뉘어 있었다. 마치 누에고치 같은 모양의 물체였다.

'저기에 분명, 안내자와 무한 씨가 들어 있을 거여.'

땅군은 생각할수록 설녀가 굉장하게 느껴졌다.

'대단혀. 어뜨케 사람을 저리 만들 수 있는 거여?'

설녀는 땅군을 밀쳐 낸 후, 얼음 가루를 수정굴 안에 뿌리고는 두 팔을 좌우로 휘둘렀다. 그러자 얼음 가루가 수정굴 안에서 소용돌이치며 날렸고, 얼마 후에 설녀가 휘두르는 팔동작을 멈추자 날리던 얼음 가루도 잠잠해졌다.

그런 후에 설녀가 굴 안을 들여다보고는, 땅군에게 끌어내라고 명령했다.

해서 땅군이 들어가 보니, 길둥그런 모양의 사람 크기만 한 물체가 수정굴 입구 바닥에 쓰러져 있었다. 얼음 가루에 싸여 있는 그 물체는 헤수몽과 무한 같았다. 설녀의 술법으로, 얼음 가루가 몸에 달라붙어 그런 모양이 된 것이었다.

'저 사람들을 어쩌면 좋으여?'

땅군은 얼음 누에고치가 된 헤수몽과 허무한을 들고 도망갈까? 생각도 해 보았으나, 설녀가 무서워 감히 엄두가 나지 않았다. 더구나 두 개를 한꺼번에 들 수가 없으니, 될 일이 아니었다.

'그참, 답답하구먼.'

한숨을 뱉으면서 자기 볼을 쓰다듬을 때였다. 어디서 얼음 부스러기가 날아와 몸에 부딪쳤다.

"뭐여?"

얼음 부스러기가 날아온 쪽으로 얼굴을 돌렸다. 꺾어진 얼음벽 뒤에서 누런 물체가 나왔다가 바로 들어갔다. 부채 비슷한 모양의 물체였다.

"저건!"

잠깐 보았지만 땅군은 그 물체를 잘 알고 있었다. 나방인간의 날개였다.

"혹시?"

땅군은 구르듯 달려갔다. 예상대로 이수근이었다.

"어떻게 된 거여?"

이수근은 대답 대신 입에 손가락을 대고는, 땅군의 손을 잡아끌었다.

"안내자와 무한 씨 봤나?"

땅군이 고개를 끄덕이자, 재차 물었다.

"지금 어딨어?"

"그게 말여……."

땅군은 수정굴에서 있었던 일을 일러 주었다.

"뭐야? 그럼, 저 안에……?"

"안 되여."

땅군은, 바로 걸으려는 이수근을 잡았다.

"설녀가 굴방에 있단 말여."

"어느 굴방?"

"첫째 굴방에 있으여."

"그럼, 좀 떨어진 데니까 몰래 꺼내 오면 되잖아?"

"그래도 알 거여. 그랬다가 들키면 어떻게 되는지 알잖여?"

땅군 말에 이수근의 표정이 굳어졌다.

"냉동인간이 되겠지."

이수근은 씁쓸한 미소를 흘리면서 말을 이었다.

"하지만, 지금 부인이 여기 와 있단 말이네."

"뭔 소리여?"

"부인 말이네."

이수근의 말은, 헤수몽 부인의 부탁으로 자기가 이곳에 다시 오게 됐다는 것이었다. 그러니까 부인은 헤수몽이 일러 준 대로 불의 마을에 가 있다가, 오랫동안 소식이 없자 이수근과 상의해 이곳 얼음산에 함께 오게 된 것이었다.

"부인은 어디 있는데여?"

"붉은 땅 쪽 냇가에서 기다리고 있다네. 이곳은 벼락 때문에 접근하지 못하니까, 날 수 있는 나만 왔지."

"그래여? 왜 그렇게 멀리 가 있어여? 벼락 때문에 여긴 못 오더라도, 봉우리 근처까진 올 수 있잖여?"

"그게 말이야."

이수근은 부인이 추위를 몹시 타서 이곳에 올 수 없다는 말을 하고는, 다음 이야기를 이어갔다.

"그래서 내가 먼저 자넬 만나러 온 것이라네. 무한 씨에게 들으니, 자네 여기 올 때에 흰 가루를 가져왔었다며? 그거 폭발할 정도로 화력이 굉장하다던데, 어딜 가면 구할 수 있나? 그런 거라면 설녀를 어떻게 해 볼 수 있을 것 같은데."

"아, 해골 가루여."

"해골 가루? 어디에 있는 건가?"

"그것은여."

땅군은 불의 마을 외곽에 담으로 쌓여 있는 해골에서 털어 낸 가루라는 말을 했다.

"아, 거기. 알았네."

"……."

땅군은 수정굴로 들어가는 이수근이 안 보일 때까지 바라보고 있다가 굴방 쪽으로 걸었다.

"어떻게 됐어요? 알아낸 소식 있나요?"

부인은 얼음산에서 날아온 이수근이 내려앉자마자 물었다.

"알아내긴 했는데요."

이수근이 날개를 접으니, 주위로 가루가 뿌옇게 날렸다.

"어디 있어요? 무사하지요?"

부인은 날개 가루가 가라앉지 않았는데도, 이수근에게 다가갔다.

"그게요……."

이수근은 시무룩한 얼굴로, 땅군에게 들은 말을 전했다.

"뭐예요? 또 잡혔단 말예요?"
부인은 갑자기 냇가로 뛰었다.
"어쩌시게요?"
이수근이 황급히 쫓아가, 막 물로 들어가려는 부인을 막아섰다.
"어쩌긴요! 그 요사스런 년과 담판을 지어야죠!"
"추위를 못 견딘다며요? 얼음산에 들어가도 괜찮겠습니까?"
부인은 원망이 담긴 눈으로 얼음산을 바라보다, 갑자기 주저앉았다. 그러고는 두 손으로 얼굴을 감싸며 어깨를 들썩였다. 우는 것 같았다.
이수근은 그 모습을 얼마 동안 보고 있다가 조용히 입을 열었다.
"감정대로 해서 될 일이 아닙니다. 속상하겠지만 냉철히 대처해야지요."
"어떡해요? 그 어벙한 남자들이 매번 당하기만 하는데, 뭘 어떡하냐고요!"
발딱 일어선 부인의 눈에는 곧 넘칠 것 같은 액체가 고여 있었다.
"……."
이수근은 그런 부인의 얼굴을 바로 보지 못하겠는지, 시선을 얼음산에 두고 있었다.
"내게 생각이 있긴 한데요……."
얼마 후, 이수근이 시선을 얼음산에 둔 채 입을 열었다.
"무슨 생각요?"
"그게요……."
이수근은 머뭇거리다 날개를 퍼덕였다.
"여기서 기다리십쇼. 불의 마을에 갔다 와서 설명을 드리죠."
"아니, 무슨."
부인이 말을 다 꺼내기도 전에 이수근은 날아올랐다. 그러고는 한순간에 저만큼 멀어졌다.
"저 사람이……."
부인은 점점 작아지는 이수근의 모습을 멍하니 바라보고만 있었다.

얼마쯤 시간이 지나자, 이수근이 다시 나타났다.
"오래 기다렸지요?"
내려서는 이수근의 손에는 누런 꾸러미가 들려 있었다.
"그게 뭐예요?"
부인의 물음에, 이수근은 들고 있는 물건을 바닥에 내려놓았다. 누런 천 조각을 여러 개 이은 것과 천 조각에 무엇을 담아 묶은 네 개의 작은 덩어리였다.
"이것은요."
이수근은 그중에서 천 조각 이은 것을 들고 펼쳤다. 누런 먼지가 떨어지며 날렸다.
"그거 혹시……?"
"맞아요, 죽은 나방인간들의 날개를 모아서 이은 겁니다."
"그걸 왜……?"
부인은 눈살을 찌푸리며 코를 막았다.
"이건 불 속을 날아다니던 거라, 약간의 온기를 머금고 있죠. 보온도 뛰어나고요. 그래서 이걸로 옷을 만들어 봤습니다."
"그러니까 나보고 이걸 입으라는 건가요?"
"……."
이수근은 무거운 표정으로 고개를 끄덕였다.
"세상에, 이걸 어떻게……."
부인은 더러운 걸레를 보는 듯한 얼굴이었다.
"그걸 입어야만 얼음산에 들어갈 수 있습니다."
나방 날개옷을 보고 있는 부인의 얼굴은 점점 더 일그러졌다.
"알았어요."
그러다가 체념한 듯 눈을 내리깔았다.

네 번째 굴방 앞에 쭈그리고 앉아 졸고 있던 땅군이 인기척에 고개를 들었다.
"오셨어여!"

이어, 벌떡 일어나 허리를 굽혔다.

"누가 앉아 있으래?"

설녀였다. 그녀는 찌르는 듯한 눈빛으로 땅군을 훑어보고는 명령했다.

"저리 가 있어!"

"예? 어디여?"

"가서 수정굴 지키라고!"

"아, 알았어여!"

설녀는 수정굴 쪽으로 뒤뚱대며 가는 땅군을 잠시 바라보다, 네 번째 굴방으로 들어갔다. 곧바로 침대 위에 뉘어 있는 두 개의 길둥그런 물체로 다가갔다. 그중 하나에 손을 대자, 얼음 가루가 흘러내리기 시작했다. 마치 물을 부어 씻어 내리는 것 같았다. 이어 다른 물체에도 손을 대자 같은 현상이 일어났다.

얼음 가루가 어느 정도 흘러내리자 모습이 드러났다. 헤수몽과 무한이었다. 헤수몽은 누워 있었고, 무한은 엎드려 있었다.

설녀는 두 사람의 머리를 한 번씩 건드렸다. 그러자 천천히 움직이더니, 눈을 뜨고는 일어나 앉았다.

"서방님들, 간만에 보니 반갑네?"

설녀는 아직 정신이 덜 돌아온 것 같은 두 사람을 보며 비죽이 웃었다.

"서방님들이 없으니, 내 거기에 거미줄 꼈잖아. 우선 그거부터 청소해 볼까?"

설녀의 흰 몸이 서서히 살색으로 변했다. 성에 옷을 벗는 거였다. 그렇게 나신이 다 드러나자, 설녀는 두 사람의 옷을 벗기기 시작했다. 먼저 헤수몽의 옷을 벗기고는 무한의 옷을 벗겼다. 두 사람은 마네킹같이, 설녀가 하는 대로 몸을 내맡기고 있을 뿐 반응이 없었다.

그 시간에 땅군은 수정굴을 들여다보고 있었다. 설녀가 지키라고 해서 왔지만, 실은 불의 마을에 간 이수근을 기다리고 있었다.

'해골 가루는 모았을까? 근데 그걸 어떻게 가져올 거지? 마땅한

그릇이 없을 텐데?'

이런저런 생각을 하는 동안 얼마쯤 시간이 지났는데, 문득 기척이 있었다. 누군가 온 것 같았다. 조금 있으니, 누런 날개가 달린 사람이 수정굴 입구로 몸을 들이밀었다. 이수근이었다.

때를 맞춰 땅군도 수정굴 안으로 들어갔다. 설녀가 듣지 못하도록, 수정굴 안에서 대화를 할 생각이었다.

"어떻게 됐어여?"

두 사람은 수정굴 중간쯤에서 얼굴을 마주했다.

"가져왔네."

이수근은 나방 날개로 묶은 네 개의 뭉치를 보여 줬다.

"어, 머리 썼네여."

"이대로 던지면 폭탄처럼 터지지 않을까?"

"글쎄여? 그렇게 해 보진 않아서……. 근데 부인은 지금도 냇가 근처 붉은 땅에 있어여?"

"같이 왔네. 천둥 칠까 봐, 봉우리 아래에 있지."

"그래여? 추위를 못 견딘다며 어떻게 왔어여?"

"방한복을 입었다네."

"방한복여? 그런 게 있어여?"

"만들었지. 근데 지금 설녀는 어딨나?"

"안내자와 무한 씨 가둔 방에 들어갔어여."

"그래? 뭐 하러 들어갔지?"

"모르지여."

"혹시……."

이수근은 양미간을 좁혔다.

"에이, 설마 둘과 함께 그 짓을 할려고?"

그러다 곧 머리를 흔들고는 땅군의 어깨를 밀었다.

"일단 여길 나가세. 가서 부딪쳐 보자고."

"어떻게 할려구여?"

땅군은 뒤돌아서서, 이수근과 함께 수정굴을 나가기 시작했다.

"이걸 던져 보지 뭐."
이수근도 따라가며 말했다.
"아무 효과가 없으믄여?"
"글쎄? 그렇다면 뭐……."
이수근은 자신 없는 표정으로 중얼거리더니, 해골 가루 묶음을 땅군에게 내밀었다.
"그럼, 이렇게 하세. 자네가 이걸 가지고 있다가, 눈치를 봐서 설녀에게 슬쩍 던져 보는 거야. 실수로 떨어뜨린 것처럼 말야."
"나보고 하라구여?"
"자네라야, 가까이 가도 경계하지 않을 것 아닌가?"
"그렇긴 하지만여……."
"사람 겁은? 그냥 툭 떨어뜨렸다가, 아무 일도 안 일어나거든 주우면 되잖아. 뭐냐고 물으면 그냥 장난으로 갖고 다니는 거라고 둘러대고."
땅군은 쭈뼛거리다가, 마지못한 듯 하나를 집어 들었다.
"그럼, 이것만 갖고 해 볼게여. 많이 갖고 있으면 이상하게 생각할 거니까여."
"알았네, 얼른 나가 보세."
수정굴을 나온 두 나방인간은 입을 다물었다. 이수근은 벽에 붙어 몸을 숨기고, 땅군은 곧장 굴방 쪽으로 갔다.
땅군은 네 번째 굴방 앞에 서서 머뭇거리다가, 슬그머니 고개를 들이밀었다. 그러더니 눈이 휘둥그레져서는 더 이상 움직이지 못했다. 해괴한 장면이 눈앞에 펼쳐져 있었던 것이다.
"뭐야? 누가 맘대로 들어오래?"
누워 있는 헤수몽의 골반에 타고 앉아 있던 설녀는 칼날 같은 목소리를 날렸다. 이어 온전한 왼손을 들어 땅군을 향해 뻗자, 손끝에서 고압 증기같이 하얀 기체가 뿜어져 나왔다.
땅군은 기체가 몸에 닿으니, 있던 자세 그대로 쓰러졌다. 그만 얼어 버린 것이었다.
"감히 어딜 들어와!"

설녀는 해수몽에게서 내려오더니, 옆에 누운 무한의 몸으로 올라갔다.
"저, 저런!"
숨어서 지켜보고 있던 이수근은, 땅군이 굴방에 들어가자마자 쓰러지자 어이가 없었다.
"칠칠맞은 사람, 시작하기도 전에 넘어져?"
그런데 쓰러진 땅군은 윗몸만 굴방 안에 걸친 채로 움직이지 않았다.
"왜 저러지?"
그냥 넘어진 것이 아니라는 생각이 든 이수근은 발소리를 죽이며 숨은 곳에서 나왔다. 조심스럽게 다가가, 굴방 밖으로 나온 땅군의 다리를 만졌다. 차갑고 딱딱했다.
'얼었잖아!'
굴방 안에서 설녀의 거친 숨소리가 들렸다.
'뭐야?'
살며시 머리를 디밀었다.
'저건!'
입이 저절로 벌어졌다. 무한에게 올라탄 설녀가 격렬히 요분질을 치고 있는 게 아닌가!
'아하, 그래서!'
어떻게 된 상황인지 짐작이 간 이수근은, 쓰러져 있는 땅군의 발을 잡고 소리 안 나게 당겨 끌었다.

"이거, 어디 갔어?"
얼마 후, 굴방을 나온 설녀는 땅군이 안 보이자 사방을 둘러보았다.
"혼자 움직이지 못할 텐데? 혹시……?"
눈에 빛이 번쩍하더니, 갑자기 빠르게 이동했다. 수정굴로 가는 거였다. 수정굴 안을 들여다보고는 곧바로 들어갔다.
수정굴을 나온 설녀는 어둑한 널굴 여기저기를 살펴보았다.
그때 한 곳에서, 폭죽 같은 불꽃이 일어나며 주위를 밝혔다.

설녀는 소리 없이 그곳으로 갔다. 이수근이었다. 얼음이 된 땅군을 녹이려고, 가져온 해골 가루로 불을 일으키고 있었다.

"너였구나!"

땅군 몸에 해골 가루를 뿌리던 이수근은 소스라치게 놀라며 뒤돌아 보았다.

어둠 속에, 희끄무레한 물체가 으스스한 모습으로 서 있었다.

"이 벌레 같은 게 여기가 어디라고!"

설녀가 왼손을 들고, 냉기를 뿜어내려는 순간이었다. 펑, 하는 굉음과 함께 불꽃이 치솟았다. 이수근이 들고 있던 해골 가루를 얼떨결에 던진 것이었다.

"이것이!"

그러나 설녀는 주춤 물러섰을 뿐, 멀쩡했다. 직접 맞지는 않았던 것이다.

"감히!"

설녀가 왼팔을 연속으로 뻗었다.

냉기가 소나기처럼 덮쳐 오자, 이수근은 일어서며 마구 날개를 퍼덕였다. 날아오던 냉기가 날개바람에 흩어졌다. 날개 가루도 함께 날렸다.

"칵! 칵! 이게 뭐야?"

날개 가루를 들이켠 설녀는 기침을 해 댔다.

"이 더러운!"

그러더니 한쪽만 남은 왼손으로, 날개를 잡고는 와락 당겼다. 잡힌 날개는 종이같이 죽 찢어져, 반이나 떨어져 나갔다.

"어어!"

날개가 찢어지자, 이수근은 당황하여 어쩔 줄을 몰랐다.

"이런, 어떻게 날라고!"

"네가 지금 날개 걱정할 땐 줄 알아?"

설녀는 이수근에게, 퍼붓듯 냉기를 뿌려 댔다.

"꽁꽁 얼려서, 온몸을 토막토막 분질러 주마!"

바로 옆에서 뿌려 대므로, 냉기를 고스란히 뒤집어쓴 이수근은 순식간에 뻣뻣하게 얼어 쓰러졌다.
"겁도 없이 누구한테!"
설녀는 언 이수근의 몸을 정말로 분지르려는지, 발을 쳐들었다. 그때였다.
"우르릉! 꽈릉! 꽈르릉!"
천둥소리가 들리기 시작했다.
"꽈르르릉! 쾅!"
점점 더 크게 들렸다.
"뭐야? 누가 또 오는 거야?"
이수근을 막 밟으려던 설녀는 고개를 돌렸다. 널굴 입구에 한 그림자가 나타났다.
"저건 뭐야?"
곧 그쪽으로 다가갔다. 누런 누더기를 입은 사람이었다. 옷은 여러 조각의 천을 엉성하게 이은 데다 풍덩해서 몸매는 드러나지 않았으나, 얼굴은 하얗고 갸름하니 예뻤다. 더구나 머리카락은 찰랑찰랑하게 어깨까지 드리워져 있었다. 여자였다.
"너는!"
설녀는 그 여자의 얼굴을 보자, 표정이 굳어졌다.
"요망한 것! 나머지 손도 잘리고 싶으냐?"
헤수몽의 부인이었다.
설녀는 부인을 보자, 불에 댄 사람처럼 놀라서 허둥대며 수정굴로 들어갔다.
부인은 뒤쫓지 않았다. 대신, 얼어 쓰러진 이수근의 몸에 손을 대어 녹이고 땅군도 녹였다.
"안내자님은 지금 굴방에 갇혀 있어여."
깨어난 땅군은 부인에게, 네 번째 굴방에서 보았던 일을 말해 주었다.
"그런 짓을 했단 말예요? 이 음탕한 년!"

이야기를 들은 부인은 발끈해서 일어섰다.
"지금 쫓아가게요?"
이수근이 앉은 채, 부인을 올려다보았다.
"가야죠. 가서 그년을 요절내고 남편을 데려와야죠."
"수정굴 땜에 위험해여."
"그게, 뭐 어때서요?"
땅군은 헤수몽과 무한이 수정굴에 들어오다 잡히게 된 이야기를 했다.
"그랬어요?"
부인은 표정이 서늘하게 변했다. 설녀가 수정굴의 좁은 공간에서 그런 술법을 쓴다면, 자기도 별수 없이 당할 거라는 생각이 든 것이다.
"그렇다면……."
두 손을 맞잡고 서성이던 부인이, 땅군 앞에 멈췄다.
"땅군 씨는 이곳에서 설녀의 일을 했었다고요?"
"그랬어여. 청소하고 나르고 머슴 노릇을 했었어여."
"그럼, 설녀가 적대시하진 않겠군요."
"그거야 뭐……, 근데 왜여?"
"설녀에게 내 말을 전해 주었으면 해서요."
"나보고 또 설녀한테 가라고여?"
땅군의 눈이 커졌다.
"걱정 말아요. 설녀한테 붙잡혀 있게 하진 않을 거예요."
"그래두여……."
땅군은 불안한 듯 부인의 시선을 피했다.
"내 말을 전하면, 설녀도 분명히 자기 말을 내게 전하라고 다시 보낼 거예요."
"그걸 어떻게 알아여?"
"이것 때문이지요."
부인은 품속에서 무얼 꺼냈다. 팔꿈치까지 이어진 사람의 손이었다.
 "뭐여? 왜 그런 걸 갖고 다녀여?"

땅군은 별로 놀라는 기색이 아니었다. 마네킹 팔로 본 것이었다.
"이건 설녀의 팔이에요. 설녀가 도망가면서, 스스로 잘라 버린 거지요."
"예에?"
그제야 놀란 얼굴이 된 땅군은 팔을 유심히 들여다보았다.
"그럼, 그게 바로……."
땅군은 왜 설녀의 오른팔이 없어졌나? 궁금했었는데, 이제야 그 이유를 알게 된 것이었다.
"그랬군여……."
부인이 고개를 끄덕이는 땅군의 어깨에 손을 얹었다.
"가서 설녀에게 말하세요. 두 사람을 내보내면 팔을 돌려주겠다고요."
"알겠어여. 그런 말이라면, 날 붙잡아 놓진 않겠군여."
땅군은 말을 끊고, 수정굴 쪽으로 뒤뚱대며 걸었다.

얼음 가루를 잔뜩 준비해 놓고 수정굴 안을 들여다보고 있던 설녀는, 땅군이 들어오자 나올 때까지 기다렸다.
"나 보고 싶어서 왔어?"
설녀는 땅군을 보자마자 생글거렸다. 일만 부려 먹은 땅군이 돌아올 거라고는 기대 안 했는데, 뜻밖에 제 발로 돌아오니 기분이 좋아진 거였다.
"저, 그게여……."
땅군은 설녀의 물음에 대답할 수가 없었다. 그렇다고 하면 마음에 없는 말이고, 아니라고 하면 화를 낼 게 뻔하기 때문이었다.
"사실은여……."
땅군은 눈치를 보며 조심스럽게 말을 꺼냈다.
"뭐라고? 내 팔을 줄 테니, 두 남자를 보내라고?"
땅군에게 부인의 말을 전해 듣자, 설녀는 화를 발칵 냈다.
"그 건방진 년이 내 팔을 가지고 거래를 해?"

화를 삭이지 못해 씨근거리더니, 자기 오른팔을 보고는 시무룩해졌다.

"그래, 좋아. 허나 둘은 안 돼. 안내자만 보낸다고 해. 까짓 나이든 건 보내 주지 뭐. 그년도 자기 남편만 데려가면 될 것 아냐."

땅군은 설녀의 말을 듣자마자, 도망치듯 수정굴로 들어갔다.

"저놈이?"

설녀는 그런 땅군을 보고는 표정이 험악해졌으나, 곧 씁쓸한 미소로 지웠다.

"그렇게 말해요?"

땅군의 말을 들은 부인은 마음이 착잡했다. 남편을 풀어 준다니 다행이기는 하나, 자신의 일 때문에 끌어들인 무한도 내버려둘 수는 없어서였다.

"알았어요. 우선 이걸 갖다 주고, 안내자님을 모셔 오세요."

부인은 얼마 동안 생각에 잠기더니, 설녀의 팔을 내밀었다.

"팔을 먼저 보내는 겁니까? 그러다 안 풀어 주면 어쩌려고요?"

이수근이 걱정 담긴 얼굴로, 땅군 손에 건너가는 설녀의 팔을 보았다.

"괜찮아요. 말을 들어 보니, 설녀의 마음이 떠나서 더 이상 남편한테 관심을 두지 않는 것 같아요."

부인은 미소를 보였다가 이내 지웠다.

"남편은 그렇게 풀려나겠지만, 무한 씨를 어떻게 해야 할지 모르겠네요."

"그 문제는 안내자님이 오시면 의논해 보는 게 좋지 않을까요? 무한 씨와 함께 있었으니, 정보도 있을 거고요."

"내 생각도 그래야 할 것 같아요."

"……"

땅군은 대화하는 부인과 이수근을 잠시 바라보고는, 수정굴로 들어갔다.

얼마간 시간이 지나자, 수정굴에서 기척이 들리기 시작했다.
 부인이 얼른 굴 안을 들여다보았다. 중간쯤에 오고 있는 두 사람이 보였다. 키가 작은 앞사람은 고개만 숙인 채 오고 있었으며, 뒷사람은 허리까지 굽힌 채 오고 있었다. 땅군과 헤수몽이었다.
 "여보!"
 헤수몽이 수정굴 밖으로 몸을 내밀자, 부인은 팔을 잡아 부축했다.
 "다친 덴 없어요?"
 "……."
 침울한 표정의 헤수몽은, 아무런 대답 없이 열 발자국 정도 더 걸어 나와서 무너지듯 주저앉았다.
 "기분이 안 좋은가 보군요."
 "……."
 헤수몽은 두 팔을 무릎에 걸친 채 고개를 숙이고 있다.
 "하긴 그럴 거예요."
 부인은 안쓰럽다는 듯이 헤수몽의 머리를 어루만졌다.
 "자책하지 말아요. 당신의 힘으론 어쩔 수 없는 일이잖아요."
 그러고는 가만히 당겨 가슴에 품었.
 헤수몽은 부인의 가슴에 안기자, 눈을 감았다. 평온한 표정이었다.
 이수근과 땅군은 그러는 두 사람을 부러운 눈길로 보고 있었다.
 얼마 후, 자연스럽게 떨어진 두 사람은 서로의 눈을 마주 보았다. 그러다가 부인이 먼저 입을 열었다.
 "어떡하면 그 여자를 끌어낼 수 있을까요?"
 헤수몽의 표정이 다시 어두워졌다.
 "방법이 없소. 그러려면 수정굴을 통과해야 하는데, 번번이 덫에 걸릴 수밖에 없을 텐데 어쩌겠소."
 대화는 금방 끊어졌다. 모두 침울한 분위기에 잠겨 있었다.
 "저기여."
 그 분위기를 깬 사람은 땅군이었다.
 "토끼나 너구리를 잡을 때, 굴 입구에서 연기를 피우잖아여. 그런

식으로 수정굴 안으로 열기를 넣으면 어떨까여? 설녀는 열기를 못 견디니까여."

"어머, 좋은 생각이네요!"

그 말을 들은 부인은 기쁜 목소리를 냈다.

"머어? 차암……."

"뭘로 그리하겠소?"

그러나 이수근과 헤수몽은 미지근한 반응이었다.

"그건 지난번에 썼던 방법인데, 그때 불의 마을의 불흙을 다 긁어와서 썼잖소."

"설마 몇십 개는 털어야, 겨우 서너 줌 모으는 해골 가루로 그러자는 건 아니겠지?"

"그것은여……."

땅군은 헤수몽과 이수근의 말을 듣자, 시무룩해져서 말끝을 흐렸다. 거기까진 생각 못 해 자신이 없어진 것이었다.

"왜요? 불이 없어서요?"

부인이 물었다.

"그렇소. 뭘로 불을 만들겠소?"

"그래여. 불을 만들 것은 불흙과 해골 가루뿐인데, 불흙은 다 긁어와서 없고 해골 가루는 모으기 힘든 데다 많지가 않거든여. 내가 생각이 짧았으여."

"그래요……."

부인은 고개를 숙인 채, 입고 있는 나방 날개옷을 만지작거리다가 입을 열었다.

"그럼, 이건 어떤가요?"

세 사람의 시선이 부인에게 향했다.

"이 옷을 만든 날개요. 이건 타지 않나요?"

이수근이 눈을 크게 뜨더니, 갑자기 날개를 펼쳤다.

"맞아요! 그게 있군요!"

흥분하며 하는 말은, 날개에 관한 내용이었다. 나방인간 날개는 불덩어리에 들어가면 불이 붙는데, 불덩어리에서 나와도 불이 붙어 있다는 것이다. 그렇다고 날개가 타 버리는 건 아니고, 불만 붙어 있다가 날갯짓을 하면 꺼진다는 것이었다.

"그래요?"

이수근의 말을 들은 부인이, 잠시 생각하더니 손을 내밀었다.

"해골 가루 담아 온 꾸러미 있죠? 줘 보세요."

"예? 여기……."

이수근이 의아해하며, 하나 남은 꾸러미를 내밀었다.

"돌아서세요."

부인은 받아 든 묶음을 펼치고는, 돌아선 이수근의 날개에 뿌렸다. 그러자 펑, 소리가 나며 화르륵 불이 붙었다.

"됐네요!"

부인은 어린아이처럼 기뻐하며 지시했다.

"그대로 수정굴 입구에 날개를 들이미세요!"

시키는 대로 이수근이 날개를 수정굴 안으로 넣었다.

"그러고 앉아 있으세요."

세 사람은 수정굴 입구에 기대앉아 있는 이수근을 지켜보며 서 있었다. 1시간이 넘도록 그러고만 있었다.

"아무래도 이수근 날개만으로는 약한 것 같은데여?"

아무 일도 일어나지 않자, 땅군이 입을 열었다.

"그럼, 어떡하지요? 나방인간을 더 데려올까요?"

부인은 초조한지 조급해진 목소리로 물었다.

"여길 오려고 하는 나방인간은 없을 텐데여? 다들 뜨거운 온도에 길들여져 있어서 추운 건 싫어하거든여. 글구 온다고 해도, 한 사람 날개만 들이밀 정도로 좁은 수정굴에 많은 나방인간 날개를 들이밀 수는 없잖여. 날개를 잘라서 넣으면 모를까여. 그럴 수는 없지여."

"맞아, 그거예요!"

땅군의 말에 부인은 손뼉까지 치며 기뻐했다.

"죽은 나방인간 날개 있잖아요! 그거 모아 오면 돼죠!"

"……."

땅군은 갑자기 말을 잊은 듯, 멍해진 채 눈만 끔벅거렸다.

"두 분이 가서 날개를 모아 오세요! 어서요!"

부인의 재촉에, 두 나방인간은 별말도 못 하고 얼음산을 떠났다. 날지 못하는 땅군은 이수근의 발에 매달려 갔다.

두어 시간이 지난 후, 다시 나타난 이수근의 팔에는 한 아름의 날개가 안겨 있었다.

"땅군 씨는요?"

부인이 날개를 받으며 물었다.

"부인도 참, 이렇게 많은 짐을 들었는데 어떻게 같이 오겠소? 땅군 씨는 날지 못하잖소."

대신 대답한 헤수몽의 말에 부인은 고개를 끄덕이더니, 갑자기 서두르며 날개를 수정굴에 밀어 넣었다. 그러고는 남아 있는 해골 가루를 뿌렸다. 양이 얼마 되지 않아 퍽, 하고 한 줌 정도의 불꽃만 일었다. 그러나 날개에 옮겨붙자 점점 커지더니, 얼마 안 지나서 쌓여 있는 날개를 모두 덮으며 불꽃이 거세게 일어났다.

8_미운 정도 정

설녀의 굴방이었다.
알몸의 무한이 반듯한 자세로 누워 있었고, 옆에는 역시 벗은 설녀가 모로 누워 무한을 보고 있었다.
"어때 자기? 좋았어?"
무한은 대답이 없었다. 무표정한 얼굴로 천장만 보고 있었다.
"말 좀 해 봐아."
설녀가 콧소리를 내며, 발로 무한의 물건을 건드렸다. 지쳐 엎어져 있던 물건은, 옆으로 젖혀졌다가 다시 엎어졌다.
"언제까지 이러고 지낼 겁니까?"
그제야 무한은 담담한 목소리를 내었다.
"왜에? 이러고 사는 게 싫어? 자긴 장가 안 갔다며? 그럼, 처자식 걱정도 없을 텐데 왜 그래?"
"이건 꿈이잖아요. 이대로만 산다면, 현실 세계에 있는 우리의 몸은 어떻게 됩니까?"
"난 또."
설녀는 코웃음을 치고 말을 이었다.
"따분한 소리 하고 있네. 어차피 사는 건, 느낌이야. 음식에서는 맛을 느끼고 오락에서는 재미를 느끼고……. 그 밖에도 모든 게 다 느끼는 거잖아. 그 느낌만 좋으면 된 거 아냐? 더구나 여긴 먹고살려고 돈을 벌지 않아도 되잖아. 얼마나 좋아?"
"아니지요. 이처럼 사는 동안에 현실의 몸은 죽어 가니, 이런 삶은 마약과 같다고 할 수 있습니다."

"마약?"

"그래요, 마약은 느낌만을 위해 계속 복용하잖습니까. 그러면서 몸은 점점 망가져 가지요. 같은 이치 아닙니까?"

"뭐, 듣고 보니……."

설녀는 눈을 깜박거리더니, 무한의 몸 위로 올라갔다.

"이제 보니, 말을 곧잘 하네? 아유, 귀여워."

설녀는 무한의 볼을 잡고 흔들더니, 팔이 바람 빠진 풍선처럼 늘어졌다.

"이상하네! 왜 이리 덥지?"

설녀가 기운 없이 일어서더니 굴방을 나갔다.

"뭐야? 마당굴이 녹고 있잖아!"

마당굴 천장에서 비 오듯 물이 떨어지고 있었다. 바닥에는 벌써 발등을 덮을 정도로 물이 고여 있었다.

"혹시……!"

설녀는 겁이 덜컥 났다. 지난번에 해수몽의 불흙 공격으로 도망갔던 기억이 떠올라서였다.

갑자기 허둥대며, 설녀가 수정굴 쪽으로 뛰다시피 걸었다.

"저런, 저!"

짐작대로 수정굴 입구에서 불꽃이 넘실거리며 나오고 있었다.

"이것들이 또!"

울화가 치밀었으나 공포감도 밀려왔다.

'이걸 어째…….'

지난번처럼 무한을 이용해 볼까? 생각해 봤으나 또 통할 것 같지가 않았다. 같은 수에 두 번 넘어갈 리가 없기 때문이었다.

"좋아, 이것들!"

해서, 이번에는 과감하게 맞서 보기로 작정했다.

"해 보자고!"

이를 악물며 두 손을 움켜쥐었다. 이어 팔을 뻗으며 손바닥을 폈다. 손바닥에서 하얀 기체가 솟아 나왔다. 기체는 이내 불꽃으로 향했다. 그러자 불꽃이 작아지며 수정굴 안으로 사라졌다. 그러자 설녀는 수정굴 입구까지 달려가서, 굴 안으로 기체를 쏘아 넣었다.

"불꽃이 줄어들고 있어요!"
수정굴 안을 들여다보고 있던 부인이 다급한 목소리를 냈다.
"뭐요?"
"어디 봅시다."
옆에 서 있던 헤수몽과 이수근도 수정굴 안을 들여다보았다. 굴 끝까지 뻗어 있던 불꽃이 중간쯤에 들어와 있었다.
"설녀 짓입니다. 반격을 시작한 거지요."
이수근은 수정굴 입구에 등을 대었다.
"두 분은 물러나 있으세요."
"어쩌려고 그러시오?"
헤수몽이 물었다.
"불꽃을 다시 보내야지요."
헤수몽과 부인은 의아해하며, 서너 발자국 뒤로 물러섰다.
이수근이 날개를 퍼덕거리기 시작했다. 바람이 일며 가루가 날렸다. 헤수몽과 부인은 코를 막으며 더 물러섰다.

수정굴 입구로 나오던 불꽃이 사라지자, 마당굴이 다시 추워졌다. 천장과 벽에 흐르던 물도 멈췄으며 얼음으로 돌아와 있었다.
그러나 설녀는 기운을 차리지 못하고 오히려 점점 더 지쳐 갔다. 계속해서 냉기를 내뿜고 있으므로, 힘이 소진되어 가기 때문이었다. 그러다 마침내, 내뿜던 냉기마저 시들해지기 시작했다.
그렇게 얼마쯤 시간이 지났을 때였다.
"아악!"
설녀가 갑자기 비명을 지르며 주저앉았다.
불꽃이 다시 얼굴을 내민 것이다. 수정굴을 나온 불꽃은 더욱 커지며 설녀에게 덤벼들었다. 이수근이 보내는 날개바람에 그처럼 세진 것이었다.

"이이이이이!"

벌떡 일어난 설녀는 양손을 미친 듯이 휘둘렀다. 그러나 힘이 다해, 더 이상 냉기가 나오지 않았다. 뒷걸음질만 칠 수밖에 없었다.

그렇게 아홉 발자국 정도 물러서자, 등에 뭐가 닿았다. 부드러운 감촉이었다.

"이제, 그만 하세요."

귀에 익은 목소리였다.

"이젠 떠날 때가 됐습니다."

무한이었다. 뒤에서 가만히 설녀의 배를 안았다.

설녀는 돌아서더니, 슬픈 눈으로 무한을 올려다보았다.

"그러면……?"

"……?"

무한은 설녀의 말뜻을 모르는 눈치였다.

"그러면 우린 어떻게 되는 거야?"

그제야 알아들었는지, 희미한 미소가 입가에 스쳤다.

"현실 세계에 가서도 날 만나 줄 수 있어?"

무한은 설녀의 시선을 피했다.

"날 똑바로 봐. 만나 주겠냐고?"

두 팔을 들어, 무한의 목을 감았다.

"그래 준다면 여길 나갈게. 무한 씨 말을 들을게."

무한의 얼굴에 번민이 어렸다.

"알았어요."

하지만 이렇게 대답할 수밖에 없었다.

"정말이지?"

무한은 고개를 끄덕였다.

"알았어. 믿을게."

돌아서서는, 수정굴에서 뿜어 나오는 불꽃을 가리켰다.

"우선 저거 멈추게 해 줘. 너무 무서워."

무한은 수정굴 입구에 가까이 가, 소리를 질렀다.
"무한입니다! 설녀 씨 나갈 겁니다! 그만하세요!"
곧 불꽃이 수그러들기 시작했다. 수정굴 안을 들여다보니, 입구 쪽에서 이수근이 불붙은 날개를 끄집어내는 모습이 보였다.
무한은 설녀 곁으로 가서 손을 잡았다.
"가시지요."
설녀는 이제까지의 당당한 태도는 다 어디로 간 듯, 다소곳이 무한을 따라갔다.

일주일이 지난 금요일이다.
회사 일을 마친 무한은 버스를 탔다. 집으로 가는 100번이 아니고 100-1번이었다. 일주일 전에 버스를 잘못 타서 들렀던 카페로 가기 위해서였다.
'여긴가?'
길이 좁아지며, 다닥다닥 붙은 주택들이 눈에 들어왔다.
"맞아, 여기쯤이었어."
버스가 서자, 내렸다.
'저 집인 것 같은데?'
기억에 담긴 건물을 찾다가, 한 건물에 시선이 멎었다. 분홍빛 여닫이문, 오색 유리 창문, 분명 그 집이었다. 그런데 간판 이름이 아니었다. '꿈의 세상'이란 이름 대신, '딱한잔'이란 간판이 걸려 있었다.
문을 밀고 들어갔다.
"어서 오세요."
카운터에서 인사하는 여자의 목소리가 들렸다. 돌아보니 40대 초반쯤 되는 여자가 앉아 있었다. 통통한 몸매의 여자는 봐줄 만은 하나 미인이라고는 할 수 없는 얼굴이었다. 지난주에 있었던 마담과는 백조와 오리 정도의 차이였다.
"저, 말씀 좀 묻겠는데요."

무한은 여자에게 말을 걸어, 먼저 있었던 마담은 어디로 갔느냐고 물었다.

"아, 그 여자요."

여자가 들려주는 마담의 이야기는 이런 내용이었다.

이 가게의 이름은 본래부터 '딱한잔'이었다고 한다. 그런데 한 달 전쯤에 품위 있게 생긴 여자가 찾아와서, 달라는 대로 임대료를 지불할 테니 자기가 한 달만 가게를 경영하겠다고 하더란다.

이상한 사람으로 보였으나, 손해 볼 건 없다는 생각에 매출의 2배 되는 돈을 요구했다고 한다. 그러자 여자는 그 자리에서 돈을 주며, 간판은 얼마 들었냐고 묻더란다. 가격을 말하자 여자는 간판 가격의 2배 되는 돈을 또 내놓으며, '꿈의 세상'이라는 이름으로 간판을 바꿔 달라고 요구했단다.

그렇게 해서 그 여자가 가게를 경영하게 되었는데, 그 후로 한 번도 와 보지 않아서 어떻게 장사했는지는 모른다고 했다. 그리고 약 3주일 후인 지난주 금요일 저녁에, 가게를 돌려주겠다는 말을 전화로 하고는 문도 잠그지 않은 채 종적을 감췄다고 한다.

"그랬었군요……."

무한은 어떻게 된 사정인지 짐작이 갔다. 마담인 부인은, 악몽의 세상인 얼음산에 잡혀 있는 남편 혜수몽을 구할 사람을 찾으려고 카페를 경영했던 것이었다. 그 사람으로 무한 자신이 선택되어 이틀이나 잠을 잤고, 목적을 이룬 부인은 바로 떠난 모양이었다.

그 후, 한 달이 지났다.

그동안 무한이 악몽의 땅에서 깨워 주기로 약속한 얼음상 여인의 일은, 그녀가 사는 아파트 관리실에 전화를 해서 해결했다. 그러나 악몽을 깰 수 있는 파란 돌을 건넨 대가로 만나 주겠다던, 묘희라는 여자는 한 달이 넘어도 나타나지 않았다.

배 씨와 장 선생, 나방인간 이수근과 땅군은 안내자 혜수몽을 도운 공으로 꿈 세상에서 나갔으나, 그들도 찾아오지 않았다. 해서 무한의 기억에서 그들이 거지반 지워져 가고 있었다. ……그러던 어느 수요일이었다.

　말일이라서 손님들이 꽤 많은 날이었다. 모니터 보랴 서류 작성하랴 손님 얼굴 볼 틈도 없이 일하는데, 한 손님이 와서 앉았다. 30대 중반으로 보이는 늘씬한 몸매의 여자였다.

　"무엇을 도와드릴까요?"

　무한은 방금 작성한 서류를 스테이플러로 찍으며 물었다.

　"나예요, 무한 씨."

　"예?"

　그제야 여자의 얼굴을 보았다.

　"누구……?"

　생글거리는 여자의 얼굴을 많이 본 것 같은데, 얼른 기억이 나지 않았다.

　"나 모르겠어요? 설녀."

　무한은 자기도 모르게, 들고 있던 서류를 떨어뜨렸다.